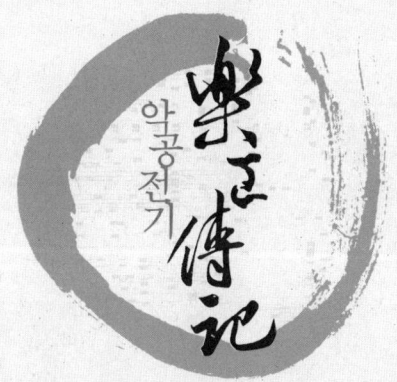

문우영 신무협 장편소설
ORIENTAL FANTASY STORY & ADVENTURE

악공전기(樂工傳記) 7

유정천리(有情千里)

초판 1쇄 인쇄 / 2008년 10월 14일
초판 1쇄 발행 / 2008년 10월 24일

지은이 / 문우영

발행인 / 오영배
편집장 / 김경인
펴낸 곳 / (주)삼양출판사 · 드림북스

주소 / 서울특별시 강북구 미아8동 322-10호
대표 전화 / 02-980-2112~4 팩스 / 02-983-0660
편집부 전화 / 02-980-2116 팩스 / 02-983-8201
홈페이지 / www.sydreambooks.com

등록번호 / 제9-00046호
등록일자 / 1999년 3월 11일

ⓒ 문우영, 2008

값 9,000원

(주)삼양출판사 · 드림북스의 서면 허락 없이는 어떠한
형태나 수단으로도 이 책의 내용을 이용하지 못합니다.

ISBN 978-89-542-2905-0 04810
ISBN 978-89-542-2584-7 (세트)

* 지은이와 협의하에 인지는 생략합니다.
* 잘못된 책은 구입한 곳에서 바꾸어 드립니다.

문우영 신무협 장편 소설

ORIENTAL FANTASY STORY & ADVENTURE

樂之傳記

악공전기

7

유정천리

목차

제1장 관음사(觀音寺)의 파도 소리 • 007

제2장 어린 소나무(不及火木) • 041

제3장 잔치는 열렸건만 • 079

제4장 사광(師曠) 현신(現身) • 121

제5장 나 하나가 슬퍼서 지옥(地獄)이라 • 151

제6장 너희가 삼합권(三合拳)을 아느냐 • 185

제7장 혼자서는 가지 않는다 • 219

제8장 부용궁주(芙蓉宮主)의 초대 • 259

제9장 뭐든지 셋이다 • 287

제10장 갈림길에서 • 315

제1장
관음사(觀音寺)의 파도 소리

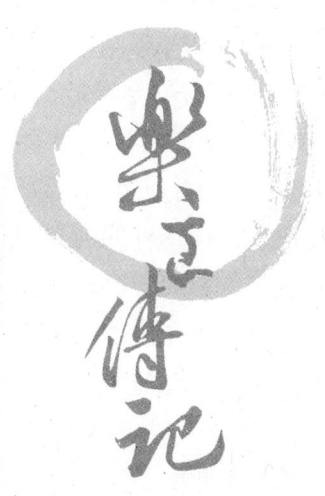

 악도명이 범상안과 함께 여가허를 떠난 뒤 천하는 혼란에 빠져들고 있었다.
 북쪽에서는 아골타가 이끄는 여진의 대군이 연전연승을 거두며 파죽지세로 요나라 동쪽 지방을 빠르게 점령해 나갔다.
 이에 고무된 송나라 황제는 군대를 일으켜 영토 수복에 나섰지만, 뜻을 이루지 못했다.
 오히려 무리하게 군비를 충당하는 과정에서 백성을 과도하게 수탈한 결과, 곳곳에서 민란이 들끓기 시작했다. 특히 절강에서 민란을 일으킨 방랍의 세력은 삽시간에 강남 일대를 휩쓸고 있었다.

천하 무림의 중심이었던 무림맹 건물은 오늘도 웅장한 위용을 뽐내며 늦은 봄의 진한 햇살을 받고 있다. 진무궁이 무림맹을 차지한 이후 벌써 두 번의 겨울과 두 번의 봄이 지나가고 있지만 겉으로 봐서는 어떤 변화도 느낄 수가 없었다.

 과거 여운도의 처소였던 도고전에 진무궁주 악소천과 허이량이 마주 앉아 있다.

 청공전 바로 뒤에 집무실이 따로 마련돼 있지만, 악소천은 요즘 도고전 밖으로 나가는 일이 거의 없었다. 집무실에 나가서 처리할 일이 마땅치 않았기 때문이다.

 악소천의 칩거 아닌 칩거는 진무궁의 행보와 궤를 같이 하는 것이었다. 재작년 가을 세상에 모습을 드러내는 것과 동시에 강호를 단번에 집어삼킬 듯했던 뜨거운 기세는 어느새 한풀 꺾여 있었다.

 지난해 봄 서방천군 곽오가 종남파를 쳐서 항복을 받아내고, 남쪽으로 내려간 남방천군 권사응이 별다른 충돌 없이 아미파의 봉문 소식을 가져온 것까지는 계획대로였다.

 문제는 산동의 사마세가였다. 재작년 사마세가와 접전을 벌였던 동방천군 문적방과 휘하 병력들은 작심을 하고 재차 산동으로 나갔지만 다시 사마세가의 저지를 받았다.

 그뿐이 아니었다. 하북으로 우회해 북쪽에서 제남(齊南)으로 내려가던 북방천군 언목완의 병력마저도 사마세가에게 가로막히고 말았다.

두 곳에서 동시에 벌어진 싸움은 치열했지만, 이번에도 승패를 알 수 없는 모호한 상태로 끝났다.

 그래도 결과적으로는 사마세가의 선전이 돋보였다. 사마세가를 치기 위해 두 배의 병력을 보내고도 또다시 소득 없이 물러났다는 사실만으로도 진무궁은 체면을 구긴 셈이었다.

 산동에서 그 같은 대치상태가 계속되면서 진무궁의 움직임은 눈에 띄게 위축됐다. 사마세가가 건재한 상태에서 대륙의 구석구석까지 병력을 보내기는 진무궁으로서도 부담스러운 일이었다.

 그렇다고 반대로, 사마세가가 진무궁을 쳐서 이길 수 있으리라고 믿는 사람은 별로 없었다.

 사마세가는 산동 밖으로는 한 걸음도 나가지 않았을 뿐 아니라, 이에 세가의 내문을 굳게 걸어 잠갔다. 그것은 거북이가 위험을 피하기 위해 단단한 등껍질 안에 몸을 웅크린 모습이지, 절대 강자의 위용은 아니었다.

 말없이 차를 마시던 두 사람 가운데 허이량이 먼저 입을 열었다. 악소천이 찾지 않았는데도 허이량이 오늘 도고전에 든 것은 할 말이 있어서였다.

 "궁주, 봄이 끝나가고 있습니다."

 "그런가? 봄이 끝난단 말이지……. 허허, 그런 줄도 몰랐구나."

허이량이 계절을 입에 올린 것은 다른 이유가 아니다. 해가 바뀌고, 날이 풀렸는데도 왜 아무것도 하지 않느냐는 조심스런 물음이었다.

하지만 악소천은 마치 세월이 가는 것도 모르고 있는 듯한, 아니 세월에는 관심도 없는 듯한 태도였다.

"올해에는 사마세가를 처리해야 하지 않겠습니까?"

허이량이 '올해'라는 단어에 은근히 힘을 실었다.

진무궁이 강호에 나선 지 벌써 1년 반, 햇수로는 3년째를 맞고 있었다. 이제는 초반에 쌓은 업적을 단단히 다져 진무궁의 미래를 위한 발판을 세워야 할 시기라는 뜻이다.

문제는 사마세가의 건재였다.

지난 두 차례의 공방전은 어디까지나 전력 탐색 차원이었지만, 그로 인해서 결과적으로 사마세가의 이름만 높여주고 말았다.

항간에는 진무궁이 사마세가에 발목이 잡혀 옴짝달싹 못한다는 조롱까지 나돈다고 하지 않던가?

우환의 싹을 키우지 않으려면 올해가 가기 전에 사마세가의 처리를 매듭지어야 한다는 것이 허이량의 판단이었다.

"허허, 그대들이 시간으로부터 자유롭지 못하다는 사실을 내가 깜빡했다. 그래, 인간의 일은 시간을 다투어야 하는 법인 것이거늘."

"궁주……."

허이량이 황망한 표정으로 고개를 숙였다.

악소천의 말은 자신이 이미 시간에 구속당하지 않는 경지에 이르렀다는 뜻이다. 시간과 공간을 극복할 수 있다면, 인간이 아니라 신선이 아니겠는가?

돌이켜 보면 악소천은 크게 변하고 있었다. 근자에 들어서는 감정의 기복도 별로 나타내지 않고, 과거처럼 단호하고 패도적인 면모도 거의 드러내지 않았다. 사람들 곁에 있으면서도 주변에는 무심할 정도로 점점 허허로운 존재가 되어가고 있었다.

"그대를 몸 달게 하는 사마세가에 대해 이야기해 볼까? 역시 사마세가겠지?"

"틀림없습니다."

기묘한 문답이었다. 사마세가가 대체 뭐란 말인가?

"사마세가는 얼마나 강한가?"

"지금까지 드러난 전력이야 진무궁을 넘지 못합니다. 그러나 그게 전부가 아니겠지요."

"교토삼굴(狡兎三窟; 토끼는 위험에 대비해 굴을 세 개 판다는 뜻)이라……."

"사마세가가 몰래 파둔 굴은 세 개 정도가 아닐 겁니다. 사마세가 안팎에 수없이 사람을 심어놓고 수십 년 동안 감시를 했는데도 지금까지 드러난 외부 병력도 미리 파악하지 못했습니다. 더구나 전대 가주인 사마광은 지금의 사마중보다 더 지독하고 철저한 인물입니다. 무림맹을 세울 때부터 이미 자신들이 감시의 대상이 되리라는 점을 잘 알고 있었을 테지요. 그러니 응당 철저한 안배를 해뒀을 겁니다."

"아무리 안배가 철저하다 한들 결국에는 나와 사마중의 싸움이 될 게야."

"예, 그럴 겁니다."

허이량이 물끄러미 악소천을 바라봤다.

감히 자신의 입으로는 물을 수 없는 질문이 담긴 눈길이다. 그 싸움의 결과를 믿어도 되겠냐는.

악소천은 그 대답을 질문으로 되돌려줬다.

"양곡대전이 어떤 교훈을 남겼던가?"

"제 소견으로는…… 정사대전은 피해야 한다는 것입니다. 지금 진무궁이 사파를 제압하고 있는 것도 그런 이유가 아니겠습니까?"

과거 천마협은 강호를 제패하기 위해 정파 무림의 중심이라고 할 수 있는 십대문파를 표적으로 삼았다. 그리고 십대문파와 경쟁관계에 있던 새외의 문파들을 있는 대로 끌어들였다.

엄밀히 말해 기존 세력과 신흥 세력의 충돌이었지만, 십대문파는 그 싸움을 정사대전으로 몰아갔다. 십대문파에 눌려 있던 사파들이 천마협의 침공을 계기로 일제히 들고 일어난 사실을 구실로 삼은 것이다.

천마협의 실수는 십대문파를 꺾는 데 혈안이 된 나머지 사파를 확실하게 적으로 돌리지 못한 점이었다. 천마협이 사파의 준동을 은근히 즐기고 있는 사이 십대문파는 정사대전이라는 명분 아래 결속을 다질 수가 있었다.

천마협에 대한 후세의 평판을 결정지은 사건은 역시 십대문파와 정면으로 맞붙은 양곡의 싸움이었다.

당시 수천을 헤아리는 사파의 무인들이 십대문파를 타도하기 위해 양곡으로 달려왔다. 천마협은 그때도 사파의 도움을 거절하지 않았다.

우선 십대문파를 제압한 다음에 사파를 징벌하겠다는 계획이었겠지만, 하늘은 천마협에게 그런 기회를 허락하지 않았다. 천마협은 결국 정사대전의 패자로 기록됐을 뿐이다.

진무궁은 그 사실을 교훈 삼아 천마협과는 전혀 다른 길을 가고 있었다.

십대문파와 오대세가에게는 승리를 거둔 뒤에 관용을 베풀어 준 반면, 시파에 대해서는 가혹했다. 그들이 저지른 악행을 반드시 따져 물은 것이다.

사파가 십대문파의 반대편에 서는 것은 인정하되, 양민에게 피해를 끼치거나 무도한 소행을 저질러서는 안 된다는 것이 진무궁의 공식적인 입장이었다.

실제로 십대문파와의 싸움이 소강상태에 들어간 상황에서도 사파에 대한 징벌은 활발하게 이뤄지고 있었다. 그 역할을 맡은 사람이 바로 수라사자 막창소였다.

허이량의 대답은 그런 점을 되짚은 것이었다.

 악소천의 입가에 은근한 미소가 떠올랐다. 허이량이 틀리지 않았지만, 정답을 정확히 맞춘 것도 아니라는 의미다.

 "그건 우리 쪽 이야기고, 사마세가가 얻은 교훈은 그런 게 아니다."

 "제가 한쪽만 본 모양입니다."

 "나는 어릴 때부터 늘 궁금했다. 왜 여씨세가는 천마협을 상대로 그렇게 무모하게 싸웠을까? 왜 스스로 멸문의 길을 갔을까? 아마도 그건 공포 때문이었을 게다. 천룡(天龍)의 후예들이 세상에 나타났다는 공포, 결코 이길 수 없으리라는 절망."

 "아마도 그랬을 겁니다."

 "사마광 역시 그런 심정으로 십대문파를 규합했겠지. 그리고는 어렵게 승리를 거뒀어. 사마광은 아마 그 무렵에야 깨달았을 게야. 천마협이 들고 나온 것은 결국 인간의 검에 지나지 않았다는 사실을. 그리고 뼈저리게 느꼈을 테지. 천룡의 싸움은 신선의 공(功)이 아닌, 인간의 검으로는 결코 끝낼 수 없다는 것을."

 허이량의 얼굴이 감출 수 없는 격정과 회한으로 물들었다.

 천룡, 그리고 신선의 공.

 세상에는 거의 알려지지 않은 이름들이다. 그러나 자신에게는 평생의 염원이자, 가문의 숙원이 담긴 전설이었다. 악소천의 입에서 그 단어를 듣는 것만으로도 가슴이 뜨거워졌다.

"사마세가는…… 역시 신선의 공을 얻지 못했겠지요?"

"그러니까 저렇게 시간만 끌고 있겠지. 내가 반선반인(半仙半人)의 문턱에 들어선 뒤에야 비로소 강호에 나설 용기를 얻은 것처럼."

그것은 사실이었다.

인간의 검이 아무리 강하다고 한들, 한계가 있기 마련이다. 강호제일인이라도 자신에 필적하는 절정고수들의 합공을 받게 되면 살아날 수가 없으니 말이다.

악소천이 오랜 세월 대륙을 넘보면서도 나서지 못한 것은 그런 이유에서였다.

그러나 지금 악소천은 자신 있게 말할 수 있었다. 인간의 검으로는 자신을 감당할 수 있는 자가 천하에 없다고. 아니, 스스로가 완전한 신선의 경지에 이를 날이 멀지 않았다고.

"궁주…… 저는 두렵습니다. 궁주께서 이대로 우화등선(羽化登仙)을 하시는 게 아닐지."

허이량은 악소천이 신선의 길을 향해 나가고 있는 것이 오히려 두려웠다.

신선이 되려면 인간의 감정과 생각에서 완전히 벗어나야 한다. 악소천이 신선이 된다면 더 이상 진무궁의 궁주 자리에 연연하지 않을 것이다. 진무궁의 염원조차도 신선에게는 티끌만도 못할 테니.

악소천이 없는 진무궁의 장래가 과연 어떻게 되겠는가?

"허허, 걱정하지 말지어다. 무황태제(武皇太帝)께서야 평생에 적도, 원한도 없는 삶을 사셨지만 나 악소천은 그런 그릇이 아니니까. 어쩌면 그래서 끝내 신선이 못 될지도 모르겠지만……. 허허허."

악소천이 오래도록 웃었다.

그 웃음소리는 텅 비어 있었다. 마치 악소천의 가슴이 비어 있는 것처럼.

겉으로는 아무것도 하지 않는 것 같았지만, 악소천은 지금 이 순간에도 싸우고 있었다.

진무궁의 이름을 만천하에 우뚝 세워 영원히 남기겠다는 평생의 염원과 그조차도 버리고 세상을 등지고 싶다는 허허로움 사이에서.

그것은 인간의 정과 신선의 도를 오가는 절대 경지에 이른 인간만이 할 수 있는 고독한 싸움이었다.

* * *

거대한 산맥이 끝없이 이어지는 천산 어느 자락에 흰 옷을 입을 젊은 여인이 나와 있다.

손을 뻗으면 건너편 봉우리가 잡힐 것같이 다가서 있는 깎아지른 듯한 절벽 위다.

여인의 옆에는 비슷한 또래로 보이는 녹색 무복의 여인이

한 명 서 있고, 그 뒤로는 십여 명의 사내들이 따르고 있다.

"이제 그만 들어가시지. 그런다고 누가 구하러 오는 것도 아닌데."

녹색무복의 여인, 이진매가 차갑게 말했다.

한운영이 오늘도 동쪽 하늘을 하염없이 바라보며 돌아갈 생각을 하지 않고 있기 때문이다.

"누가 구하러 올 거란 생각은 안 해. 때가 되면 내 힘으로 돌아갈 거야."

한운영의 대꾸에서도 냉기가 풀풀 날렸다. 자신의 생부를 죽인 사람이 이적행이 아니라, 이진매라는 사실을 이제는 알기 때문이다.

"흥, 아직도 정신을 못 차리고 있군. 궁주께서 네게 손끝 하나 대지 않고 살려 주셨으면 감사한 줄 알아야지."

"난 당신 같지 않아. 쉽게 편을 바꾸지도 못하고…… 원한은 더욱 못 잊어."

한운영은 자신이 왜 아직까지 살아 있는지 그 까닭을 알 수 없었다.

자신을 사로잡은 뒤 악소천이 한 일이라고는 몸에 내력을 밀어 넣어 내공을 살펴본 게 전부였다. 그리고는 무공을 완성해서 돌아오라며 자신을 이 먼 곳으로 보내 버렸다.

"나를 죽이고 싶으냐? 그러면 더 강해져야 할 것이다. 네가 익힌 그 무공의 끝을 봐야 가능한 일이지. 허허, 왜

관음사(觀音寺)의 파도 소리 19

너를 살려 두냐고? 아이야, 그게 너와 나의 숙명이란다."

악소천의 말은 여전히 이해할 수 없지만, 한운영은 기어이 돌아갈 생각이었다. 악소천과 자신을 엮고 있는 것이 숙명이든, 원한이든 반드시 되갚아 주고 싶었다.

이진매가 표독하게 한운영을 쏘아봤다.

"나라고 좋아서 너를 따라다니는 줄 알아? 내 할아버지가 네년 손에 목숨을 잃었어. 내 증조부께선 너희 집안의 가증스런 행각에 속아서 헛되이 생명을 버리셨고……. 지금 누가 누굴 참아주고 있는 건데?"

"그래…… 서로 잊지 말자고."

한운영이 그 말을 끝으로 입을 다물었다.

누가 먼저 시작했느냐, 누가 더 피해를 입었느냐는 중요하지 않다. 자신과 이진매는 서로의 손에 혈육을 잃은 철천지원수일 뿐이다. 과거 천마협과의 싸움에서 정파의 편에 섰던 이진매의 가문이 반대편으로 말을 갈아탔는지, 아닌지는 그 다음 문제였다.

한운영이 다시 한 번 고개를 들어 멀리 동쪽을 바라보고는 몸을 돌렸다.

이진매의 말마따나 동쪽 하늘만 쳐다본다고 누가 자신을 구하러 올 것도 아니었다. 그저 가슴이 답답해서 버릇처럼 같은 짓을 매일 되풀이하고 있을 따름이다.

언제나 그렇듯이 오늘도 어김없이 하나의 얼굴이 떠오른다.

'당신은…… 어디 있나요?'

한운영은 그 말을 깊이 삼켰다.

자신을 구하려다 무공을 잃고, 두 눈을 잃은 사람이다. 혼자 마음에 담기만 했지, 자신은 단 한 번도 그의 사람이 돼주지 못했는데 말이다.

오늘도 이 자리에서 마음만 하염없이 동쪽으로, 동쪽으로 보내볼 뿐이었다.

    *   *   *

그 무렵 석도명은 천산에서 멀리 떨어진 대륙의 동남쪽 끝 복건(福建)의 바닷가에 있었다.

여가허를 떠난 석도명은 성치 않은 몸을 이끌고 정연의 고향 초구로 갔다.

그곳에서 보름을 기다렸지만 정연은 돌아오지 않았다. 대신 정연의 모친을 모시고 숨어 있던 채향이 나타났고, 다시 며칠 뒤엔 천리산과 이광발이 중상을 입은 구엽을 안고 돌아왔다. 곽석과 서량을 삼문협에 묻은 뒤였다.

천리산은 정연과 단호경이 잔뜩 피를 뿌리고 벼랑에서 떨어졌다고, 아무리 뒤져도 시체조차 찾을 수 없었다고 했다.

석도명은 소용없는 일인 줄 알면서도 삼문협까지 갔다. 물론 두 사람의 흔적은 찾지 못했다.

정연과 단호경이 정말로 죽었을 가능성은 적지 않았다. 설령 살아 있다고 해도 나타날 수가 없다고 생각했다. 자신은 폐인이 되고, 막창소가 건재한 이런 상황에서는.

석도명은 염장한의 말대로 세상 어디에 있을지 모르는 길을 찾기 위해서 무너진 가슴을 안고 정처 없이 떠돌기 시작했다. 천리산과 이광발에게 다시 돌아오겠노라고 약속했지만, 과연 그게 언제일지는 알 수 없었다.

그렇게 남쪽으로 흘러온 석도명의 걸음은 한 곳에서 멈췄다.

지유(止遊).

떠돌기를 멈춘다는 뜻을 가진 작은 어촌이다.

염장한은 복건에 접어들자 갑자기 바다가 보고 싶다며 무작정 바다로 길을 잡았다. '명색이 유서 깊은 해운관 관장인데 평생 바다를 보지 못했으니 이런 수치가 또 어디 있겠냐'는 이유였다.

석도명은 별 말없이 그 뒤를 따랐다. 바다를 한 번도 보지 못하기는 그 또한 마찬가지였다. 앞을 볼 수 없는 처지였지만, 바닷바람이라도 쐬고 싶었다.

그리고 그 바다가 훤히 내려다보이는 산턱의 작은 절에서 석도명은 발이 묶이고 말았다.

관음사(觀音寺).

절 이름을 듣는 순간, 석도명은 한 걸음도 뗄 수가 없었다. 눈을 잃고, 다시는 관음의 경지를 되찾을 수 없다는 절망감에 사로잡혀 있었다. 헌데 하늘은 무슨 까닭으로 자신의 걸음을 이곳으로 이끈 것일까?

관세음보살(觀世音菩薩)을 모시는 관음도량(觀音道場)이라는 의미로 지어진 흔한 이름에 불과했지만, 석도명은 쉽게 흘려들을 수 없었다. 그래서 단 며칠이라도 그곳에 머물다 갈 생각을 하게 됐다.

석도명은 그날 밤 한숨도 자지 못했다.

해조음(海潮音).

쉼 없이 귓가에 밀려드는 파도 소리 때문이었다.

요란하게 달려와 뭍에 부딪쳐 부서지는 바다의 노래를 들으면서 석도명은 그 안에서 슬픔과 그리움, 고통과 번뇌, 위로와 평화를 느꼈다.

석도명이 살면서 들은 온갖 자연의 소리 가운데 그 만큼 처연하고, 따듯하며, 또 압도적인 소리는 없었다.

그 파도 소리가 결국은 석도명을 관음사에 눌러 앉혔다.

석도명은 절에서 물을 긷고, 청소를 하고, 스님들에게서 불경을 배웠다. 그리고 남는 시간에는 바닷가에 나와 파도 소리에 몸을 맡겼다.

역시 시간이 약이었던 것일까. 아니면 파도 소리 덕분일까? 가슴에 깊이 파인 마음의 상처는 어느덧 아물어 있었다. 아니,

가슴 밑바닥의 심연에 깊이 가라앉았다.

 그렇게 계절이 두 번 바뀐 뒤, 석도명은 비로소 관음사를 떠날 수 있을 것 같았다.

 석도명은 오늘 관음사 주지 명현과 담소를 나누고 있다. 떠나기에 앞서서 명현에게 미리 작별인사를 해둘 요량이었다.
 "허허, 요즘은 백팔배를 거의 안 하시더군요. 하도 열심이기에 저러다가 삼천배, 일만배까지 올리는 게 아닐까 했었지요."
 "제가 좀 게으른 편이라…… 그렇게까지는 못했습니다."
 처음 관음사에 왔을 때 석도명의 주요 일과 중 하나가 원통전(圓通殿; 관음보살을 주불로 모신 전각)에서 백팔배를 올리는 것이었다. 하루에 한 번씩이 아니라, 기력이 다할 때까지 미친 듯이 백팔배를 반복하던 때가 있었다. 지옥 같은 마음을 이겨내기 위해서였다.
 그렇게 두어 달이 지나 마음의 응어리가 어느 정도 씻겨 나간 뒤부터 석도명은 본격적으로 해조음에 빠져 들었다. 일만 격에 비유하자면 백팔배에 매달렸던 시기가 무작정 일만 번을 휘두르던 시절이고, 해조음을 들으면서부터는 일만 번을 생각한 셈이었다.
 "어쨌거나 다행입니다. 얼굴이 많이 편해지셨습니다."
 명현이 넉넉한 미소를 지어 보였다.
 "덕분에 마음을 추스를 수 있었습니다. 잃었던 마음을 되찾앉으니…… 이제는 다시 떠날까 해서요."

"아, 역시 그렇군요. 만나고 헤어지는 게 인연인 줄 알면서도 석 시주와의 이별은 몹시 아쉽습니다. 파도에 실려 예까지 날아오는 호금 소리를 들으면서 많이 행복했었는데 말입니다. 그런 연주는 평생 다시 들을 수가 없겠지요."

석도명이 호금을 연주하기 시작한 건 불과 한 달 전의 일이다.

음악과는 거리가 먼 무공에 매달리다가 끝내는 은원에 휘말려 두 눈을 잃은 사실이 사부에게 미안해서 오랫동안 악기를 잡을 수가 없었다. 마음을 달래고 나니 역시 자신이 갈 길은 음악, 소리뿐이었다.

주지스님이 이렇게 칭찬을 하는 것을 보니 자신의 절절한 마음이 호금에 실리기는 했던 모양이다.

"과찬이십니다."

"히히, 과찬이라니요? 석 시주께서 연주를 할 때면 뒷산의 새들도 울음을 그친다는 걸 관음사에서 모르는 사람이 없는걸요."

석도명이 거듭되는 칭찬에 몸 둘 바를 몰라 하자, 명현이 화제를 돌렸다.

"앞으로 뭘 하실 생각인가요?"

"……관세음보살께서 그러셨듯이 저도 세상에 나가 소리를 들어볼까 합니다. 제가 얻고자 하는 게 거기에 있지 않을까 해서요."

관음보살 혹은 관세음보살. 소리를 보는, 더 나아가 세상의 소리를 보고 들어주는 보살이다. 때로는 관자재보살(觀自在菩薩)로도 불린다. 소리를 봄(觀)으로써 모든 것을 저절로 이룬다(自在)는 뜻이다.

석도명은 관음보살에 대해 배우면서 그 안에 담긴 가르침이 주악천인경과 맞닿아 있다는 느낌을 지울 수 없었다. 어쩌면 불가(佛家)의 가르침을 음악으로 승화시킨 것이 주악천인경이 아닐까 하는 생각이 들 정도였다.

더구나 법화경(法華經)에는 공겁(空劫; 태초를 의미함) 때 맨 처음 성불한 부처를 위음왕불(威音王佛)이라고 적고 있다. 부처의 처음이 소리라는 이야기는 '태초에 어둠 속에 소리가 있었다'는 진명진인의 말과 다르지 않았다.

그뿐이 아니다.

관음도량의 승려들은 해조음을 들으며 관음의 깨우침을 얻으려고 노력한다. 관음사가 바닷가에 자리한 것도 그런 연유였다. 또한 능엄경(楞嚴經)에는 깨달음을 얻는 방편으로써 이근원통(耳根圓通)의 방법이 기술돼 있기도 했다.

그리고 보면 소리를 통해 천인이 되는 것과 성불(成佛)을 하는 것이 다르지 않은 일일 터였다.

석도명이 명현에게 세상의 소리를 듣겠다고 한 것은 그런 의미였다. 사부의 유지 또한 세상에 나가 자신만의 소리를 찾아보라는 것이 아니던가?

석도명의 말에 명현이 온화한 미소를 머금었다.

"허허, 그 이야기를 듣고 보니 떠오르는 게 있군요. 떠나기 전에 한 가지 소리를 더 들어보시지요. 이 관음사에서 시주께서 아직 듣지 못한 소리가 있는 것 같은데 말입니다."

"제가 듣지 못한 소리가 있다고요?"

석도명이 의아한 얼굴로 되물었다.

명현의 얼굴에서 미소가 더욱 짙어졌다.

다음날 석도명은 관음사 뒷산 허리를 감아 돌아가는 구불구불한 벼랑길을 혼자 걷고 있었다. 그 벼랑길이 끝나는 곳에 적련암(赤蓮庵)이라는 작은 암사가 하나 서 있었다.

암자 앞에 도착한 석도명의 얼굴에 당혹감이 떠올랐다. 엄청난 파도 소리가 고막을 찢을 듯이 울려댄 탓이다. 파도 소리는 사납게 울부짖고, 혼자 내달리다 산산이 부서져 내렸다.

그리고 적련암을 위에서 덮듯이 감싸 안은 바위 절벽이 그 소리를 몇 배로 키워냈다. 폭풍이 몰아치는 거친 바다도 이렇게 흉포한 소리를 내지는 못했다.

그것은 적련암의 독특한 구조 때문이었다.

암자 밑으로 절벽이 깊이 갈라져 그 안으로 엄청난 양의 바닷물이 밀려 들어왔다가 바위에 뒤엉켜 불규칙하고도 거친 소리를 토해냈다. 석도명이 관음사에서 미처 듣지 못한 소리가 아마도 이 미칠 듯한 파도 소리이리라.

'이 소리를 들으면 멀쩡한 마음마저 뒤집어지겠구나.'

석도명은 굳이 이런 곳에 암자를 지은 까닭을 이해할 수 없었지만, 그 문제를 깊이 고민할 겨를도 없었다. 암자 앞에 서기가 무섭게 안으로부터 질문이 날아들었기 때문이다.

"어디서 오는 길인가?"

음성의 주인공은 관음사 주지의 스승이라는 오명(鳴鳴)선사였다.

"원통전에서 오는 길입니다."

갑작스런 질문에 석도명이 깊은 생각 없이 떠오르는 대로 답했다. 조금 전까지 원통전에서 모처럼 백팔배를 드리고 온 길이었다.

"허어, 마음이 아직 그곳에 있구나. 냉큼 돌아가거라."

도통 알아들을 수 없는 소리다.

하지만 석도명은 그 말에서 설명할 수 없는 현기(玄機; 깊고 묘한 이치)를 느꼈다. 생각해 보면 오명선사의 질문은 '나는 어디서 왔는가?' 하는 근원적인 문제였다.

"제가 어찌하면 온 곳으로 되돌아갈 수 있겠습니까? 한 치 앞도 보이지 않는데, 이 몸뚱이 하나를 돌려 어디로 간단 말입니까?"

"허어, 장님이라더니 과연 제대로 눈이 멀었구나."

"그러면 눈이라도 뜨게 해주십시오."

"껄껄껄! 염치없는 놈이로다."

선승(禪僧)의 웃음치고는 지나치게 걸쭉한 웃음소리가 한참 동안 들렸다. 그러더니 불경을 외는 듯한 낭랑한 음성이 이어졌다.

"산하를 돌린다고 누가 묻는가? 산하를 돌리면 누구에게로 향하는가? 원통(圓通)에는 두 개의 둘레가 없듯이 법성은 본래 돌아갈 곳이 없노라(誰問山河轉 山河轉向誰 圓通無兩畔 法性本無歸)."

"……."

석도명은 아득한 기분이 들어 꼼짝도 하지 못했다.

누가 산과 물(山河)을 돌려세우며, 산과 물이 돌아선 곳에는 또 누가 서 있을 것인가? 내가 이미 자연에 들어 있는 것을.

문득 오래 전 두공 스님에게서 들었던 말이 떠올라 저절로 입술을 움직였다.

"청산은 먹으로 그리지 않아도 천년의 병풍이요, 흐르는 물은 줄이 없어도 만고의 금이로다……."

그때 삐그덕 소리를 내며 암자 문이 열리며 나이를 짐작할 수 없는 노승이 모습을 드러냈다.

"끌끌, 그걸 아는 놈이 그러고 있느냐?"

석도명은 그제야 적련암에 발을 들여놓을 수 있었다.

관음사(觀音寺)의 파도 소리 29

"그래, 관음사에 와서 무엇을 얻었더냐?"

석도명이 파도 소리에 이끌려 관음사에 머물게 된 사연을 듣고 난 뒤에 오명선사가 물었다.

"얻고자 한 것이 아니라, 비우려고 했습니다. 가슴에 가득한 후회와 증오를 씻지 않고서는 이 마음에 무엇도 담을 수 없을 것 같아서입니다."

"허면 그 빈 마음에는 무엇을 채우려는고?"

"저는 본시 음유심생(音有心生; 소리가 마음에서 생긴다), 이 네 글자를 품고 살아가는 악사였습니다. 제 스승께서는 평생 하늘의 소리를 좇으셨지요. 그 소리를 채워볼 생각입니다."

"끌끌, 하나뿐인 내 제자 녀석이 네 칭찬을 그렇게 해대더구나. 헌데 알고 보니 욕심이 가득한 놈이로고."

"허면 그것마저 비워야 하겠습니까?"

"단순하기는……. 부처가 되려는 욕심을 버리고서야 어찌 중노릇을 하겠으며, 게으른 놈이 어찌 염불을 외겠더냐? 더구나 '옴'을 얻겠다는 놈이 말이야. 그동안 절밥을 제법 축냈으니 옴이 뭔지는 알고 있겠지?"

옴!

태초의 소리, 우주의 소리를 뜻하는 범어(梵語)다. 불교 중에서도 밀교(密敎)에서 진언으로 자주 사용하는 말이기도 했다.

석도명은 관음사의 승려들로부터 옴이라는 단어가 있다는 것을 배웠다. 그것은 관음사가 서장(西藏; 티벳)의 밀교에 뿌리를 둔 사찰이었기 때문이다. 명현 스님의 귀띔에 따르면 오명선사는 젊은 시절 서장은 물론, 천축(天竺; 인도)에 오래 머물면서 수행을 했다고 했다.

석도명은 오명선사의 말에 수긍의 의미로 고개를 끄덕였다.

"표현이 다를 뿐 하늘의 소리와 같은 의미가 아닐까 하는 생각을 하고 있습니다."

진명진인이 남긴 글귀를 곱씹을수록 그 내용이 밀교에서 말하는 옴과 일맥상통한다는 확신이 점점 깊어졌다. 따지고 보면 하늘의 소리가 곧 부처의 소리가 아니겠는가?

"천축의 언어로는 아, 우, 음 세 가지 소리를 합쳐서 옴이라는 글자를 만든다. 그걸 한자로 옮기면 아(阿), 오(烏), 마(麻)가 되는데…… 아는 법신(法身)을 뜻하고, 오는 불가사의한 진리, 마는 중생을 뜻하느니라. 만물이 생겨나고 사라지는 이치가 옴에 담겨 있다 그 뜻이다. 서장에서는 옴만 열심히 외워도 불성을 깨칠 수 있다고 믿느니."

"예, 결국 그 한 글자에 모든 게 담겨 있군요. 제가 마음에 채워야 할 것이 바로 그것입니까?"

"끌끌, 아직도 욕심을 못 버렸구나."

석도명이 기이한 표정으로 오명선사를 바라봤다.

조금 전에는 욕심을 버리고서 어찌 중노릇을 하겠냐고 하더니, 이번에는 욕심을 못 버렸다고 나무란다.

"마음 그까짓 게 뭐라고 비웠다, 채웠다 난리를 피우느냐?

우리같이 미련한 중생들이 실로 버려야 할 것이 바로 그 마음인 것을. 본시 마음이 없으면 다칠 일도 없는 법!"

"……"

어찌 들으면 평범하고 진부한 다그침이었지만 석도명은 오명선사의 말에 다시 아득한 마음이 되었다. 그것은 무엇을 듣느냐가 아니라, 어떻게 듣느냐의 차이가 가져온 결과였다.

마음을 비우는 것과 버리는 것.

비슷한 일 같지만 전혀 다른 의미다. 좁디좁은 사람의 마음을 비워봤자 그 안에 산 하나를 제대로 들일 수 있겠는가? 차라리 나를 버려야 내가 산이 되고, 또 물이 되지 않겠는가?

뭔가를 머리로 아는 것과 가슴으로 깨닫는 것은 다른 일이다.

석도명은 가슴이 뭉클거리면서 묘한 기분에 젖어들었다.

관음사에 머물면서 오랜 괴로움 끝에 상처를 씻어내고, 자연의 소리에 차츰 귀를 열기 시작했다.

그러나 돌이켜 보면 마음을 비운 것이 아니라, 나 자신을 조금씩 잘라내 바다에 뿌리고 있었던 게 아닐까 하는 생각이 들었다.

석도명이 각성의 순간에 접어드는 것을 보면서 오명선사가 너털웃음을 터뜨렸다. 그리고는 불경을 외듯이 낯선 구절을 읊기 시작했다.

하늘과 땅에는 사사로움 없느니, 만물이 자연 그대로
의 소릴 듣도다.
그런 까닭으로 만물이 저절로 나고 저절로 죽는구나.
죽음이란 내가 가혹하게 굴어서 그리 되는 게 아니요,
사는 것 또한 내가 어진 탓이 아니로다.

天地無私 而聽萬物之自然
故萬物自生自死
死非吾虐之 生非吾仁之也

석도명은 의식이 점점 아득해졌다. 그리고 그 가운데서 스스로를 죽이고, 죽은 자리에서 다시 살아나고, 또 죽었다. 그것은 마음보다 깊은 곳에 들어 있던 자성(自性; 본래 가지고 있는 진성 혹은 자성본불의 준말)과 진여(眞如; 있는 그대로의 모습)를 일깨우는 과정이었다.

오명선사가 염주를 굴리며 나지막이 진언을 외웠다.

"옴 도로도로 지미 사바하……, 옴 도로도로 지미 사바하……."

인간의 감정이 사라진 지 오래인 오명선사의 탈속한 얼굴에 왠지 처연한 미소가 떠올랐다가 천천히 사라졌다.

석도명은 그날부터 적련암에 머물렀다. 발밑에서 넘실대는 사나운 파도 소리가 석도명과 함께했다. 그렇게 다시 석 달이 흘렀다.

*　　　*　　　*

　석도명은 오늘도 관음사 아래에 펼쳐진 바닷가에 나와 있다.

　오랫동안 꼼짝도 하지 않던 석도명이 먼 바다를 향해 천천히 고개를 들었다.

　살갗에 느껴지는 햇살이 조금은 옅어진 것을 보니 절로 돌아갈 시간이 다가오고 있었다.

　'사부님, 마음으로 소리를 다스려야 한다고 하셨지요? 저는 이제야 겨우 제 마음을 소리에 맡기는 법을 깨우친 모양입니다.'

　습관이란 무서운 것이다. 이제는 해를 볼 수 없는데도 해질녘이 다가오면 석도명의 가슴엔 형언할 수 없는 감정이 차올랐다. 오늘은 유난히도 사부가 그리웠다.

　석도명이 옆에 놓여 있던 호금을 집어 들었다.

　지잉, 지이이이이잉.

　첫 음은 짧았고, 두 번째 음은 한없이 길었다. 그리고 그 긴 흐느낌이 선율로 바뀌었다.

　석도명은 소리의 기운을 끌어올릴 생각을 하지 않았다. 어떤 곡조를 연주하겠다는 의식조차 없었다. 그저 마음을 통째로 소리에 맡겼을 따름이다.

　호금을 연주하는 건 석도명의 마음이 아니라 파도였다. 석도명의 가슴에 마음이 사라지고 그 자리를 온통 파도가 채웠다.
 헌데 무슨 조화였을까? 그 파도 소리 속에서 문득 진명진인이 남긴 열여섯 글자가 되살아났다.

> **일기만허**(一氣滿虛)
> **관물제상**(貫物齊象)
> **무생무연**(無生無緣)
> **천화장지**(天和將至)

 석도명에게 관음의 경지를 열어줬던 그 법문이 머릿속에서 기묘하게 뒤틀리며 뒤엉키기 시작했다. 글자의 조합이 바뀌면서 새로운 구절들이 마구 만들어졌다.

> **일관무천**(一貫無天)
> **기물생화**(氣物生和)
> **만제무장**(滿齊無將)
> **허상연지**(虛象緣至)

 단지 글자를 읽는 방향이 바뀌었을 뿐인데, 뜻은 전혀 달랐다.
 처음부터 하늘은 존재하지 않고, 기와 만물이 생겨나 조화를 이룬다. 가득한 것을 하나로 하니 마침내 사라진다. 상을 비우니 인연에 닿으리라.

그게 대체 무슨 의미란 말인가?

거기서 끝이 아니었다. 일물무지(一物無至; 하나로는 아무 곳에도 이르지 못한다), 허제생천(虛齊生天; 모두 비우니 하늘이 생긴다) 등의 글귀가 계속 생겨나고 또 지워졌다.

석도명은 당장에라도 연주를 멈추고 그 글귀를 풀어봐야 하는 게 아닌가 하는 생각이 들었다.

그러나 그렇게 하지 않았다. 조금 전까지 소리에 마음을 맡겨 놓고 자연의 소리에 취해 있었다. 그런데 갑자기 변덕을 부려 그 마음을 되찾아오고 싶지는 않았다.

'생각이 오히려 병이라지 않던가.'

다음 순간 석도명의 머릿속에서 춤을 추던 글자들이 하나씩 지워졌다. 이내 석도명은 파도 소리와 호금 소리 외에는 아무것도 듣지 않고, 생각하지 않게 되었다.

석도명은 파도에 점점 잠겨드는 것 같았다. 바다가 자신에게 다가온 것 같기도 하고, 바다와 자신이 하나가 된 것도 같았다.

석도명의 의식은 거기가 끝이었다. 그 뒤로는 스스로 파도가 되어 철썩 철썩, 바닷가 모래밭을 쓸어가는 게 전부였다.

변화가 생긴 것은 그때였다.

푸른 하늘에 태양이 붉게 물들어 가는 맑은 날씨에 어울리지 않게 짙은 안개가 삽시간에 바다를 뒤덮었다.

어디서 바람을 타고 옮겨온 안개가 아니었다. 바다에서 뿜연 기운이 아지랑이처럼 피어올라 하늘에 맞닿을 정도로 높이 올라갔다. 안개가 천천히 다가와 석도명의 몸을 자욱하게 뒤덮었다.

그 순간 석도명은 바다 속에서 거대한 생명체를 만났다. 그 생명체가 다가와 투명한 눈으로 석도명을 조용히 바라봤다. 석도명 또한 같은 눈빛으로 상대를 바라봤다. 둘 사이에 침묵의 대화가 오갔다.

'너는 어디서 왔니?'

'깊은 바다에서.'

'여긴 뭐 하러 온 건데?'

'네가 불렀잖아.'

'내가 불렀다고?'

'그래.'

그 침묵의 언어 속에서 석도명은 어렴풋이 느꼈다. 자신이 진짜로 바다가 됐다는 것을.

그렇게 시간이 얼마나 흘렀을까? 이윽고 자욱한 안개가 바다로 밀려나더니 거짓말처럼 흩어졌다. 바다 깊이 가라앉아 있던 석도명의 의식도 서서히 되돌아왔다.

파도와 어울리던 호금 연주는 어느 틈엔가 끝나 있었다.

"후후, 아직도 눈에 대한 미련을 못 버렸나?"

석도명이 나지막이 중얼거렸다.

좀 전에 겪은 환상이 너무 생생해서 한순간 자신이 눈을 되찾은 게 아닐까 하는 생각이 들 정도였다.

그러나 연주가 끝나고 보니 역시 세상은 온통 암흑일 뿐이다. 버린다, 버린다 하면서도 여전히 미련을 버리지 못했다는 증거이리라.

이어 석도명의 고개가 뒤로 돌아갔다. 모래 위를 터벅터벅 걸어오는 누군가의 발자국 소리 때문이다.

"에구구, 무슨 놈의 날씨가 귀신 조화 부리듯 하냐? 멀쩡한 날에 갑자기 무슨 안개람."

염장한이었다.

석도명이 관음사를 떠나려고 하지 않는 바람에 따분한 바닷가 마을에 갇혀 살게 된 처지다. 그 바람에 염장한은 날마다 술에 취해 돌아와서는 투정을 부리기 일쑤였다.

오늘도 석도명에게 바짝 다가앉은 염장한의 입에서는 술 냄새가 진동을 했다.

"으이구, 허구한 날 이 짓이냐? 이러고 있으면 바다랑 말이라도 트게 된다더냐?"

석도명이 해조음에 빠져 있는 것을 놀리는 소리다.

"뭐, 바다하고 말을 못 틀 것도 없지요."

"으잉? 그래 바다가 뭐라는데?"

"철썩, 철썩이랍니다."

"허, 그놈 흰소리가 제법 늘었네."

"이래도 철썩, 저래도 철썩. 사는 게 그렇답니다."

"그래서 뭐 어쩌라고?"

"이래도 그만, 저래도 그만이니 그냥 열심히 살아봐라, 그 뜻이죠."

"옳거니! 여기에 있어도 그만, 떠나도 그만이렸다."

염장한이 석도명의 말을 냉큼 가로채 엉뚱한 곳에 갖다 붙였다. 자유를 뜨고 싶은 마음이 굴뚝같다는 증거다.

"예, 이제 떠날 때가 된 것 같네요."

염장한의 얼굴에 금세 화색이 돌았다.

"우히히, 정말이냐? 좋아, 당장 가자고! 히히, 어디로 갈까?"

"남쪽 바다엔 오래 있었으니 반대편으로 가보려고요."

"그래, 바다는 나도 이제 신물이 난다. 반대편이면 어디가 좋을까나?"

"천산으로 갑니다."

"뭐, 뭐, 뭐? 천산? 야, 거긴 너무 멀잖아. 그리고 거기나 여기나 놀 데가 없기는 마찬가지거든."

염장한의 반응에 아랑곳하지 않고 석도명은 몸을 돌렸다.

염장한을 다루는 법은 터득한 지 오래다. 투덜거리면서도 결국에는 따라올 것이다. 여가허를 떠날 때 왕문이 쥐어준 여비가 아직은 남아 있으니까.

소용이 없는 줄 알면서도 염장한은 투정을 멈추지 않았다. 주저앉아 손바닥으로 땅을 두드리며 연신 투덜거렸다.

"아이고, 내가 이 나이에 그 춥고 배고픈 천산까지 갔다가는 반드시 객사를 면치 못하겠구나. 아아, 젊은 놈이 인정머리가 없기는……."

그때 갑자기 염장한의 말이 뚝 끊겼다.

"으헉! 저게 뭐야? 저 시커먼 거, 저거…… 도, 도명아! 고래다, 고래야!"

난생처음 보는 광경에 염장한은 마치 아이처럼 펄쩍펄쩍 뛰면서 소리를 질렀다.

거대한 고래 한 마리가 바닷가 근처에서 유유히 헤엄치고 있었다. 물 위로 드러난 등짝만 해도 얼추 서른 자(9미터)가 훨씬 넘는 거대한 고래였다.

염장한의 목소리가 성가셨는지, 고래는 긴 숨을 뿜어내고는 꼬리를 크게 흔들며 깊은 바다로 나아갔다. 그리고 붉은 노을이 짙게 걸린 수평선을 향해 고래의 모습이 유유히 멀어졌다.

염장한의 외침을 들었지만 석도명은 뒤를 돌아보지 않았다. 눈으로 볼 수 없는 형편이기도 했지만, 굳이 볼 필요도 없었다.

'그게 환상이었든, 진짜였든 상관없어. 나는…… 이미 고래를 봤으니까. 자연이 내게 왔으니까.'

석도명은 다음날 관음사를 떠났다.

제2장
어린 소나무
(不及火木)

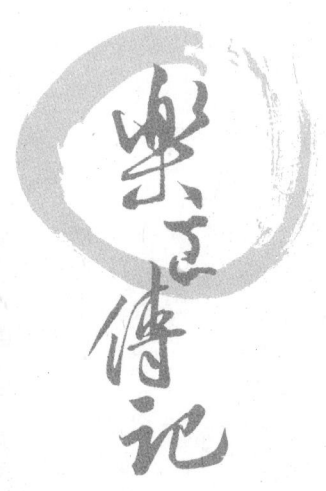

 섬서성 중심부에서 동남쪽으로 길게 흘러가는 물줄기가 단강(丹江)이다. 섬서에서 발원하는 황하에 비하면 그리 큰 강은 아니지만, 여름 끝물에 갑자기 쏟아진 며칠 동안의 폭우로 지금은 물이 제법 불어 있었다.
 인근의 큰 고을인 상주(商州) 최고의 부잣집으로 이름난 송가장(宋家莊)의 금지옥엽(金枝玉葉) 송신영(宋信英)과 그 동생 송신혁(宋信赫)을 가로막은 것은 바로 그 단강이었다.
 "혁혁, 누나 어떻게 해?"
 송신혁이 당황한 얼굴로 누이를 바라봤지만 송신영이라고 답이 있을 리 없었다.

송신영은 열넷, 송신혁은 열하나. 둘 다 어린아이일 뿐이다.
"겁먹으면 안 돼. 겁먹지 마."
그래도 누나라고 송신영이 동생의 손을 꼭 움켜쥔 채 주변을 살폈다.
상황은 절망적이었다. 강폭이 꽤 넓기도 했지만, 며칠 전에 쏟아진 폭우로 흙탕물이 거센 물결을 치며 흐르고 있었다. 강둔덕 바로 밑까지 물이 차오른 상태였다.
송신영이 뒤를 돌아봤다.
나무숲을 헤치며 사람들이 달려오는 소리가 들렸다. 이제는 되돌아갈 수도 없었다.
송신영이 동생을 잡아끌고 가까운 풀숲으로 뛰어들었다.
곧이어 건장한 사내 다섯이 모습을 드러냈다. 제일 앞에 선 30대 중반의 사내는 장사치 같은 분위기를 풍겼고, 나머지 네 사람은 손에 검을 들고 있었다.
장사치처럼 생긴 사내, 송가장의 집사 장박(張博)이 주변을 한 차례 훑어보고는 이내 웃음을 터뜨렸다.
"하하, 나오너라. 너희 발에 애꿎은 풀들이 잔뜩 짓이겨졌구나."
송신영이 분한 얼굴로 풀숲 속에서 일어섰다. 흔적을 감출 시간이 부족하기도 했지만, 이런 일이 처음인 탓에 미처 그런 생각을 할 겨를도 없었다.
"아저씨가…… 저희에게 이럴 줄은 몰랐어요."

"하하, 내가 뭘 어쨌다는 말이냐? 나는 그저 너희를 부친이 계신 곳으로 데려다주려는 것뿐인데."

"그런데 왜 아버님의 인장(印章)을 넘보세요? 그리고 저 사람들은 또 뭐죠?"

송신영이 장박 뒤에 서 있는 낯선 사내들을 노려보며 앙칼지게 따져 물었다.

이미 송신영은 장박이 무슨 변명을 하든 믿어줄 기세가 아니었다. 사실 처음부터 모든 게 이상했다.

송신영의 부친인 송한상(宋翰相)이 총관 진방(陳方)과 함께 하남으로 떠난 게 보름 전이다.

나이가 50줄에 이른 뒤에야 겨우 얻은 두 자식을 돌보느라 좀처럼 송가장을 떠나지 않던 송한상이 직접 나서야 할 만큼 중요한 거래가 있다고 했다.

그런데 이틀 전 장박이 찾아와 송한상이 여양(汝陽)에서 병을 얻어 쓰러졌다는 소식을 전했다. 그리고는 송한상이 송신영에게 맡겨둔 인장을 내어 달라고 했다.

원래는 송한상이 계약서에 직접 수결을 할 예정이었지만, 목적지까지 갈 수가 없어서 총관에게 인장을 맡겨 계약을 맺게 할 계획이라고 했다.

하지만 송신영은 선뜻 인장을 내줄 수가 없었다. 나이는 어려도 모친을 잃은 뒤 몇 년째 송가장의 안주인 노릇을 해온 터였다. 인장이란 아무렇게나 내돌릴 수 있는 물건이 아니다. 더구나 무슨 일이 있어도 인장을 남에게 넘겨서는 안 된다는 부친의 신신당부가 있었다.

그렇다고 부친이 직접 나서야 했던 중요한 거래를 망치는 것도 꺼려졌다.

결국 송신영은 자기 손으로 부친에게 인장을 전하기로 마음을 먹었다. 그리고 부친이 위중하다는 소식에 송신혁까지 고집을 피우며 따라 나섰다.

상황이 공교롭기는 했지만 송가장의 일꾼 10여 명을 거느리고 상주를 떠날 때까지는 특별히 이상한 낌새를 느끼지 못했다.

헌데 야촌(夜村)의 객잔에서 하룻밤을 묵고 난 오늘 아침부터 송신영은 장박을 조금도 믿을 수가 없었다. 마차 뒤를 따라오고 있는 줄 알았던 송가장 사람들을 장박이 몰래 돌려보냈기 때문이다.

그 대신 장박이 특별히 고용한 호위무사라는 낯선 사내들이 어느 순간부터 마차를 에워싸고 있었다.

위기를 직감한 송신영은 소변이 급하다는 핑계를 대고 잠시 사내들의 눈을 따돌린 뒤에 동생과 함께 달아났다. 그래서 여기까지 온 것이다.

들통이 난 뒤라 오히려 마음이 편해진 것일까? 장박이 한껏 여유로운 미소를 지어 보였다.

"어린 게 제법 야무지구나. 쯧쯧, 하지만 어쩌냐? 너희들 힘으로 살아가기에는 이 세상이 너무 험한데 말이다."

"서, 설마……."

장박의 말에 송신영은 가슴이 덜컥 내려앉았다. 부친의 신변에 변고가 있는 게 분명했다.

"노인네가 이번에 좀 무리를 하셨던 모양이다. 주무시다가 조용히 숨을 거두셨다는구나. 뭐, 가실 때가 되기는 했지."

송신혁이 털썩 주저앉아 울음을 터뜨렸다.

"아버지, 아버지…… 흑흑."

하지만 송신영은 자세를 흐트러뜨리지 않았다. 장녀라는 책임감, 자신과 동생의 생명을 장담할 수 없다는 위기의식이 송신영의 가슴을 무겁게 짓눌렀다.

"진 아저씨는요?"

송신영이 총관 진방의 안위부터 물었다. 송한상이 없는 지금 두 남매가 믿고 의지할 사람은 진방뿐이다.

"네 부친의 시신을 모시고 돌아오는 길이다만…… 살아서는 못 돌아올 게다."

"나쁜……놈."

송신영이 이를 악물었다.

진방을 죽일 정도라면 장박의 의중이 뭔지는 물어볼 것도 없었다. 송가장의 재산을 통째로 가로챌 생각인 것이다. 그러기 위해서 꼭 필요한 물건이 바로 부친의 인장이었다.

"자, 인장이나 내놓아라. 일이 더 거칠어지기 전에."

송신영이 품안에서 작은 주머니를 꺼내 들었다.

"흥, 이것만 있으면 뭐든 네 뜻대로 될 것 같으냐? 진 아저씨가 살해된 사실을 알면 관부에서 팔짱만 끼고 있지는 않을걸."

"하하, 어리석은 계집. 이것이 설마 나 혼자 벌인 일이라고 생각하는 거냐? 내가 나서지 않아도 너희가 송가장에 돌아가지는 못할 게다. 관부의 일도 네가 걱정할 바 아니고. 자, 동생을 살리려면 앙탈은 그만 부리고 그걸 내게 주렴."

"내가 바보인 줄 알아? 이걸 차지하면 분명 살인멸구를 하려고 들 거잖아!"

"크흐흐, 그게 여자의 눈치라는 거냐? 내 약속하마. 목숨만은 살려주지. 대신 좀 멀리 가기는 해야겠지. 너는 몸을 팔아야 할 테고, 동생은 배를 좀 타야 할 게야. 그래도 그게 어디냐? 복수도 살아 있어야 하는 거지."

송신영의 눈에서 푸른 불꽃이 일었다.

자신과 동생을 나락으로 빠뜨린 자들에게 송가장의 재산으로 호강을 누리게 한단 말인가? 아니, 살려주겠다는 장박의 말을 끝내 믿을 수가 없었다.

송신영이 주머니를 열어 옥으로 만든 인장을 손에 쥐었다.

"어디 가져갈 수 있으면 가져가봐!"

송신영이 손을 치켜들었다. 당장이라도 인장을 강물로 집어던질 기세였다.

"이, 이년이……."

장박이 치를 떨었지만 한 걸음도 앞으로 나서지 못했다. 지금처럼 물살이 거센 상황에서는 인장이 쓸려 갈 것이다. 인장을 갖고 돌아가지 못하면 자기 앞으로 떨어질 재물이 크게 줄어들 텐데 말이다.

 그 순간 장박 뒤편에 서 있던 사내들이 재빠르게 몸을 날렸다. 아무래도 무공을 아는 자들이 손을 쓰는 게 나을 것 같았다.

 하지만 송신영의 움직임이 더 빨랐다. 차라리 죽을지언정 치욕스럽게 살지 않겠다는, 원수들의 뜻대로 되게 하지는 않겠다는 단호한 결의가 있었기 때문이다.

 퐁당.

 송신영이 죽을힘을 다해 던진 인장이 강물 깊숙한 곳에 떨어졌다. 사내들 가운데 한 명이 송신영의 손목을 낚아챈 것과 거의 동시였다. 또 다른 사내가 송신혁의 뒷덜미를 움켜쥐었다.

 "놔, 놔! 이 개자식들아!"

 송신혁이 발악을 해댔다. 사내가 주저하지 않고 송신혁을 땅바닥에 거칠게 메다꽂고는 한 발로 지그시 눌러 버렸다. 그리고 곧이어 남매의 목에 날카로운 검이 겨눠졌다. 두 사내가 명령을 기다리는 눈빛으로 장박을 바라봤다.

 "이익, 어린것들이 명을 재촉하는구나."

 장박이 이를 갈면서 손을 들어올렸다.

 그 손이 내려오는 것과 동시에 두 남매의 목이 떨어질 순간이었다.

그때였다.

"어이쿠, 사람들이 이렇게 많은 걸 보니 내가 제대로 온 모양이네. 여기가 송하 나루가 맞습니까?"

웬 젊은 청년 하나가 수선을 떨며 숲에서 걸어 나왔다.

눈을 가린 검은 안대, 손에 들린 나무 막대기로 보아하니 장님이다.

그는 다름 아닌 석도명이었다.

"웬 놈이냐?"

장박이 신경질적으로 물었다. 죄를 짓는 현장을 들켰으니 마음이 고울 리 없다.

"하하, 보시다시피 앞을 못 보는 떠돌이 악사올시다. 서안(西安)으로 가는 중인데······."

한껏 치켜 올라갔던 장박의 눈꼬리가 슬쩍 풀렸다. 등에 볼품없는 호금 한 자루가 덜렁거리는 게 영락없는 거렁뱅이 악사다. 장님이 길을 잘못 든 모양이었다.

'쯧, 장님이라서 목숨을 구한 줄 알아라.'

장박은 굳이 장님까지 죽일 필요는 없다는 생각이 들었다.

"잘못 찾아왔다. 송하 나루는 더 남쪽으로 내려가야 한다."

그 말에 석도명이 털썩 주저앉았다.

"하이고, 밥도 못 먹고 반나절을 꼬박 걸어왔는데······ 잘못 왔다니. 나루터를 찾기 전에 허기가 져서 죽겠구나. 아이고, 하늘도 무심하시지."

장박이 인상을 찌푸렸다.

생목을 따는 꼬락서니를 보아하니 얻어 걸린 김에 구걸을 해보자는 심보다. 이래서 빌어먹는 자들하고는 처음부터 말을 섞어서는 안 되는 것이다.

장박이 동전 한 닢을 꺼내 던졌다.

"가던 길이나 조용히 가라. 나루터를 찾으면 이걸로 요기나 하고."

땅바닥에 돈 떨어지는 소리를 듣고는 석도명이 납죽 엎드렸다.

"아이고, 감사합니다. 감사……."

석도명이 말을 채 맺지도 못하고 황급하게 손을 휘저어 땅바닥을 더듬었다. 맨땅도 아니고 여기저기 잡초가 우거진 터라 눈이 밀쩡해도 놓선을 잃기 십상이었다. 장님이 기어이 동전 하나를 건지겠다고 땅바닥을 허우적대는 모습은 우스꽝스러웠다.

장박과 사내들의 입에서 실소가 흘러나왔다.

"쩝, 내가 괜한 짓을 했구나. 다시 줄 테니 이리 오너라."

공연히 시간을 끌게 되자 장박이 석도명을 불렀다.

문제가 생긴 것은 그 순간이었다.

땅바닥에 처박혀 입 안 가득 흙모래를 머금고 있던 송신혁이 쥐어짜낸 목소리로 입을 열었다.

"도와…… 주세요……."

공교롭게도 두 남매가 잡혀 있는 쪽으로 기어가고 있던 석도명이 그 소리에 우뚝 멈춰 섰다.

이제는 장박이나 석도명 모두 감추고 말고 할 게 없는 상황이었다.

그 모습을 보면서 송신영이 안타까운 표정으로 고개를 저었다.

비록 목에 칼이 겨눠져 있기는 하지만, 자신도 소리 한 번은 지를 수가 있었다. 그렇게 하지 않은 까닭은 힘없는 장님이 아무런 도움이 되지 않을 것을 알았기 때문이다.

자신들로 인해 애꿎은 사람을 죽게 하고 싶지는 않았다. 헌데 어린 동생은 그런 것까지는 생각하지 못한 것이다.

주변의 분위기가 삽시간에 싸늘하게 가라앉았다. 장박이 따로 신호를 보내기도 전에 사내 하나가 검을 뽑아들었다. 본 게 있든, 없든 성가신 상황은 깔끔하게 처리하는 게 좋았다.

"쯧쯧, 철없는 아이가 멀쩡한 사람을 저승으로 보내는구나. 너부터 죽여줘야겠다."

석도명이 자지러져라 외쳐댔다.

"아닙니다. 저는, 저는 본 게 없습니다. 살려주세요. 제발……."

석도명이 손에 쥔 지팡이를 질질 끌면서 다급하게 앞으로 기어갔다. 그리고는 사내들에게 붙잡혀 있는 두 남매 사이로 파고들었다.

"흐흐, 버러지 같은……."

석도명을 죽이려고 나선 사내가 비웃음을 지었지만 말을 맺지는 못했다.

따닥.

남매 사이로 들어간 석도명이 몸을 비틀면서 지팡이를 좌우로 휘저었다.

"으악!"

남매의 목에 검을 겨누고 있던 두 사내가 외마디 비명과 함께 나동그라졌다. 단 일격에 두 사람 모두 다리가 부러진 상태였다.

석도명이 사내들이 떨어뜨린 검을 지팡이로 쳐서 강물에 밀어 넣고는 천천히 몸을 일으켰다.

"네, 네놈은 누구냐!"

장박이 떨리는 음성으로 물었다.

상대가 평범한 장님이 아닌 것은 분명했다. 자신이 데려온 사내들이 아무리 떠돌이 낭인이라고 해도 보통 사람이 감당할 수 있는 자들은 아니었다. 어쩌면 뜻밖의 고수를 만난 것인지도 몰랐다.

"하하, 떠돌이 악사라고 말했소이다만. 무고한 인명을 해치는 일은 그만 두고 물러나 주시면 고맙겠소. 아, 주신 동전은 반드시 찾아내서 요긴하게 쓰리다."

석도명의 유들유들한 대답에 남은 사내 둘이 이를 갈았다.

"비겁하게 암수를 쓴 주제에 아주 당당하구나. 우리도 그렇게 당할 줄 아느냐?"

사내들은 동료들이 방심을 하고 있다가 기습을 받았을 뿐이라고 생각했다.

처음부터 실력에 자신이 있었다면 비굴하게 땅바닥을 기는 연기를 하지는 않았을 테니 말이다. 무공을 아는 자라면 어지간한 삼류 잡배도 하지 않는 수작이었다.

두 사내가 신경을 곤두세운 채 다가들자 석도명의 얼굴이 흐려졌다.

사실 조금 전에는 아이들의 목숨 때문에 필요 이상으로 엄살을 부렸다. 하지만 한 줌의 내공도 없이 오직 일만격에만 의지해야 하는 자신의 무공을 어디까지 믿어야 할 것인가? 자칫 틈을 보인 사이에 두 아이 가운데 누군가가 위험해질 수 있었다.

'아니, 영감님은 대체 뭘 하는 거야?'

계획대로라면 자신이 앞의 두 사내를 기습하는 순간 염장한이 뒤의 두 사내를 처리해야 했다.

그런데 무슨 영문인지 염장한은 나타나지 않았다. 아니, 숲속 어디에서도 염장한이 움직이는 기척을 느낄 수 없었다.

아무래도 '협의보다는 건강을 먼저 생각하라'는 가문의 가르침을 실천 중인 모양이다.

'할 수 없지. 나 혼자 끝낼 수밖에.'

석도명이 지팡이를 들어 머리 위에서 한 바퀴 원을 그린 뒤 정면으로 내리그었다.

 우웅, 우웅.

 나무 지팡이에서 묵직한 울음소리가 흘러나왔다.

 사나운 기세로 석도명에게 다가서던 두 사내의 입에서 동시에 비명이 터져 나왔다.

 "헉! 검명(劍鳴)."

 천고의 보검이 토해낸다는 검 울음이 옹이가 가득한 볼품없는 나무 지팡이에서 흘러나오다니! 보통의 공력으로 보여줄 수 있는 경지가 아니었다.

 두 사내가 약속이라도 한 듯이 동시에 무릎을 꿇었다. 장박은 넋이 나간 얼굴로 서 있을 뿐이었다.

 "대, 대협! 잘못했습니다."

 "저희는 아무것도 모르고 한 일입니다."

 애원하는 두 사내를 향해 석도명이 나지막이 말했다.

 "내 목숨만큼 님의 생명도 소중하다는 것을 깨달았으면 동료들을 거둬 돌아가기 바라오."

 두 사내가 땅바닥에 머리를 조아리고는 동료들을 부축해 돌아갔다. 그 사이에 장박은 뒤도 돌아보지 않고 줄행랑을 쳐 버렸다.

 송신영이 동생을 일으켜 세운 뒤 석도명에게 다가왔다.

 "상주 성가장의 송신영이라고 합니다. 이 아이는 제 동생인 송신혁이고요. 저희 목숨을 구해주셔서 감사합니다."

"아니다. 서로 운이 좋았다고 생각하자."

"외람되지만 은인께 한 가지만 여쭤도 되겠습니까?"

"그래, 말해 보거라."

"대협께서는 왜 저들을 살려 보내셨습니까? 죄를 지었으면 벌을 받아야지요. 더구나 대협같이 뛰어난 무공을 지니신 분이라면 협의를 세우기 위해서라도 악인들을 엄히 응징해야 한다고 생각합니다."

"으하하, 네가 크게 오해를 했구나. 나는 그렇게 대단한 고수가 아니란다. 저들이 지레 겁을 먹은 것뿐이지. 내 앞가림도 못하는 주제에 협의는 무슨……."

송신영이 놀란 표정을 지었다.

"그게 그러면 진짜 검명이 아니었다는 말씀이신가요?"

"하하, 검이 울어야 검명이지, 나무가 운다고 어찌 검명이겠냐? 자연의 노래를 알아듣지 못한 저들이 바보지."

"자연의 노래라고요?"

"그렇지, 자연의 노래."

송신영이 함초롬히 입을 다물었다.

고수인 줄 알았던 석도명이 그저 상대를 속였다는 사실에 적잖은 실망감이 밀려들었다. 부친을 잃고 목숨을 위협받는 이 절박한 처지에 자연의 노래 같은 게 무슨 도움이 되겠는가?

그사이 석도명의 관심은 송신혁에게로 옮겨졌다.

송신혁은 낮게 울고 있었다. 터지는 울음을 억지로 참고 있는 기색이 역력했다.

"그만 울거라. 너도, 누이도 이제 안전하다."

"흑흑, 분해서 그래요. 저는…… 아무것도 못했잖아요. 누나가…… 죽을 뻔했는데도……."

석도명이 가만히 송신혁의 어깨를 잡았다.

그 옛날의 기억이 떠올랐다. 정연이 막창소에게 납치를 당할 뻔했을 때 자신도 똑같은 분노와 서러움을 맛봤었다. 그러고 보니 두 남매의 상황이 과거 자신과 정연을 많이 닮아 있었다. 나이도 비슷했다.

"괜찮다. 어린 소나무는 땔감으로도 부족하지만 언젠가는 큰 전각을 받치는 기둥이 되는 법이지. 하하, 그게 자연의 이치란다. 자신이 소나무라는 것만 잊지 않으면 되는 거다."

"예…… 흑흑……."

송신혁은 석도명의 말을 이렇게 받아들였는지 고개를 주억거리며 손바닥으로 눈물을 닦아냈다. 말뜻을 다 알아들은 것은 아니지만, 석도명의 음성에 담긴 따듯함과 진정성이 그래도 위안이 된 모양이다.

송신영이 다가와 동생을 꼭 껴안았다. 두 남매가 부둥켜안고 또 눈물을 흘리는 바람에 분위기가 자못 가라앉았다. 석도명은 혼자 어색하게 서 있을 수밖에 없었다.

부스럭, 부스럭.

누군가가 풀숲을 뒤지는 소리가 들려왔다.

"이런 젠장. 망할 놈의 동전은 어디로 굴러간 게야? 하여간 칠칠맞은 놈, 그거 하나 딱딱 못 받아 챙기나? 게다가 다시 준다는 동전은 왜 안 받아뒀냐고?"

어느 틈엔가 염장한이 나타나 주변을 헤집고 있었다.

"영감님! 두 명은 직접 맡겠다고 했잖아요. 이게 뭡니까?"

"야, 이놈아! 내 지팡이를 네 녀석이 다짜고짜 채갔잖아. 무기도 없이 맨손으로 싸우라고?"

"아니, 영감님 무공은 삼합권이잖아요. 권장에 무기가 왜 필요합니까?"

"어허, 그게 바로 삼합권의 어려움이니라. 네가 뭘 안다고……."

"허참……."

석도명이 맥없이 혀를 차고 말았다. 염장한의 능청스러움과 뻔뻔함은 언제나 막무가내였다.

마침 송신영이 다가왔다.

"죄송하지만, 저희를 집까지 데려다 주시면 안 될까요? 사례는 잊지 않겠습니다."

염장한이 부리나케 돌아섰다.

"험, 사례라고? 상주 송가장이라고 했던가? 아가씨 집이. 그래, 우리가 며칠 쉬어갈 방은 있고?"

"생명의 은인이신데 정성을 다해서 모시겠습니다. 부탁드려요."

 석도명보다 염장한이 먼저 고개를 끄덕였다. 어차피 서안을 가려면 상주를 거쳐야 한다. 며칠 묵을 곳이 생긴데다 사례까지 하겠다니 마다할 이유가 없었다.

 잠시 뒤 송신영과 송신혁이 앞서 걷고 석도명이 그 뒤를 따랐다. 염장한은 뭐가 아쉬운지 입맛을 다시면서 좀처럼 걸음을 떼지 못했다.

 "쩝, 부자가 되려면 티끌의 소중함을 알아야 한다고 했거늘. 그 귀한 동전을 이름 없는 풀숲에 두고 가는구나. 아아……."

 그 소리를 들은 석도명이 염장한을 향해 보란 듯이 손을 쳐들었다.

 "헛고생 그만 하세요, 이건 엄연히 내 돈이라고요."

 석도명의 손끝에서 동전이 반짝거렸다.

　　　　　*　　　*　　　*

 이틀 뒤 석도명은 송가장의 남매와 함께 상주에 도착했다.

 송가장 앞은 전쟁터를 방불케 할 정도로 소란스럽고 살벌했다. 농사꾼 차림을 한 수백 명의 사람들이 괭이와 낫 등을 챙겨 들고는 굳게 닫힌 송가장 대문을 향해 목청을 높이고 있었다.

 "야, 장박! 이 때려죽일 놈아! 어서 나와라!"

"송가장을 누구한테 넘긴다고? 죽어도 안 된다."

농민들의 외침을 들으면서 석도명은 이번 일이 생각보다 간단치 않을 것 같다는 불길한 예감에 사로잡혔다. 지금 송가장 앞의 분위기는 당장 민란이라도 일어날 듯이 흉흉했다.

송가장의 두 남매가 다가오는 것을 보고는 농민들이 흥분해서 달려왔다.

"아이고, 도련님, 아씨!"

"오셨군요, 오셨어."

그들은 송가장의 땅을 부쳐 먹고 사는 소작인들이었다.

소작인들이 남매를 반겨 맞는 것을 보면서 염장한이 한 마디를 했다.

"크흠, 악덕 지주는 아닌 모양이구먼."

"글쎄요, 방세나 등쳐 먹는 사람이 할 소리는 아닌 것 같은데요."

"어허, 언제 적 이야기를."

석도명이 염장한의 말을 흘려들으면서 주변의 상황에 귀를 세웠다. 앞을 못 본다고 해도 두 남매를 둘러싼 사람들에게서 풍기는 훈훈함을 석도명이 어찌 모르겠는가? 다만 이 순박한 사람들을 이렇게 화나게 만든 송가장의 내부 사정이 걱정스러웠다.

소작인들을 헤치고 노인 하나가 걸어 나왔다. 송가장의 소작인들에게 남다른 신망을 얻고 있는 강적적(姜積積)이라는 인물이다. 강적적은 소작인들과 어울려 살기는 했지만, 송가장의 소작농은 아니었다.

혼자 농사를 지으면서 틈틈이 동네 아이들에게 글을 가르치는 게 그의 일이었다. 그의 과거에 대해서는 알려진 게 별로 없었다.

가난해도 배워야 한다는 그의 가르침은 소작인들에게 위안이자 희망이었다.

적어도 자식들은 자신과 다른 삶을 살 수도 있지 않을까 하는 기대감을 강적적이 심어주고 있었다.

송가장의 주인 송한상도 생전에 강적적을 정중하게 대했다. 가끔 송가장으로 불러 식사를 대접하거나, 한담을 나누는 사이였다.

"때 맞춰 잘 돌아왔구나. 흰네 큰일이 났단다. 송가장의 전 재산이 안가장(安家莊)으로 넘어간다니……."

"그게 무슨 말입니까? 우리 집안의 재산을 안가장이 가져간다니요?"

송신영이 놀라서 되물었다.

안가장은 상주에서 두 번째 부잣집이자, 대대로 송가장과는 경쟁 관계에 있는 가문이다. 평소 돈벌이를 위해서 수단과 방법을 가리지 않는데다가, 소작농에게는 가혹하기로 소문난 집안이었다.

송가장의 소작인들이 벌 떼처럼 몰려나온 데는 이유가 있었다. 선하고 너그러운 송가장의 몰락이 안타깝기도 했지만, 안가장의 잔인한 소작살이를 도저히 앉아서 받아들일 수가 없었다.

강적적의 설명이 이어졌다.

"오늘 아침 나절에 안가장 사람들이 갑자기 들이닥쳤단다. 송가장이 안가장에 일만 금을 빚졌는데 이제 갚을 길이 없으니 재산을 압류하겠다면서."

"말도 안 되는 이야기예요. 저희 가문이 왜 그런 빚을 진답니까?"

"그러게 말이다. 그 말을 믿는 사람은 아무도 없지. 그런데 집사인 장박이 제 손으로 대문을 활짝 열어서 안가장 사람들을 받아들였단다. 마을 사람들이 그것 때문에 격분해서 문을 부수고 들어가려던 참이었구나."

"장 집사는 주인을 배신한 대가를 치러야 할 거예요."

송신영이 대문을 향해 다부지게 걸어갔다. 소작인들이 그 모습에 환호성을 지르며 뒤따라갔다.

송신영 남매가 도착했다는 소식이 안으로 전해졌는지, 잠시 뒤 대문이 열리며 20여 명의 사람들이 걸어 나왔다. 그 한가운데에 안가장의 주인 안과만(安果萬)이 서 있었다.

"부친의 시신을 모시러 갔다고 들었는데, 벌써 돌아온 게냐?"

"우리 집에서 왜 아저씨가 주인 노릇을 하고 있는 거죠? 당장 돌아가세요!"

 송신영의 외침에 안과만이 비릿하게 웃었다.

 "허허, 네가 어려서 사태 파악이 안 되는 모양이구나. 네 아비가 내게 빌린 돈을 갚지 못하게 됐으니 이 집의 모든 것이 다 내 것이거늘, 누구 보고 돌아가라는 것이냐?"

 "그럴 리 없어요!"

 "흥, 자 이게 네 부친이 내게 써준 차용증이다. 여기 인장이 이렇게 선명하게 찍혀 있는데, 어쩔 것이냐? 게다가 너희 집안의 집사인 장박이 이 사실을 정확하게 알고 있단 말이다."

 "거짓말! 그건 분명히 가짜 인장이야. 그래서 장 집사가 나한테서 인장을 뺏어가려고 했던 거잖아!"

 그 말을 들은 소작인들이 흥분을 감추지 못했다.

 "장박, 이 나쁜 놈아! 네놈이 주인을 배신하고 그럴 수 있냐?"

 "아씨랑 도련님을 모시고 갔다가 혼자 돌아온 데는 그런 흑막이 있었구나."

 "여러분, 저 사기꾼 놈들을 다 때려잡읍시다."

 분위기가 순식간에 험악해지자 안과만이 번쩍 손을 치켜들어 사람들을 진정시키고 나섰다.

 "흥분하지 말고 내 말부터 들어라. 여기에 찍힌 게 가짜 인장이라면 관아에 나가서 진위를 가리면 될 것이다. 아니, 내 반드시 그렇게 해서 이 억울함을 풀고야 말겠다."

안과만이 가슴을 두드리며 열변을 토하자. 소란이 조금은 가라앉았다. 뭔가 믿는 구석이 있지 않고서는 할 수 없는 이야기였다.

안과만이 송신영을 향해 보란 듯이 손을 뻗었다.

"자, 이게 가짜라면 진짜를 보여라. 송가장의 진짜 인장이 대체 어떻게 생겼는지 구경이나 해보자."

"그, 그건……."

영리하고 다부지다고 해도 열네 살짜리 소녀일 뿐이다. 자신이 단강에 인장을 던져 버린 사실을 장박에게 전해 듣고서 안과만이 수를 쓴 것임을 빤히 알았지만, 항거할 도리가 없었다.

아니, 인장을 버렸다고 말하는 순간 자신의 입장만 궁색해질 터였다. 가문의 명운이 걸린 소중한 물건을 강물에 던졌다고 하면 누가 믿어줄 것인가?

송신영이 말을 잇지 못하자 사람들이 다시 술렁였다. 눈치를 보아하니 상황이 심상치 않았다.

그 미묘한 틈을 뚫고 나선 사람은 엉뚱하게도 염장한이었다.

"우헤헤, 이거 상도의(商道義)가 완전히 죽었구먼. 귀중한 가문의 인장을 아무 데서나 꺼내 보이라니! 아무래도 상주의 상(商)자를 초상 치를 상(喪)자로 바꿔야겠어."

사람들이 의아한 표정으로 염장한을 바라봤다. 초라한 행색에 낯선 억양, 아무래도 이 자리에 나설 사람이 아니었다.

"노인장이 왜 나서는가? 여기가 어딘 줄 알고!"

안과만이 낮게 윽박질렀다. 소작인들이 무리를 지어 소란을 피우는 바람에 은근히 독이 올라 있는 상태였다. 어중이떠중이들이 설치게 돼서는 곤란하다는 생각이 떠올랐다.

"어디긴 어디요, 상주 송가장이지. 그리고 촌수를 밝히기가 계면쩍어서 그렇지, 이 아이들하고는 엄연한 인척지간이기도 하고."

"말도 안 되는 소리! 내가 한 번도 본 적이 없는 얼굴인데 당신이 어떻게 송가장의 인척이오?"

장박이 버럭 소리를 질렀다.

물론 그런다고 주눅이 들 염장한이 아니다.

"케헤헤, 나도 네놈 면상은 낯설구나. 내가 모르는 놈이 나에 대해서 왈가왈부하면 안 되는 거지. 여기 이 집의 주인들이 가만히 있는데 네놈이 날뛰는 길 보니 혹시 어디 구린 데가 있는 거 아니냐?"

소작인들 사이에서 다시 고함과 욕설이 터져 나왔다. 장박이 송신영 남매를 거들떠보지도 않고 안과만에게 착 들러붙은 것만 봐도 대충 상황이 그려졌다.

소작인들의 험악한 욕 몇 마디에 장박이 슬그머니 꼬리를 내렸다.

"이분은 저희 어머니 집안의 인척이 되세요. 저와 동생이 인정하는 분인데 누가 뭐라고 할 건가요?"

송신영이 또랑또랑한 음성으로 염장한의 신분을 확인했다. 이제는 누구도 트집을 잡을 수가 없었다.

"허엄, 아이들만 남았다기에 걱정을 했는데 말이 통하는 어른이 계시니 다행이외다. 뭐, 상황은 보신 대로요. 이 차용증에 찍힌 인장이 거짓이라는 증거를 제시하지 못할 거면 조용히 떠나 주시구려."

염장한의 존재를 부정할 수 없게 되자 안과만의 음성이 한결 점잖아졌다. 하지만 염장한의 태도는 별로 나아진 게 없었다.

"커헉, 퉤! 말이 통하기는 개뿔. 상도의가 죽었다는 말은 귓등으로 들었소? 어디서 갑자기 나타나서는 송가장의 인장을 보여라, 말아라, 시끄럽게 구시남? 관아에 가서 가리자면서? 우리가 길일(吉日)을 잡아서 다시 부를 테니 오늘은 조용히들 돌아가시라고. 혹시 그 차용증에 오늘 날짜로 집을 비운다, 그렇게 쓰여 있나? 뭐 오늘 같은 일이 있으라고 미리 내다본 것처럼 말이야."

"끄응……"

안과만이 낮은 신음을 토했다.

주인의 객사로 사람들이 경황이 없는 틈을 노려 송가장을 단번에 접수하고, 알짜 재산부터 빼돌린다는 장박과의 사전 공모가 무용지물로 돌아가는 순간이었다. 어린아이들뿐이라면 적당히 윽박질러서 쫓아낼 수도 있을 텐데 낯선 노인은 물론, 송가장의 소작인들이 떼로 몰려나왔으니 억지를 부릴 수도 없었다.

그러나 이대로 고분고분 물러나기는 자존심이 허락하지 않았다.

"좋소. 진위를 가려봅시다. 허나 진실이 가려진 뒤에는 가만히 있지 않을 것이외다. 거짓 문서를 꾸몄다고 나를 모욕했으니 그 값을 분명히 치러야 할 게요."

안과만이 잠시 말을 끊고는 송가장 앞에 가득한 소작인들을 노려보며 소리쳤다.

"너희들도 귀를 파고 똑똑히 들어라. 내가 합법적으로 주인이 되는 날 너희들의 죄를 엄히 물을 것이다. 오늘 내 앞에서 고함을 지르고 욕설을 퍼부은 자들은 피눈물을 흘리게 해주마!"

안과만은 할 말을 마치자 웅성거리는 사람들을 거칠게 헤치고 걸어 나갔다. 안가징의 사람들이 그 뒤를 말없이 뒤따랐다. 송가장의 집사 장박이 그 사이에 섞여 있었다.

"아저씨, 들어가요."

송신혁이 얼른 석도명을 잡아끌었다.

단강에서 건넨 한 마디의 위로가 큰 위안이 됐던지, 송신혁은 여기까지 오는 내내 석도명의 손을 꼭 움켜쥐고 있었다. 마치 세상에서 믿을 사람은 석도명밖에 없다는 듯이.

"그래, 집에 왔으면 들어가야지. 그게 집이니까."

어린 소나무(不及火木)

석도명이 송신혁과 함께 송가장 안으로 들어섰다.

　입에 걸린 미소와 달리 석도명의 마음은 편치 않았다. 자신이 제일 싫어하는 일, 사람의 탐욕과 이기심이 맞붙은 한복판으로 끌려 들어가고 있다는 기분이 들었기 때문이다. 게다가 왠지 상황이 쉽게 풀리지 않을 것 같다는 불안한 예감마저 들었다.

　그러나 자신의 손에 매달리는 어린아이를 뿌리칠 수는 없었다.

　석도명의 불안은 다음날 현실로 나타났다.

　날이 밝기가 무섭게 한 무리의 병사들이 송가장에 들이닥쳤다. 송신영, 송신혁 두 남매는 물론, 석도명과 염장한까지 병사들에게 잡혀 관아로 끌려갔다.

　그리고 곧장 옥에 갇혔다. 조사할 것이 있다는 것과 하루 이틀 사이에 상주 지주(知州; 지방관)가 직접 심문에 나설 예정이라는 이야기가 전부였다.

　"크흠, 고약하게 됐네. 사례금이나 챙겨서 잽싸게 뜰걸 그랬나?"

　석도명과 단둘이 한 방에 갇힌 염장한은 옥리(獄吏)가 문을 잠그고 돌아서자마자 푸념부터 늘어놓았다.

　석도명은 그것에 아랑곳하지 않고 바닥에 벌렁 누웠다. 여가허를 떠난 뒤로 풍찬노숙에는 이력이 난지라, 감옥조차도 크게 불편한 줄을 몰랐다.

"어차피 여기도 숙식은 공짜거든요. 살다보니 나라에서 주는 밥도 다 먹어보고……."

"우히히, 그건 그러네. 설마 뭔 일이야 있겠냐?"

염장한이 금세 너스레를 떨며 자리를 잡고 누웠다.

그러더니 곧 요란하게 코를 골기 시작했다. 낙천적인 걸로 따지면 확실히 석도명이 따라갈 수 없는 고수였다.

여러 가지 생각이 떠올랐지만 석도명 또한 머리를 비웠다. 쓸 데 없는 고민은 하지 않는다는 염장한의 생활 방식에 제법 물이 들어 있었다.

아니, 오명선사로부터 마음을 버려야 한다는 가르침을 받지 않았던가.

석도명은 그래도 매사에 천하태평인 염장한에 대해서는 경이로움을 감출 수가 없었다.

'허, 이 양반은 대체 무슨 생각으로 사는 걸까?'

벌써 1년 반 가까이를 함께 지내고 있지만 염장한에 대해서는 도통 알 수가 없었다.

왕문의 대장간에서는 얼마나 무게를 잡으면서 자신을 데리고 나왔던가? 헌데 그 뒤로는 다시 과거의 뻔뻔하고 염치없는 노인으로 되돌아간 모습이었다.

그러나 그게 꾸며진 것인지, 진짜 성격인지 시간이 갈수록 혼란스럽기만 했다. 이런 상황에서조차 왠지 염장한에게는 숨겨둔 대책이 있을 것 같다는 생각이 드는 것은 대체 무슨 조화란 말인가?

어쨌거나 그조차도 닥치면 알게 될 일이었다.

머지않아 컴컴한 감옥 안에 또 한 사람이 코를 고는 소리가 더해졌다. 석도명의 코에서 울리는 그 소리 또한 자연의 노래였다.

*   *   *

상주에는 이 고장 사람들 사이에서만 통하는 동송서안(東宋西安)이라는 말이 있다. 상주 남쪽에 넓게 펼쳐진 다항(多沉)벌판의 전답을 송가장과 안가장이 동서로 나눠 가졌다는 의미다.

송가장의 소작농이 몰려 있는 동쪽 마을은 송가촌, 안가장의 소작농들이 살고 있는 서쪽 마을은 안가촌으로 불렸다.

송가촌의 연장자이자 정신적 지주나 다름없는 강적적은 석도명이 옥에 갇힌 그날 밤 뜻밖의 방문을 받았다.

손님은 모두 여섯. 그중 둘은 송가촌의 청년이고, 다른 둘은 안가촌 사람이었다. 인상이 다부진 나머지 두 사람은 생면부지였다.

송가촌의 청년들 사이에서 힘 좋고 일 잘하기로 소문난 왕걸(王傑)이 강적적에게 낯선 두 사내를 소개했다.

"안가촌 사람들은 아실 테고, 이쪽은 박박산(博博山) 계촌(桂村)에서 오신 분들입니다."

"엄청(嚴淸)입니다."

"황모(黃瑁)라고 합니다."

상주 인근에서 가장 큰 박박산에 자리한 계촌은 사냥을 업으로 하는 산사람들이 모여 사는 마을이다. 세월이 흐르면서 약초꾼과 화전민이 더불어 살기는 했지만 계촌 사람들은 사냥꾼답게 드세고 겁이 없기로 유명했다.

계촌 사람들을 소개 받은 강적적의 얼굴이 크게 어두워졌다. 계촌 사람들이 자신을 찾아온 데는 뭔가 심상치 않은 용건이 있음을 직감한 탓이다.

엄청이 심각하게 입을 열었다.

"계촌 사람들은 지금 모두 굶어죽기 직전입니다. 가을은 어떻게 넘긴다고 해도 이번 겨울을 버틸 재간이 없습니다. 아니, 자식이라도 내다 팔아야 할 상황입니다. 이렇게 있을 수는 없습니다."

"허어, 사정이 딱하다는 이야기는 들었소이다만……."

강적적 또한 익히 들어서 알고 있는 사연이다.

산에 널린 짐승만 잡아먹어도 굶는 일은 없다던 계촌 사람들이다. 그런데 지난해 화전(火田)을 일구다 잘못해서 산불을 크게 낸 게 화근이었다.

그로 인해 사냥은 물론, 약초를 캐는 것조차 어렵게 됐다. 겨울을 넘길 식량을 구하느라 안가장에서 급전을 가져다 쓴 집이 한둘이 아니었다.

하지만 산불 피해는 일이 년 사이에 복구되는 게 아니었다. 해가 바뀌어도 빚만 늘어날 뿐 살 길은 보이지 않았다. 더구나 안가장이 최근 빚 독촉에 나서는 바람에 계촌 사람들은 궁지로 몰리고 있었다.

"에휴, 저희도 죽을 지경입니다."

안가촌의 젊은 촌장 연노로(燕魯露)가 옆에서 한숨을 토해냈다.

본시 가난을 평생 머리에 이고 사는 게 소작농의 삶이라지만 안가촌의 사정은 극악했다. 그 또한 안가장에 진 빚이 문제였다.

계촌이 산불 때문에 갑자기 빚더미에 앉은 것과 달리, 안가촌 사람들은 흉년이 들거나 집안에 급한 일이 있을 때마다 한 푼, 두 푼씩 꿔다 쓴 돈이 야금야금 불어난 경우였다.

매년 추수 때 안가장에 갚아야 할 돈이 점차 늘어나더니 몇 해 전부터는 소작료와 빚으로 나가는 곡식이 평균적으로 소출의 8할을 넘기고 있었다.

이제는 추수가 끝나기가 무섭게 연명할 곡식을 사기 위해 다시 빚을 져야 했다. 개중에는 1년 수확을 다 바쳐도 이자를 갚기에도 부족한 경우마저 있었다.

빚을 갚지 못하는 소작농의 운명은 뻔했다. 스스로 노비가 되거나 자식을 내놓는 것이다. 그렇게 넘겨지는 소작농의 자식들은 운이 좋으면 노비요, 그렇지 않으면 사창가로 팔려나갔다.

연노로와 함께 온 송갑(宋甲)이 분통을 터뜨렸다.

"이게 사는 겁니까? 빚 때문에 안가장에 딸년을 뺏긴 집이 손으로 꼽지 못할 정돕니다. 이제 안가장이 송가장을 집어삼키게 됐으니 송가촌도 머지않아 우리 꼴이 날 겁니다."

강적적이 한숨을 내쉬었다.

그렇지 않아도 오늘 송가장의 어린 남매가 관아에 잡혀간 뒤로 송가촌 전체가 들썩였다.

안가장이 사주한 것이 분명했지만, 관아의 일이라 감히 나서지 못했을 뿐이다.

관아에서 송가장의 장부를 전부 걷어갔다는 소식에 송가촌 사람들의 생각은 비관적인 방향으로 흘렀다. 결국 송가장의 재산이 안가장의 소유가 될 것이라는 체념이었다.

안과만이 공공연하게 복수를 다짐하고 돌아갔으니 송가촌에 무슨 일이 생길지는 따져볼 필요도 없었다. 당장 소작료가 살인적인 수준으로 올라갈 테고, 심지어는 농사지을 땅을 얻지 못하는 사람도 생길 것이다.

강적적은 왕걸이 계촌과 안가촌 사람들을 자신에게 데려온 심정을 짐작할 수 있었다. 불안한 장래를 무작정 앉아서 기다릴 수만은 없다는 조바심이 있었으리라.

"그래서 어쩌자는 것이오?"

강적적의 근심 어린 질문에 엄청과 연노로가 입이라도 맞춘 듯 거침없이 대답했다.

"어쩌긴요. 이래도 죽고 저래도 죽는 거 마지막으로 발악이나 해봐야죠."

"안가장을 치기로 했습니다. 그 악독한 놈들 눈에서 피눈물을 흘리게 해줄 겁니다."

강적적의 입에서 침음성이 흘러나왔다.

예로부터 악덕 지주가 소작농의 손에 맞아 죽는 일이 왕왕 벌어지곤 했다. 궁지에 몰린 쥐가 고양이를 무는 격이었다.

하지만 쥐에 물린 고양이가 가만히 있겠는가? 아니, 고양이보다 더 무서운 게 국법(國法)이다.

"관아에서 가만히 있겠는가? 더구나 상주 지부 오무소(吳茂素)가 곧 영전해서 황도로 돌아간다고 들떠 있다고 들었네. 무사귀환을 위해서라도 이런 일을 가만히 보고 있지는 않을 걸세."

이번에는 왕걸이 나섰다.

"어차피 오무소 그놈도 안가장하고 한통속 아닙니까? 송가장의 남매를 저렇게 다짜고짜 잡아간 것을 보면 이미 안가장에서 한 밑천을 쥐어준 게 분명합니다. 저는 이왕 이렇게 된 거, 파옥을 해서라도 아씨와 도련님까지 구할 생각입니다. 그게 돌아가신 주인어른의 은혜를 조금이라도 갚는 길입니다."

주먹을 움켜쥐고 열변을 토하는 왕걸의 음성에서는 젊은 혈기가 그대로 드러났다.

그러나 마을의 원로인 강적적은 그런 기분에 쉽게 동조할 수 없었다.

다 늙은 목숨이 아까워서가 아니다. 마을 사람들 전체의 목숨이 걸린 일이었다.

"어허, 큰일 날 소리들을 하는구먼. 관아를 치고 파옥을 하자니! 그건 민란일세. 아예 나라를 뒤엎을 생각인가? 아니, 그 뒷감당은 어떻게 하려고?"

"저희가 가만히 엎드려 있어도 결국은 뒤집힐 세상입니다. 절강과 강소는 이미 성공(聖公; 방랍을 일컬음)의 천하가 되지 않았습니까? 북쪽에는 오랑캐가 들끓고, 강남에는 황권이 제대로 미치지 못하는 상황이라고 합니다. 중앙에서 여기까지 황군이 내려오기는 쉽지 않을 겁니다."

"그렇다고 고작 소작농과 사냥꾼 수백 명으로 상주를 집어삼킬 수는 없을 걸세. 관군이 아무리 약해 빠졌다고 해도 훈련을 받은 군사들이고, 자네들은 농민이 아닌가? 게다가 섬서의 요충지 장안(長安)에 배속된 상군(廂軍; 지방 주둔군)이 2만 명이나 된다고 들었네."

강적적의 우려는 공연한 것이 아니었다.

장안은 예로부터 서역으로 들어가는 관문이자, 북방의 외적들과 맞서는 전략적 요충지였다.

정규군인 금군이 황도인 개봉 북쪽에 집중 배치되는 바람에 그 방비가 허술해져 있기는 해도 상시 주둔군인 상군의 숫자가 어느 도시에 못지않게 많았다. 그리고 장안에서 상주까지는 걸어서도 열흘이 채 걸리지 않았다.

계촌에서 온 엄청이 강적적의 말을 받았다.

"상군이 무슨 군댑니까? 전투를 해본 경험도 없고, 맨 날 잡역에나 동원되는 오합지졸들인 걸요. 용맹하기로는 계촌의 사냥꾼이 한 수 웁니다. 게다가 장안의 민심도 흉흉하기 짝이 없다는데 2만 명을 죄다 동원할 수 있겠습니까? 오히려 저희가 상주를 장악하면 인근의 농민들이 죄다 몰려올 겁니다."

"그래도 자네들만의 힘으로는 여전히 무모한 일일세."

강적적이 고개를 가로저었다.

왕걸이 그런 강적적을 향해 한 걸음 다가앉았다.

"그래서 어르신께 도움을 청하러 왔습니다. 도와주십시오."

"허허, 이 보잘 것 없는 늙은이가 무슨 힘이 있다고 이러는가?"

"돌아가신 제 아버님께 들은 이야기가 있습니다. 어르신께서 사마당(事摩黨)의 일원이라고요."

"허허허…… 그 사람 별 이야기를 다 했구먼."

강적적이 쓰게 웃었다.

사마당.

서역에서 건너온 마니교(摩尼敎)를 믿는 교도를 일컫는 말이다. 배화교와 불교 등에 뿌리를 둔 마니교는 금단의 종교였다. 당나라 때부터 황제가 직접 나서서 마니교를 탄압한 탓이다.

마교(魔敎)라는 오해와 핍박을 받으면서도 마니교는 은밀하게 계승되고 있었다. 외부의 탄압을 받기 때문에 내부 결속력은 다른 종교에 비교할 수 없을 정도로 탄탄했다.

그리고 올해 초 절강에서 시작된 방랍의 난에 적극적으로 가담한 사람들이 바로 사마당이었다. 그들이 도움이 없었다면 방랍이 스스로 임금을 자처할 정도로 단시간에 세를 불리기는 불가능했을 것이다.

천하의 마니교도들이 모두 방랍을 따르는 것은 아니었지만, 황권이 약화된 틈을 노려 새로운 세상을 만들어보자는 움직임이 활발한 것 또한 사실이었다.

더구나 섬서가 어떤 땅인가? 서역의 모든 문물이 이곳을 거쳐 대륙으로 들어온다. 마니교의 뿌리가 섬서에도 깊게 내려져 있다는 뜻이다.

분노한 농민들이 사마당과 합세한다면 섬서 일대의 정세가 하루아침에 뒤집힐 터였다.

"제발 도와주십시오."

"부탁드립니다."

여섯 사람은 어느새 강적적 앞에 무릎을 꿇고 있었다.

강적적이 사람들의 청을 감당할 수 없다는 듯이 지그시 눈을 감았다.

여섯 사람의 조르기가 얼마나 지속됐을까? 마침내 강적적이 탄식과 함께 눈을 떴다.

"민심이 있는 곳에 천심이 있다더니. 허어, 이게 정녕 하늘의 뜻이란 말인가?"

상주를 뒤흔들 거사가 그렇게 결정됐다.

제3장
잔치는 열렸건만

 석도명과 염장한은 감옥에서 얌전하게 하룻밤을 보낸 뒤 상주 지부 오무소에게 불려갔다.
 오무소는 죄인을 처리하는 심문장이 아니라, 자신의 집무실에서 두 사람을 맞았다. 군사들을 보내 다짜고짜 잡아들였던 것과는 달리, 두 사람을 대하는 오무소의 자세는 제법 정중했다.
 "나는 상주의 일을 맡아 보고 있는 오무소라 하네. 두 사람은 이름이 어찌되시는가?"
 "헤헤, 개봉 해운관의 관장 염장한이라고 합니다. 이쪽은……"
 "관정입니다."

석도명이 서둘러 이름을 밝혔다. 염장한이 자신에 대해서 또 무슨 허풍을 늘어놓을지 몰라서였다.

관정은 관음사의 오명선사가 지어준 법명이다. 관음사를 떠난 뒤로는 줄곧 그 이름만을 쓰고 있었다.

석도명이라는 이름에 얽힌 과거를 잊겠다는 마음도 있었지만, 행여 제천대주니 구화검선이니 하는 덧없는 허명이 다시 따라붙는 것을 원치 않기 때문이다.

"관정이라…… 속명(俗名)은 아닌 것 같은데, 그렇다고 불가에 몸을 의탁한 사람 같지도 않고……."

오무소는 유독 석도명에게 관심을 보였다. 아무래도 석도명에 대해 뭔가 들은 게 있는 모양이었다. 필경 송가장의 집사 장박의 입에서 나온 이야기리라.

석도명은 오무소가 자신을 떠보려 한다는 것을 눈치챘다.

"얼마 전에 좋은 이름을 하나 얻었기에 쓰고 있을 따름입니다."

석도명이 자신의 신상에 대해 자세히 털어놓을 생각이 없음을 감지한 오무소가 염장한에게로 고개를 돌렸다.

"해운관의 관장이라면, 노인장께서는 필시 무림인이겠구려."

"헤헤, 그런 셈입지요. 하지만 다 같은 하늘 아래서 먹고, 싸는 처지에 무림을 따로 가를 필요가 있겠습니까? 만나면 인연이고, 필요하면 서로 돕고 사는 게지."

오무소에게 별다른 적의가 느껴지지 않자 염장한이 살갑게 엉겨 붙었다. 틈만 나면 빌붙고 들어가는 그 특유의 기술이 발휘된 것이다.

하지만 석도명은 오무소의 말에 실마리가 들어 있음을 알았다.

"저희가 무림인이냐, 아니냐 하는 것이 중요한 문제입니까?"

"그렇다네. 이야기를 들어보면 내 고충을 이해할 걸세."

"물론 송가장의 일이겠지요?"

석도명의 물음에 오무소가 주저하지 않고 답했다.

"송가장은 나라의 죄인일세. 나는 그 죄를 엄히 다스릴 생각이라네."

"헉, 나라의 죄인이라굽쇼?"

염장한이 까무러칠 듯한 얼굴로 되물었다.

지금껏 차용증의 진위 여부를 가리는 문제로 안가장이 배후에서 농간을 부린 것이라고 믿었다.

그런데 지역의 수장이 이렇게 정색을 하고 말하는 것을 보면 그 정도의 일이 아니었다.

오무소가 책자 하나를 탁자 위에 올려놓았다.

"송가장이 국법을 어기고 염철(鹽鐵; 소금과 쇠)을 밀거래했다는 기록이 담긴 비밀장부일세. 그 송가장의 집사가 직접 고변(告變)한 내용이라네."

소금과 철은 국가 재정의 기틀이 되는 중요한 품목으로, 개인이 마음대로 채취해서 판매하는 것이 엄하게 금지돼 있었다.

나라의 허가 없이 염철을 밀거래했다는 것은 역모에 다음가는 중죄였다. 그게 사실이라면, 송가장의 전 재산은 나라에 몰수되고 두 남매는 노비가 될 신세였다.

"……"

"크흠, 쩝……"

석도명은 담담하게 침묵을 지켰고, 염장한은 공연히 입맛만 다셨다.

오무소가 아리송한 표정으로 두 사람을 살폈다.

'허, 무림인이라더니 과연 알 수 없는 자들이로다.'

지부쯤 되는 고위 관리가 자신들을 불러 이처럼 엄청난 사실을 밝혔으면 좀 더 심각한 반응이 있어야 마땅했다. 자신들은 무관하다고 발뺌을 하든가, 앞으로 어떡하면 좋겠냐고 묻든가 하는 그런 반응 말이다.

그래야 자신이 자연스럽게 다음 용건으로 넘어갈 수 있지 않겠는가?

오무소가 어쩔 수 없이 먼저 말을 꺼냈다.

"두 사람을 잡아들인 것은 이번 일을 고변한 자가 송가장의 일을 책임질 어른이 자네들뿐이라고 했기 때문이네. 그러나 뭔가 석연치 않은 점이 있어서 내 따로 조사를 해봤지. 두 사람을 송가장의 인척으로 인정할 증거가 전혀 없더구먼. 마침 두 사람이 무림인이라니 차라리 잘 된 일일세. 본시 관부와 무림은 서로 거리를 두는 법이니 내가 두 사람을 편히 보내줄 수 있다는 말이네. 무슨 앙심을 먹었는지, 자네들을 반드시 처벌해 달라는 진정이 있었지. 그러나 나는 이 자리에서 두 사람을 방면할 생각이네. 관부의 일에 끼어들지만 않겠다면 말이야."

"우헤헤, 현명하신 판단이십니다. 그러면 저희는……."

염장한은 반색을 했지만, 석도명이 그 말을 잘라 버렸다.

"그 말씀은 저희가 무림인이 아니라면, 다시 감옥으로 돌아가야 한다는 말로도 들리는군요."

"허허, 큰 고을의 수령으로서 어찌 무고한 사람들을 다치게 하겠나? 내가 두 사람을 부른 것은 관부의 일은 관부에 맡겨 달라는 당부를 하기 위해서였네. 감옥에 들어갈지, 나갈지는 송가장과 관련이 있고 없고가 중요할 뿐일세."

오무소가 짐짓 웃음을 지어 보였다.

좋게 타이르고는 있지만 속은 편하지 않았다. 장박으로부터 상대가 나뭇가지로 검명을 내는 대단한 고수라는 이야기를 듣지 않았다면 당장 물고를 냈을 것이다.

'앞도 못 보는 어린놈이 무공을 믿고 방자하게 구는구나.'

오무소는 석도명의 태도가 까칠한 것이 무공에 대한 자신감 때문이라고 굳게 믿었다.

해운관은 물론, 관정이라는 이름도 낯설었지만 강호라는 곳이 원래 한 치 앞을 알 수 없는 복마전이 아니던가.

"먼저 한 가지만 말씀 드리겠습니다."

"말해 보게."

"저희가 알기로는 송가장의 집사는 제 주인을 배신한 자입니다. 송가장의 두 남매를 납치하려던 것을 저희가 구해냈지요. 그런 자가 내민 증거가 과연 믿을 만한 것인지 의심스럽습니다."

"허허, 그 또한 내가 해야 할 일일세. 철저히 조사를 하도록 하지. 그래, 용건이 더 남았는가?"

"아닙니다. 보내줄 때 떠날 줄 아는 게 군자의 미덕이지요. 이만 가보겠습니다."

가겠다는 말에 오무소의 얼굴에 환한 웃음이 번졌다.

"젊은 사람이 성격이 시원해서 마음에 드는군. 그래 어디로 갈 생각인가?"

"당분간 상주에 머물까 합니다. 마침 여비도 떨어졌고, 이곳이 초행이라 들른 김에 관광이나 좀 하려구요. 하하, 바람처럼 왔다가 때로는 빗물이 되어 땅에 머물기도 하는 게 바로 여행의 참된 즐거움이 아니겠습니까?"

오무소는 하마터면 '앞도 못 보면서 무슨 관광이냐'는 말을 내뱉을 뻔했다. 내심 두 사람이 멀리 떠나주기를 바라고 있었기 때문이다.

오무소의 똥 씹은 표정에 아랑곳하지 않고 석도명과 염장한은 후련한 걸음으로 집무실을 나가 버렸다.

집무실에 혼자 남겨진 오무소가 중얼거렸다.

"허, 역시 무공 고수라 이거지. 장님치고는 시원시원하게 잘도 걷는구나. 젊은 놈이 벌써부터 기인 흉내를 내기는……."

어쨌거나 오무소에게는 만족스런 결과였다. 골칫거리가 될 수 있는 두 사람을 송가장에서 떼어 놓은 것으로 자신의 역할은 끝난 셈이다.

이제 남은 일은 안가장이 손을 쓸 수 있도록 팔짱만 끼고 있는 것이다. 자신은 떡고물이나 크게 챙겨서 서둘러 황도로 돌아가면 그뿐이다.

혹시라도 송가장의 결백을 밝혀줄 증거가 나타난다고 해도 자신이 떠난 후의 일일 것이다.

"쯧쯧, 어린것들이 안됐다만 먼저 간 네 부모를 탓해라. 내가 비록 이 고을의 수령이라고는 하나, 혼자 힘으로는 너희를 지켜줄 방법이 없구나. 낸들 어쩌겠냐? 떠날 때는 말없이, 그게 인생인 것을."

오무소는 송가장의 두 남매에게 미안한 마음이 없지 않았지만, 모든 게 팔자소관이라고 믿었다.

이 잔인한 세상에서 때로는 가진 재산이 많은 것도, 힘이 없는 것도 모두 죄였다.

　　　　　　＊　　　＊　　　＊

"보아하니 송가장이 아무래도 절단날 것 같은데, 불똥이 튀기 전에 멀리 가는 게 좋지 않을까? 만사에 건강이 최우선이다 이거야."

염장한은 상주에 더 머물겠다는 석도명의 생각에 대뜸 토를 달았다.

"마음에 없는 소리하지 마세요. 어린애들이야말로 건강하게 자라야 하는 거잖아요. 보니까 떠날 눈치도 아니면서."

석도명은 도무지 염장한의 속내를 짐작할 수 없었지만 그가 말처럼 이기적이기만 한 인간은 아닐 거라고 굳게 믿었다. 그런 믿음 때문인지, 달아나자는 염장한의 말이 오히려 '남기로 했으면 끝까지 책임을 지라'는 뜻으로 들렸다.

물론 염장한이 다른 사람의 기대에 쉽사리 부응할 인간은 아니었다.

"어허, 생사람 잡기는. 장님 주제에 뭘 봤다고 눈치타령이냐?"

"장님도 척 보면 아는 게 있다구요."

"흥, 그런 걸 헛다리라고 하는 게다."

석도명이 염장한의 핀잔을 흘려들으며 먼 하늘을 향해 고개를 쳐들었다.

"어쨌거나 지금은 떠날 때가 아니에요. 천기(天氣)가 고르지 않은 게 조만간 큰 일이 터질 것 같거든요. 이럴 때는 자리를 지키는 게 만수무강하는 길이랍니다."

"어이쿠, 이제는 천기까지? 네놈 헛소리에 이 늙은이는 허기가 도지는구나. 젠장, 이왕 선심 쓰는 김에 밥이나 먹여서 내보내지. 쫀쫀한 것들."

"어차피, 감옥에서는 점심을 안 주잖아요. 하룻밤 더 자고 싶어요?"

"헤헤, 그런가?"

염장한은 배고픔을 견디지 못하겠다는 듯이 연신 배를 쓰다듬었다. 그러다 문득 떠오르는 것이 있었다.

"아참, 여비가 다 떨어졌다고? 정말 그런 겨? 진짜 그런 겨?"

"1년 반 동안이나 착실하게 놀고먹었잖아요. 이제는 좀 벌어야죠."

"언제? 어떻게? 뭐로?"

"허참, 천하제일의 악사가 설마 굶어죽겠습니까?"

석도명이 호금을 슬쩍 들어 보이고는 앞서 걷기 시작했다. 행인들이 북적대는 저잣거리를 향해서였다.

염장한이 그 모습을 보면서 고개를 절레절레 흔들었다.

"헐, 그놈 많이 뻔뻔해졌네. 정신 건강이 저 정도 수준이면 가히 천하에 대적할 자가 없겠구나. 크흐, 삼합권까지 배우면 더 좋을 텐데 말이야."

잠시 뒤 석도명은 저잣거리 한 모퉁이에 자리를 잡고 앉아 호금을 연주하기 시작했다.

 찌잉, 찌이잉.

 한껏 찌그러진 소리가 저잣거리의 소음을 뚫고 퍼져 나갔다.

 오가는 사람들 중에 석도명의 연주에 귀를 기울이는 사람은 별로 보이지 않았다. 당연히 그 앞으로 굴러 떨어지는 동전도 전혀 없었다.

 한 마디로 연주가 신통치 않은 탓이다. 호금 특유의 궁상스러움이 잔뜩 묻어나는 걸 빼고 나면 서툴기 짝이 없는 연주였다.

 보다 못한 염장한이 석도명의 옆구리를 쿡쿡 찔렀다.

 "이게 뭐야? 지금 발로 연주하냐? 뭐, 네가 천하제일의 악사라고?"

 "하하, 빌어먹는 데도 상도의가 있는 법이라서……."

 "무슨 가당치 않은 소리야?"

 "제가 본신의 실력을 발휘하면 사람들 주머니깨나 털겠죠. 하지만 그래서는 안 되는 겁니다. 길에서 먹고 사는 사람이 한둘이 아닌데 적당히 해야지요. 굴러들어온 돌이 남의 밥그릇을 통째로 뺏으면 되겠습니까?"

 "우히히, 상도의! 그거 말 된다. 암만 그래도 동전 몇 개는 주워보자고. 이러다 저녁도 못 먹겠다."

 그 말에 건성건성 줄을 긁어대던 석도명의 손짓이 슬쩍 바뀌었다.

그러자 순식간에 분위기가 달라졌다. 마치 사방의 공기를 빨아들이기라도 한 것처럼 주변의 소음을 낮게 가라앉히면서 그 위로 호금 소리가 구슬프게 울렸다. 거리를 가득 메운 사람들의 발걸음이 일시에 멈춰 섰다.

이제는 모든 사람들의 시선이 석도명의 손끝에 모아졌다. 모두가 홀린 듯한 표정으로 석도명의 연주에 귀를 기울였다.

아쉽게도 연주는 순식간에 끝났다. 석도명이 워낙에 짧은 곡을 고른 탓이다.

그 바람에 뭔가를 듣기는 한 건가 싶은 얼굴로 고개를 갸웃거리는 사람이 적지 않았다.

석도명의 호금은 언제 그랬냐는 듯이 다시 서툰 소리를 토해내고 있었다.

그래도 잠시나마 사람들의 주의를 끌어 모은 게 효과를 나타냈다. 그중 몇 사람이 미심쩍은 얼굴로 동전을 던져줬다. 염장한이 노련한 솜씨로 동전 10여 개를 재빨리 쓸어 담았다. 걱정하던 저녁 밥값은 되고도 남는 금액이었다.

하지만 사람들의 시선을 끈 게 꼭 좋은 결과만 가져온 것은 아니었다.

"아니, 이 사람들이 왜 여기 있지?"
"어? 그러네. 다들 이리로 와 봐요!"
아낙네 하나가 석도명과 염장한을 알아보고 놀란 표정을 지었다. 함께 있던 다른 아낙네가 손나팔을 하고는 시장 안쪽을 향해 외쳐댔다. 뒤이어 얼추 열 명 가까운 사람들이 우르르 몰려들었다.

이틀 전 송가장 앞에 몰려 있던 소작인들이었다.

사내 하나가 다가와 따지듯이 물었다.

"어떻게 된 겁니까? 우리 주인댁의 일가붙이라더니, 아씨하고 도련님은 어쩌고 당신들만 이러고 있는 거요?"

"그러게 말이야. 아씨랑 도련님은 아직 감옥에 있는데 어떻게 둘만 빠져나왔냐고? 혹시 안가장 놈들하고 한패 아니야?"

"맞다. 맞아."

석도명과 염장한이 변명을 할 틈도 없이 송가촌 사람들이 언성을 높였다. 오가던 행인들이 흥미 있는 표정으로 잔뜩 몰려들었다.

염장한이 허겁지겁 두 손을 내저었다. 오해를 사기에 딱 좋은 상황이다. 여기서 혀를 잘못 놀렸다간 몰매를 맞을 판이었다.

"아니오, 그런 게 아니오! 우리는 좋은 뜻으로다 도와주려고 했던 것뿐이오. 그런데 관아에서 우리가 인척이 아니라는 걸 알고 손을 떼라고 해서, 그래서 우리만 풀려난 거요. 안가장하고 한통속이라면 여기서 이렇게 구걸이나 하고 있겠소이까?"

허둥대기는 했지만 상황을 제법 일목요연하게 정리한 답변이다.

그러나 불안한 장래 때문에 심사가 뒤틀릴 대로 뒤틀린 사람들에게는 곱게 들릴 이야기가 아니었다.

또 다른 아낙네 하나가 뾰족하게 소리를 질렀다.

"흥, 빌어먹는 놈들이 우리 아씨한테 찰싹 들러붙어서 한밑천을 잡아보려다가 꼼수가 들통이 났구먼. 저런 염치도 없는 것들!"

"에라 이 박쥐같은 놈들아!"

송가촌 사람들 사이에서 비난이 쏟아졌다. 자고로 때리는 시어머니보다 말리는 시누이가 밉다고 하더니, 송가장의 위기를 이용해 먹으려다 입을 씻은 두 사람의 작태에 부아가 치밀어 올랐다.

그예 누군가가 분을 참지 못하고 손에 들린 채소를 집어던졌다.

그게 그만 군중심리에 불을 붙이고 말았다. 송가촌 사람들은 물론 구경꾼들까지 손에 닿는 대로 이것저것을 던져댔다.

이런 격앙된 분위기에서는 꼭 도를 넘어서는 행동을 하는 사람이 등장하기 마련이다. 송가촌 사람들 가운데 몇 명이 필요 이상으로 흥분한 나머지 돌을 주워 던지기 시작했다.

휙휙.

허공을 가르는 소리가 심상치 않음을 감지한 석도명이 황급히 허리를 굽혔다.

"죄송합니다, 죄송합니다! 어떻게든 먹고살려고 그랬습니다. 한 번만 봐주십시오. 잘못했습니다."

석도명이 사죄와 함께 허리를 깊이 숙일 때마다 돌멩이가 아슬아슬하게 머리 위를 지나갔다.

딱, 따악.

공교롭게도 그중 두 개가 염장한의 머리통에 잇달아 꽂혔다.

"악!"

염장한이 머리를 싸매고 주저앉았다. 손가락 사이로 피가 주룩 흘러내렸다.

난리를 치던 사람들이 움찔거리며 동작을 멈췄다. 백발이 성성한 노인이 돌에 맞아 머리에서 피를 흘리는 모습은 참혹했다.

상대가 여전히 미우면서도, 또 미안한 마음이 들었다. 사람들이 슬그머니 뒤로 물러나 뿔뿔이 흩어져버렸다.

"괜찮으세요?"

석도명이 염장한을 붙잡고 걱정스럽게 물었다.

무슨 까닭인지 염장한은 석도명의 손을 뿌리치고는 퉁명을 떨었다.

"흥, 눈깔도 성치 않은 놈이 재주도 좋더라. 날아오는 돌을 아주 용케도 피하더구나."

염장한의 말은 사실이었다. 일찍이 유일소에게 온갖 시달림을 당하며 자란 석도명이다. 무공이 실리지 않은 돌팔매질 정도는 조금 전처럼 능청스럽게 피할 수 있었다.

"흘흘, 그 큰 돌을 맞고도 정신은 멀쩡하시네요. 만사에 건강이 최고라면서요? 그것도 못 피해요? 뭐, 삼합권은 그런 게 아니라고요?"

"멍청한 놈. 피하는 게 장땡인지 아냐? 자고로 도마뱀이 꼬리를 아까워하면 목숨을 잃는 법! 귀 파고 새겨들어라. 적당히 맞아주는 게 큰 매를 아끼는 방법이다. 우히히."

염장한이 주섬주섬 피를 닦아내면서 히죽거렸다. 강철 같은 번죽거림이야말로 염장한의 절학이라 할 만했다.

"후후, 그러니까요. 저보다 영감님이 당하는 게 효과가 더 있을 것 같더란 말이죠."

"뭐야? 그것까지 계산했다고? 이런 나쁜 놈 같으니라고."

염장한이 버럭 소리를 질렀지만, 석도명은 대꾸 대신 손을 내밀었다. 그 안에 들린 것은 곱게 접힌 비단 손수건이었다.

"상처나 싸매세요. 덧나면 약값도 없다구요."

염장한이 연신 투덜거리면서도 선선히 비단 손수건을 받아들었다.

그게 어떤 물건인지 염장한은 상상도 하지 못했다.

석도명이 소헌부에서 은자 스무 냥을 주고 산 정연의 비단 손수건이었다. 눈을 가리지 않게 된 뒤로도 항상 가슴에 품고 살던 소중한 물건이다. 석도명에게 그것은 단순한 물건이 아니라, 눈물 어린 추억과 회한 그 자체였다.

잔치는 열렸건만

예전 같으면 자신의 손이 잘려 나간다 한들 정연의 손수건으로 상처를 싸매지는 못했을 것이다.

그러나 이제 석도명의 마음은 미련과 집착을 넘어 더 높은 어딘가를 향해 나아가고 있었다.

염장한의 머리를 싸맨 비단 손수건은 금방 피범벅이 됐지만, 정연이 준 진짜 정표는 석도명의 가슴 속에 변함없이 남아 있었다.

"그나저나 큰일이네요."

"뭐가 또 큰일인데?"

"아까 돌 날아오는 소리 들으셨어요? 살기가 가득하더라고요. 뭔 일이 벌어지려는 모양이네요."

"헉, 살기? 그럼 나 죽을 뻔했던 거야? 아이고, 어머니!"

염장한이 엄살을 떨어대는 바람에 석도명의 입가에 잠시 옅은 미소가 떠올랐다.

하지만 마음은 좀처럼 가벼워지지 않았다. 조금 전 자신들을 에워쌌던 송가촌 사람들의 분위기가 심상치 않았기 때문이다.

그게 뭔지, 어떻게 느낀 것인지는 정확히 설명할 수 없었다.

요즘 들어 사람들 사이에 있으면 흐릿하게나마 사람들의 마음 같은 게 느껴졌다.

아침에 뭘 먹고, 저녁에는 누구를 만날 건지 하는 세세한 생각을 읽을 수 있게 된 건 물론 아니다. 다만, 사람들이 잔뜩 몰려 있으면 그 안에서 형성되는 공포와 분노, 기쁨 같은 감정들이 어렴풋이 헤아려졌다.

 그 옛날 사부는 발걸음 소리만 듣고도 사람들의 삶을 이해하게 될 날이 올 것이라고 했지만, 그런 경지에 이른 것 같지는 않았다. 그리고 그 느낌이 귀로 들어오는 소리를 통해서 얻어지는 것도 아니었다. 예감이랄까, 직감처럼 저절로 가슴에 새겨질 따름이다.

 비록 농담이기는 했지만, 석도명이 염장한 앞에서 천기 운운한 것도 사실은 그런 느낌을 에둘러 말한 것이었다.

 석도명은 송가촌 사람들에게서 터질 듯한 울분과 적개심, 살의를 느꼈다. 자신과 염장한을 향한 것이라고 하기에는 그 감정이 너무 격렬했다.

 그들이 진짜로 증오하는 대상은 따로 있었다. 아마도 그 격한 분노가 터지는 건 시간문제일 것이다.

 '아무래도 사단이 나겠구나. 많은 사람들이 다치겠어.'

 석도명이 알 수 없는 불안감을 떨치지 못하고 조용히 고개를 저었다.

 * * *

 그 무렵 송신영과 송신혁 남매는 감옥으로 찾아온 안과만을 만나고 있었다.

 "후후, 어린것들이 고생이 많구나."

"나쁜 놈! 이게 다 당신 짓이지?"

송신영이 시퍼렇게 안과만을 노려봤다. 아직까지도 자신들이 관아에 잡혀온 이유를 알지 못했지만, 안가장이 수를 썼으리라는 의혹을 떨칠 수 없었다.

"허허, 네가 단단히 오해를 했구나. 내가 무슨 힘이 있다고 관아를 움직일 수 있겠느냐? 너희 가문이 지은 죄가 있으니 잡아들였겠지."

"말도 안 되는 소리! 송가장이 무슨 죄를 지었다는 거야?"

"쯧쯧, 성질머리하고는. 너무 귀하게 자라서 성격을 망친 모양이로구나. 잘 들어라. 관아에서 너희를 잡아들이고, 너희 가문을 샅샅이 뒤진 것은 송가장이 국법을 어기고 염철을 밀거래했다는 고변이 들어갔기 때문이다. 그 일을 증명할 비밀 장부가 이미 관아에 넘어간 상태고. 내가 어쩌지 않아도 송가장은 쫄딱 망하게 됐다 이 말이다."

"거짓말…… 우리 아버지는 그런 일을 하실 분이 아니야."

"흥, 증거가 완벽하니 잡아떼도 소용이 없을 게다. 너를 돕겠다고 알짱대던 그 늙은이와 장님 녀석도 증거를 보더니 냉큼 발을 뺐다더구나. 그놈들은 오늘 풀려났는데, 그것도 모르고 있었더냐?"

"서, 설마……."

송신영의 눈동자가 크게 흔들렸다.

옥졸들에게 끌려 나간 두 사람이 두 시진이 다 되도록 돌아오지 않기에 마음을 졸이고 있었는데 자신들만 남겨두고 풀려났을 줄이야. 이제 세상에 믿고 의지할 어른이 하나도 남아 있지 않았다. 아니, 애초에 낯선 떠돌이들한테 기대를 거는 게 아니었다.

"으헝…… 아저씨……."

석도명과 염장한이 자신들을 버리고 떠났다는 말에 송신혁이 울음을 터뜨렸다.

안과만이 그 모습을 보면서 슬쩍 고개를 돌렸다. 입가에 떠오르는 미소를 감추기 위해서였다.

어린 계집을 충분히 겁줬으니 이제는 적당히 구슬릴 차례였다.

"에효, 마음이 무겁구나. 쯧쯧, 국법이 지엄하니 전 재산을 몰수당하고 너희 남매는 아마 노비가 될 게다. 나도 받을 돈 일만 금이 날아가니 그 손해를 메울 방법이 없고……. 이게 다 장박 그놈 때문이란다. 내 부친이 생전에 사람을 잘못 쓰는 바람에 여러 사람이 손해를 보는구나."

"장 집사는…… 이미 안가장의 사람이 아니던가요?"

"어허, 오해라니까. 그놈이 빚을 받게 해주겠다는 말만 믿고 송가장으로 찾아갔던 것뿐이지, 그놈을 내 사람으로 받아들인 일은 없느니라. 너희 집안의 재산을 한몫 떼어 달라고 떼를 쓰기에 거절했더니 그놈이 냉큼 관아로 달려가 비밀장부를 건넨 것 아니냐. 못 먹는 감 찔러나 본다고, 나한테 손해를 입힐 생각이었겠지. 물론 송가장을 고변한 대가로 포상금도 노렸을 테고. 알고 보면 나도 피해자란다."

안과만이 말을 마치고는 길게 한숨을 내쉬었다.

"장 집사…… 짐승만도 못한 놈……."

송신영이 이를 갈았다.

장박을 향한 증오심 때문에 안과만에 대한 미움은 흐려지는 기분이었다.

안과만이 그 빈틈을 파고들었다.

"해서 말인데…… 너희나 나나 이렇게 당하고 있을 수만은 없질 않겠느냐?"

"무슨 방법이 있나요?"

송신영이 반신반의하는 표정으로 물었다.

할 수만 있다면 지푸라기라도 잡아야 했다. 알거지가 되는 것은 물론 자신과 어린 동생이 노비가 될 상황이니 말이다.

"내 생각은 이렇다. 지금 문제가 되는 건 관아에 들어간 비밀장부와 장박이 그놈의 입이란다. 그것만 막으면 송가장은 죄를 면할 수 있지. 크흠, 물론 나도 빚을 받을 수 있을 테고……. 일만 금이 적은 돈은 아니다만…… 너와 어린 동생이 노비가 되는 것만은 막아야 하지 않겠느냐?"

"어떻게 할 생각인데요? 그게 가능한 일인가요?"

"우선은 장부부터 빼내야 하겠지. 지부가 돈을 밝히는 사람이니 거래가 가능하지 않을까 싶구나. 물론 엄청난 거금이 들겠지. 장박이 그놈은……."

 안과만이 잠시 말을 끊었다가 의미심장한 표정으로 다시 입을 열었다.

"네가 원하는 대로 해주마."

돈을 써서 해결할 수도 있겠지만, 송신영이 원한다면 장박을 죽이겠다는 뜻이다.

송신영의 이마에 주름이 잡혔다.

어린 나이지만, 안과만의 제안이 어떤 의미인지는 제대로 알아들었다. 재산을 포기하고 대신 노비 신세를 면하라는 이야기였다.

상주 지부 오무소를 매수하는데 들어가는 돈을 전부 송가장의 재산으로 충당할 생각일 테고, 나머지 재산은 빚으로 받아가겠다는 속셈인 것이다.

안과만의 입장에서야 송가장을 통째로 삼키는 것보다는 못하겠지만, 그 재산이 전부 나리에 귀속되는 것보다는 훨씬 나은 일일 것이다.

"내 말을 충분히 알아들었으리라고 생각한다만…… 너는 안가장에 빚을 갚겠다는 각서 한 장만 써주면 되는 거다. 그러면 나머지 일은 내가 알아서 하마."

"……생각해 볼게요. 하지만 그 전에 저와 제 동생이 풀려나게 해주셔야 해요."

송신영은 확답을 주지 않았다. 안과만에 대한 원초적인 불

잔치는 열렸건만 101

신이 깊은 탓이다.

 설령 안과만의 제안을 받아들인다고 해도 각서를 써주는 것은 감옥에서 나간 다음이어야 했다.

 "껄껄, 역시 송 대인의 여식답게 빈틈이 없구나. 증거를 없애기 전에 너희를 먼저 풀려나게 할 방법이 있을지 모르겠구나. 내 방법을 찾아볼 테니 너도 곰곰이 생각해보고 현명한 판단을 내리기 바란다. 그런데 이건 알아둬라. 앞으로 보름 뒤엔 지부가 황도로 귀환하고 새 사람이 온다는 걸. 그때는 억만금을 쓴다고 해도 결과를 장담할 수 없을 게야. 말이 통하는 관리를 만나는 것도 쉬운 일은 아니니까."

 안과만은 그 말을 남기고 떠나갔다.

 어두운 감옥 안에서 송신영이 치를 떨었다.

 "나쁜 놈들…… 전부 나쁜 놈들이야. 세상에 믿을 사람은 없다고."

 송신혁이 그 말에 세차게 도리질을 했다.

 "아니야, 아저씨는 그럴 분이 아니라고."

 세상에 남은 유일한 혈육이지만 어린 남매의 마음에 깃든 것은 전혀 다른 생각이었다.

*　　　*　　　*

 상주 관아가 낮부터 사람들로 넘쳐났다. 상주 지부 오무소의 송별식이 열렸기 때문이다.

상주를 떠날 날짜가 아직 열흘가량 남아 있었지만, 오무소는 때마침 다가온 모친의 생신을 기념한다는 해괴한 핑계—오무소의 모친은 멀리 개봉에 살고 있으니 이상한 일이 아닐 수 없었다—로 일찌감치 잔치 자리를 마련했다. 아직 현직에 있을 때 한 푼이라도 더 챙겨 보겠다는 속내가 빤히 엿보였다.

오무소의 소망대로 잔치는 성대했다. 자고로 손님을 많이 불러야 들어오는 것도 많아지는 법이다. 상주에서 입에 풀칠을 하는 데 지장이 없는 사람은 모두 초대됐다는 우스갯소리가 나올 정도였다.

상주 관아의 경비를 맡고 있는 별위(別尉) 마구자(馬九子)는 아침부터 심통이 나 있었다.

언제나 그렇듯이 다들 먹고 마시는 흥겨운 잔치판이 자신과 200명의 수하들에게는 그림의 떡이다. 잔치가 유례없이 성대한 만큼 신경 써야 할 일은 끝이 없었다.

혹시나 좋은 날을 틈타 흉한 수작을 부리는 자들이 나타나지 않을까 해서 꼭두새벽부터 부하들을 닦달해 상주 관내를 샅샅이 훑고 다녀야 했다.

다행히 큰 탈 없이 잔치가 시작돼 한창 분위기가 무르익기 시작하자 슬그머니 부아가 치밀어 올랐다.

"제길, 갖다 바친 돈이 은자 스무 냥인데 식은 술 한 잔도 못 얻어먹다니."

 마구자가 담장 너머로 흘러나오는 풍악 소리를 들으며 낮게 투덜거렸다.

 은자 스무 냥은 전별금과 생신 선물을 겸해 오무소에게 바친 돈이다. 몇 달치 녹봉을 한입에 털어 주고도 잔칫상에는 엉덩이를 걸치지도 못하는 신세가 서글펐다.

 상주 관아에 배속된 무관 가운데 가장 벼슬이 높은 자신이다. 그런데도 이런 날에는 언제나 찬밥 신세였다. 송나라가 개국한 이래 문관들은 무관을 종처럼 부리기만 했다. 그 바람에 외적들에게 국경을 유린당하고 있으면서도 말이다.

 그러나 어쩌겠는가? 지방에서 수령 노릇을 하다가 황도로 영전하는 상관은 각별히 챙겨야 했다. 그래야 자신에게도 승진의 기회가 돌아올 테니 말이다.

 다시 한 번 외곽이나 둘러보려고 발걸음을 떼던 마구자의 눈이 가늘어졌다.

 뒤뜰로 이어지는 샛문이 열리며 관아의 하인 10여 명이 술독을 짊어지고 나타났기 때문이다.

 혹시 아랫것들이 남몰래 술을 빼내는 게 아닌가 하는 생각이 퍼뜩 떠올랐다. 그러나 하인들은 마구자를 향해 곧장 걸어왔다.

 그중 안면이 익은 늙수그레한 사내와 젊은 청년이 웃음 띤 얼굴로 마구자에게 허리를 굽혔다.

"헤헤, 별위 나리. 수고가 많으십니다. 병졸들에게 술 한 잔을 돌리라는 분붑니다요."

"두 잔은 안 되고 딱 한 잔씩만 드시랍니다."

마구자의 입가에 쓴웃음이 떠올랐다.

쫀쫀하게 한 잔이라니! 무소신을 소신으로 알고 살아가는 좀팽이 오무소다운 명령이다.

"누구 분부인가? 지부 나리께서 그러시던가?"

"헤헤, 저희가 그걸 어찌 알겠습니까? 주방에서 내가라 하니 내왔을 뿐이지요. 윗전에서 그런 것까지 말씀해 주시는 법이 있던가요?"

"흥, 그것 갖고는 간에 기별도 안 가겠구나. 냉큼 나눠주고 꺼져라."

마구자가 시큰둥하게 쏘아붙이고는 원망스런 얼굴로 담장을 올려다봤다. 아랫것들한테 인심을 쓸 요량이면 자신을 안으로 불러서 따로 술 한 잔을 내리는 정도의 성의를 보여줘도 좋지 않은가 말이다.

성질 같아서는 술독을 박살내고 싶었지만, 그깟 것에도 벌써 침을 삼키는 수하들의 딱한 얼굴 때문에 차마 그럴 수는 없었다. 물론 상전이 내린 술을 쏟아버릴 만큼 마구자의 간이 크지도 못했다.

하인들은 두 패로 나뉘어 관아 담장을 따라가며 군졸들에게 술을 나누어주고는 다시 샛문으로 들어갔다. 목을 축이다 만

군졸들이 하나같이 아쉬운 표정으로 입맛을 다셨다.

그들 중 누구도 눈치채지 못했다. 술독을 이고 온 사내들 가운데 박박산 계촌의 약초꾼 하나가 섞여 있다는 사실을.

그 시각 상주 부청 앞마당에는 어둠이 짙게 깔리면서 잔치 분위기가 더욱 무르익고 있었다.

상석에 앉은 오무소가 흡족한 표정으로 마당을 둘러봤다.

마당에 펼쳐진 잔칫상이 50개다. 상마다 의자 10개가 놓였으니 참석자가 500명이다.

은자 열 냥씩만 들고 와도 전별금이 5,000냥이나 된다는 이야기다. 실제로는 그보다 훨씬 많을 것이다. 은자가 아니라 금덩이를 갖다 바친 자들이 적지 않으니 말이다.

물론 거둬들인 돈의 대부분은 황도의 고관들에게 다시 상납해야 할 처지다. 그러나 본래 돌고 도는 게 돈이요, 주고받는 게 상생(相生)의 도리가 아니던가.

'잘 있어라, 이 촌것들아. 나는 황상의 곁으로 가노라.'

오무소의 마음은 벌써부터 자신이 태어나 자란 곳, 천하의 중심인 개봉으로 날아가 있었다. 허구한 날 구질구질한 민원거리나 쏟아져 들어오는 외직(外職)을 떠나 중앙 정치무대에서 본격적인 승부를 걸어보리라는 포부가 부풀어 올랐다.

그런 꿈에 젖어 있는 사람은 오무소만이 아니었다. 상석 끄트머리에 자리를 잡고 앉은 안가장의 가주 안과만 또한 조만간 송가장을 손에 넣을 것이라는 생각에 조바심과 기쁨을 동시에 느끼고 있었다.

'오 지부가 떠나기 전에 송가 계집에게서 항복을 받아내야 할 텐데.'

안과만의 머릿속에는 온통 그 생각뿐이었다. 일단은 송신영 남매를 옥에서 꺼내 놓아야 각서를 받을 수 있을 텐데, 그러려면 오무소의 도움이 절대적으로 필요했다.

물론 송가장의 재산 가운데 오무소의 몫을 넉넉히 떼어 놓기로 약조가 된 상황이었다. 그렇게 떨어져 나가는 부분이 아깝기는 했지만, 그 몫은 송신영이 때우도록 할 생각이었다. 자신의 첩실로 들어앉히는 것으로 말이다.

내일은 반드시 일을 매듭지으리라 다짐하고 있던 안과만의 눈이 커졌다. 안가장의 총관 나강(羅康)이 자신을 향해 뜀박질에 가까운 걸음으로 다가오는 중이었다.

나강은 안과만에게 다가서기가 무섭게 귀엣말을 속삭였. 안과만이 앉은 자리에서 벌떡 일어섰다.

"뭐라고? 안가촌 놈들이?"

주변의 시선이 일시에 두 사람에게 쏠렸지만 안과만은 그조차 의식할 겨를이 없었다.

나강이 서둘러 안과만을 진정시켰다. 여전히 음성을 낮춘 채였다.

"너무 놀라지 마십시오. 작은 나리께서 급히 사람을 모으고 계십니다. 팔통문에 전갈을 보냈고, 음양화사(陰陽花師)도 움직인답니다."

"그래, 알았다. 네가 가서 그들을 재촉해라. 여기는 내게 맡기고."

안과만이 나강의 어깨를 가볍게 두드려 밖으로 내보내고는 다급히 오무소에게 다가섰다.

"무슨 소란이오?"

취기가 제법 오른 게슴츠레한 눈길로 오무소가 물었다.

"폭동을 꾀하는 자들이 있다고 합니다. 오늘 이 자리를 노리는 모양입니다."

"뭐요? 폭동이라니? 누가? 어디서?"

오무소는 술기운이 확 달아나는 기분이었다. 돌아갈 날이 코앞인데 폭동이라니! 어느 놈이 작심을 하고 자기 경력에 금을 내려고 든단 말인가?

오무소의 외침에 장내가 소란에 휩싸였다.

안과만이 황망하게 허리를 굽혔다.

"죄송합니다. 안가촌의 소작농들이 작당해서 마을을 빠져나갔다는 것만 확인됐습니다. 송가촌 놈들도 한패라는 이야기도 있고……. 급한 대로 제 가문에서 사람을 모으고 있습니다만, 속히 대비를 하셔야 하겠습니다."

안과만도 정확한 상황을 파악하지 못한 상태였다.

나강으로부터 보고를 받은 내용은 안가촌의 소작농 가운데 하나가 겁을 먹고 달려왔다는 것과 송가촌까지 가세해 폭도들의 숫자가 수백 명이 넘는다는 것 정도다.

자신의 동생인 안과해(安果垓)가 수습에 나섰다지만 폭동의 규모가 어느 정도인지를 모르니 마냥 안심을 할 수는 없었다.

다행히도 폭도들이 몰려들기 전에 오무소에게 알렸으니 군졸들을 동원해 막아낼 수 있을 터였다. 제 가문의 소작농들을 제대로 다스리지 못한 죄는 다시 거금을 들여서라도 나중에 풀어야 할 과제였지만.

오무소가 자리에서 일어나 거칠게 손을 휘저었다.

"폭동이닷! 병졸들을 모아라! 마 별위! 마 별위 어디 있나!"

갑작스런 상황에 사람들이 분분히 자리에서 일어나 웅성거렸다. 마음 같아서야 당장 내빼고 싶지만 행여 오무소의 눈 밖에 날 것이 두려워 섣불리 대문으로 달려갈 수는 없었다.

오무소의 외침에 좌우를 지키고 있던 군관 몇 명이 수하들을 이끌고 성석을 에워쌌다. 그러나 200여 명의 군졸들이 지키고 있는 바깥에서는 아무런 기척도 들리지 않았다.

다만 닫혀 있던 정문이 둔중한 소리를 내며 활짝 열렸을 따름이다.

그리고 머지않아 관아 정면으로 곧게 뻗어 있는 대로 끝에서부터 함성이 들려오기 시작했다.

수를 헤아릴 수 없을 정도로 많은 횃불이 길을 가득 메운 채 빠르게 다가오고 있었다.

바깥 상황을 확인하러 달려 나갔던 군관 하나가 문간에서 서서 놀란 얼굴로 소리쳤다.

"군졸들이 전부 쓰러져 있습니다! 독에 당한 모양입니다!"

그 순간 군관의 목덜미에 여러 개의 창날이 겨눠졌다. 문 양옆에 스무 명가량의 군졸들이 숨어 있다가 나타난 것이다. 군졸들은 이마에 붉은 두건을 표식으로 두르고 있었다. 정문을 연 것도 이들의 소행이었다.

"반역이다! 당장 문부터 닫아걸어라!"

사태를 파악한 오무소가 악을 썼다. 별위 마구자를 가까이 두지 않은 실책이 뼈아팠지만 후회는 언제나 때 늦은 것이었다.

문이라도 지킬 요량으로 군관들이 수하를 이끌고 앞으로 달려갔다. 진짜 변고가 생긴 것을 바로 그때였다.

상석 뒤편에서 요란한 함성이 터졌다.

"와아! 탐관오리를 때려잡자!"

"악독한 지주놈들을 무찌르자!"

어디에서 나타났는지 얼추 이삼백을 헤아리는 사내들이 온갖 병장기를 치켜들고 뛰어 나왔다.

계촌의 사냥꾼들과 송가촌, 안가촌에서 가려 뽑은 장정들이 일꾼으로 가장해 뒤뜰에 대기하고 있다가 뒷문으로 쳐들어온 것이었다. 마구자가 이끄는 200여 명의 군졸들에게 독을 탄 술을 돌린 것도 이들이었다.

채채챙챙.

상석을 에워싼 군졸들이 창을 지켜들고 나섰지만 애초에 중과부적(衆寡不敵)이었다.

게다가 계촌의 사냥꾼들은 명성대로 용맹했다. 특히 계촌에는 군에서 탈영했거나, 강호에서 사고를 치고 숨어든 무림인이 정착한 경우도 왕왕 있었다. 그들의 솜씨는 지방 관아의 군관 정도가 당해낼 수준이 아니었다.

강적적과 연노로를 앞세운 송가촌과 안가촌의 농민들이 관아에 발을 들여 놓았을 때는 이미 싸움이 끝난 뒤였다.

오무소는 조금 전까지 자신이 앉아 있던 상석 앞에 무릎 꿇렸고, 그 옆에는 안과만이 안가촌의 청년들에게 목덜미를 잡힌 채 험한 소리를 듣고 있었다.

잔치 자리를 가득 채우고 있던 상주의 내로라하는 부자들과 권속 나부랭이들은 대부분 뒤뜰로 끌려 나갔다. 평소 백성들의 원성을 사고 있던 악덕 상인과 전주(錢主)들 10여 명은 안과만과 같은 신세가 됐다.

이제 상주 관아 안팎은 죽창과 괭이를 든 농민들로 가득 찼다. 그들의 함성이 끊이지 않고 사방으로 울려 퍼졌다. 백성들의 함성을 따라 일렁이는 횃불이 장관을 이뤄냈다.

환호성을 받으며 관아로 들어온 강적적은 당장에라도 안과만의 목줄을 끊어놓을 듯이 흥분해 있는 청년들부터 뜯어 말렸다.

"그만들 하게. 사사로이 분풀이나 하자고 거사를 도모한 게 아닐세."

그 한 마디에 안가촌의 청년들이 안과만을 풀어주고 뒤로 물러났다.

오늘의 거사에 가장 큰 힘을 보탠 사람이 바로 강적적이었다.

이 자리에 몰려나온 장정들이 대략 2,000명. 그중 계촌과 송가촌, 안가촌의 장정은 절반에도 못 미치는 정도다. 나머지는 강적적의 부름을 받고 달려온 사마당, 즉 마니교도들이었다.

단지 숫자를 늘려 준 게 전부가 아니었다. 관아에 몸담고 있는 마니교도들의 도움이 없었더라면 신경을 마비시키는 독초로 담근 술을 군졸들에게 먹이지도, 뒷문을 통해 관아에 숨어들지도 못했을 것이다.

흉흉하던 장정들의 기세가 누그러지자 오무소가 발악을 하며 외쳤다.

"이 역도들아! 네놈들이 나라에 죄를 짓고도 목숨을 부지할 수 있을 것 같더냐? 당장 투항하고 죄를 빌어라!"

강적적이 딱하다는 얼굴로 오무소를 내려다봤다.

"우리가 나라에 죄를 지었다면, 당신들은 백성에게 죄를 지었소. 백성을 받들지 않으면 천자라도 하늘의 노여움을 피할 수 없는 법. 목민관이 백성을 돌보지 않고, 지주가 농민의 고혈을 쥐어짠 죄는 어찌 책임을 지시겠소이까?"

평소의 온화함을 찾을 수 없는 차갑고 날카로운 목소리였다.

오무소의 얼굴이 흉하게 일그러졌다.

자신의 실정(失政)을 추궁당하고 보니 가슴이 따끔거렸다.

그러나 더 큰 문제는 폭도들 사이에 이 정도의 논리를 펼 수 있는 인물이 있다는 사실이다.

단순한 폭동이 아니라 절강에서처럼 대규모 민란이 일어난다면 자신이 죽는 것은 물론, 가문의 존립 자체가 위험해질 것이다. 방랍의 난으로 신경이 곤두선 황제가 민란을 초래한 지방관을 가혹하게 처벌했기 때문이다.

오무소가 황망한 와중에 분주하게 머리를 굴렸다. 이번 일의 주동세력이 안가촌의 소작농이라는 사실이 제일 먼저 떠올랐다.

오무소가 고개를 돌려 안과만을 바라봤다.

'저놈 목을 따고서라도 나는 살아야 해.'

안가장이 소작농에게 악독하게 구는 것은 꽤나 알려진 일이었다. 백성들의 원성이 안가장에 몰려 있으니 안과만의 목숨을 대신 바치는 것으로 돌파구를 찾을 수도 있을 것 같았다.

오무소의 내심을 읽기라도 한 것일까? 그 순간 안과만이 웃음을 터뜨렸다.

"우하하, 이 가소로운 것들아! 땅이나 파먹고 사는 놈들이 간덩이가 부어도 단단히 부었구나. 감히 반란을 일으켜? 토끼가 호랑이를 잡겠다고 나서다니. 우하하, 우하하!"

"이런 개자식!"

"너야말로 정신을 못 차렸구나."

안과만의 도발적인 발언에 곳곳에서 고함이 터졌다.

강적적이 성난 사람들을 달래기 위해 손을 들었다.

그러나 강적적은 소란을 멈추게 하지 못했다. 관아 밖에서 날카로운 비명이 들려왔기 때문이다. 뒤이어 싸우는 소리가 들리더니 바깥에 있던 사람들 가운데 일부가 주춤주춤 문 안으로 떠밀려 들어왔다. 누군가로부터 공격을 받은 모양이었다.

"막아라!"

"밀려나면 안 돼!"

서로를 독려하는 다급한 음성이 터져 나왔지만 싸움 경험이 부족한 것은 어쩔 수가 없었다.

더구나 싸움을 이끌어야 할 수뇌부가 전부 관아 안에 들어와 있는 탓에 조직적인 대응이 제대로 이뤄지지 못했다.

결국 집중공격을 받은 중앙 부분이 속절없이 무너지면서 농민들이 좌우로 갈라졌다. 그렇게 만들어진 길을 따라 무복 차림의 사내들이 빠르게 관아로 쏟아져 들어왔다.

"팔통문이다!"

"쳐 죽일 놈들."

상대의 정체는 쉽게 확인됐다. 앞장 선 자들의 가슴에 팔(八)자가 선명하게 찍혀 있었기 때문이다.

팔통문, 상주 최대의 하오문이다. 뒷골목의 주먹패들을 규합해 유흥가를 관리하는 한편, 돈 있고 힘 있는 자들의 뒤치다꺼리를 도맡아 해주는 자들이다.

더구나 진무궁의 등장으로 정사파의 무관들이 심각한 타격을 입는 바람에 요즘 팔통문의 기세는 하늘을 찌를 듯했다. 그들의 악행을 막아줄 곳은 관아뿐이었지만, 그 책임을 맡고 있는 오무소가 민정에 흥미를 잃은 지 오래였다.

팔통문의 등장에 안과만의 입가에 웃음이 걸렸다.

팔통문을 동원한 사람이 다름 아닌 자신의 친동생인 까닭이다. 조만간 송가장의 소작인들에게 본때를 보일 생각으로 팔통문에 선을 대놓았던 것인데, 이렇게 요긴하게 써먹을 줄이야!

팔통문의 등장으로 상주 관아에는 팽팽한 대치 상태가 이뤄졌다.

팔통문의 문도와 그들을 따라온 주먹패의 수는 300여 명을 헤아렸다. 기루와 도박장을 관리하고 있던 패거리까지 싹 쓸어서 데려온 모양이었다.

팔통문의 문주 복장길(卜長吉)이 거드름을 피우며 앞으로 나섰다.

"얼씨구, 해가 떨어졌으면 방구석에 처박혀 여편네나 괴롭힐 일들이지 뭐 하는 짓들이셔? 정신이 번쩍 들게 대갈통에 못질이라도 한 번씩 해드릴까?"

머릿수로는 농민들 쪽이 여섯 배 넘게 많았지만 복장길은 여유로웠다.

자신의 수하는 싸움에 이력이 난 자들뿐이다. 게다가 하오문이라고 해도 명색이 무림문파인지라 무공을 익힌 몸들이기도 했다.

싸움의 결과는 불을 보듯 뻔했다. 조금 전 잔인한 칼질 몇 번에 관아 바깥을 차지하고 있던 농민들이 메뚜기 떼처럼 흩어지지 않았던가?

'흐흐, 대박이로다. 관아에서도 우리를 함부로 하지 못하겠지?'

복장길은 이번 사태를 해결함으로써 자신에게 돌아올 엄청난 이득과 혜택을 생각하니 자꾸만 입이 찢어지려고 했다.

"집에 남은 처자식의 목숨이라도 구하고 싶으면 당장 무기를 내려놔라!"

복장길과 나란히 서 있던 안과해가 소리쳤다.

그 말에 농민들의 얼굴이 절망으로 물들었다. 보아하니 싸워서 이기기 힘든 상황이다. 꼼짝없이 역도로 내몰릴 테고, 그러면 그 피해가 고스란히 가족과 일가붙이에게 미칠 것이다. 당장이라도 가족을 챙겨 멀리 달아나는 게 유일한 살길이었다.

계촌 사냥꾼의 우두머리인 엄청이 그런 협박에 지지 않겠다는 듯이 목청을 돋웠다.

"개수작들 하지 마라! 어차피 죽기를 각오하고 벌인 일이다. 네놈이야말로 네놈 형의 목숨부터 걱정해라! 대가리에 못질은 이놈이 가장 먼저 당할 테니까!"

엄청은 그 말이 끝나기가 무섭게 안과만의 목에 시퍼런 칼날을 들이댔다.

장정 몇 명이 엄청의 행동을 따라했다. 오무소와 악덕 전주 몇 사람이 안과만과 똑같은 꼴을 당했다.

복장길과 안과해의 얼굴색이 순식간에 변했다.

오무소와 안과만을 비롯한 주요 인사들이 죽게 할 수는 없었다. 특히나 복장길의 입장에서는 자신에게 상을 내려줘야 할 큰손들이 죽어 나가게 해서는 절대로 안 될 일이었다.

농민들이 일순 자신감을 회복했다. 그러나 그런 상황은 오래가지 못했다.

휙, 휙.

담장 밖에서 검은 인영 두 개가 날아 들어왔다. 두 사람이 떨어져 내린 곳은 양쪽 진영이 대치하고 있는 한복판이었다.

"헉, 아씨!"

"도련님!"

송가장의 소작인 가운데 몇 사람이 비명을 질렀다.

갑자기 나타난 두 사람은 옆구리에 여자 아이와 남자 아이를 하나씩 끼고 있었다.

송가장의 두 남매였다. 따로 사람을 보내 옥에서 빼냈는데, 적들이 중간에서 가로채고 만 것이다.

"허어, 음양화사가 나타나다니……."

강적적이 침통하게 탄식을 내뱉었다.

음양화사. 섬서에서 꽤나 이름이 알려진 사파의 고수들이다. 꽃을 좋아해 화사(花師)라는 어울리지 않는 별호가 붙었지만 손속은 악독하기로 소문이 났다.

장내의 사람들이 음양화사의 등장에 또다시 술렁였다. 음양화사를 알아본 것은 강적적만이 아니었다. 백발이 희끗희끗한 노인들이 어울리지 않게 꽃그림이 잔뜩 그려진 옷을 입고 있었기 때문이다.

안과해가 틈을 놓치지 않고 나섰다.

"송가장 놈들은 들어라! 이것들을 구하겠다고 파옥까지 했더구나. 안가촌 놈들과는 달리 주인을 모실 줄 아는 갸륵한 놈들이로다. 헌데 어쩌면 좋으냐? 어떤 놈이라도 내 형님께 손을 대면 이 어린것들의 목이 떨어질 텐데 말이다."

안과해의 엄포는 즉시 효력을 발휘했다.

'너 죽고 나도 죽자'는 마음으로 기세등등하던 농민들의 분위기가 미묘하게 갈라졌다.

안가촌 사람들은 안과만 형제와 같이 죽고 싶은 마음이었고, 송가촌 사람들은 송신영 남매가 자신들 때문에 죽는 것을 원치 않았다.

"쓰펄, 이래도 죽고 저래도 죽는 거, 끝장을 보자고!"
"이러려고 시작한 일이 아니잖아!"

곳곳에서 다른 목소리가 터져 나왔다.

상황은 점점 통제 불능으로 치달을 기미를 보이고 있었다. 농민들이 자중지란(自中之亂)을 일으키는 순간, 장내는 아수라장이 될 게 확실했다.

그것은 양쪽 진영을 이끌고 있는 강적적도, 복장길과 안과해도 서로 원치 않는 결과였다.

"끄응······."

안과해가 신음을 흘리며 애타는 눈빛으로 강적적을 바라봤다.

강적적의 고개가 미미하게 좌우로 흔들렸다. 자신도 어쩔 수 없다는 뜻이다. 마음이야 송가장의 어린 남매에게 기울고 있지만, 그렇다고 안가촌 사람들에게 안과만을 풀어주자고 할 수는 없었다.

'최악의 상황을 맞았구나. 죽고 죽이는 일만 남았으니······.'

강적적의 가슴에 짙은 그늘이 내려앉았다.

서로 악만 남은 이 급박하고, 복잡한 상황을 대체 누가 풀어낼 수 있단 말인가?

제4장
사광(師曠) 현신(現身)

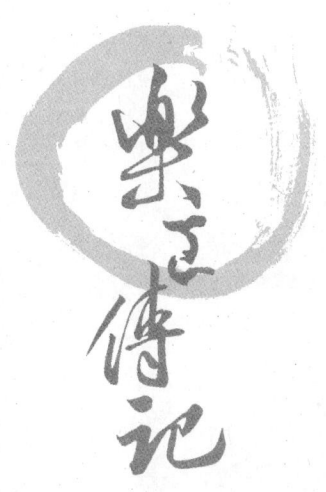

"야, 너 미쳤냐?"

염장한이 석도명의 허리춤을 끌어당겼다.

지금 두 사람이 서 있는 곳은 상주 관아 앞이다. 웅성거리며 안쪽을 들여다보기에 바쁜 농민들 틈에 섞여 있었다.

두 사람이 여기까지 온 것은 순전히 석도명 때문이다. 분위기가 심상치 않다며 석도명이 며칠째 송가촌 어귀를 서성이다 결국에는 관아를 치기 위해 나서는 사람들을 목격하고 말았다.

그리고 멀찌감치 떨어져 송가촌 사람들을 쫓아온 끝에 여기에 이른 것이다.

안과만과 송씨 남매의 목숨을 인질 삼아 양쪽이 팽팽하게 대립하고 있는 와중에 석도명이 안으로 들어가겠다고 사람들을 헤치고 나가기 시작했다.

염장한은 석도명이 안으로 들어가려는 걸 보고 있을 수만은 없었다.

왕년에 이름을 날리던 구화검선이라면 모를까, 힘없는 악사가 나서서 어찌 해볼 자리가 아니었다. 어쭙잖게 나섰다가 개죽음을 당할 생각이 아니라면 말이다.

"놓으세요. 이러다가 정말 큰일 납니다. 이 많은 사람들이 다 죽게 생겼다구요."

"야, 이놈아! 혹시 나 몰래 무공이라도 회복한 거냐? 그런 게 아니면 나대지 말라고."

"그럴 리가요. 단전이 깨진 놈이 무슨 무공입니까?"

"그런데 왜 이 난리냐고?"

"이 아우성 소리가 안 들리세요? 다들 죽지 못해 울고, 살 수가 없으니 괴로워하지 않습니까? 이런 게 세상의 소리라면 절대로 피해서는 안 되는 겁니다."

염장한의 만류에도 불구하고 석도명은 요지부동이었다.

여가허를 떠나 헤매고 다닐 때도 그랬지만, 관음사를 나온 뒤로 석도명에게 이 세상은 고통의 소리로 가득한 곳이었다. 민생이 도탄에 빠지고, 백성들이 전쟁과 기아(飢餓)로 허덕이는 시절이니 어딜 가도 사람 웃는 소리를 듣기가 쉽지 않았.

장님이 된 탓일까, 아니면 관세음의 길에 매달린 탓일까?

갈수록 더욱 예민해져 가는 석도명의 청각을 그 같은 비탄(悲嘆)의 소리가 언제나 바늘처럼 아프게 찌르고 들어왔다.

그런데 2,000여 명이나 되는 사람들이 죽음의 공포와 삶의 분노를 맛보고 있다.

사람들의 입이 아니라, 마음에서 흘러나오는 아우성이 석도명을 붙들고 놔주지 않았다. 몸에 고통이 느껴지는 것은 아니었지만, 마음이 갈기갈기 찢겨 나가는 기분이었다. 무상멸겁진 안에서 온몸을 부숴놓을 듯했던 그 소음이 차라리 가벼웠다는 생각이 들 정도였다.

석도명의 가슴 안에서 참을 수 없는 슬픔이 솟구쳐 올랐다. 인생은 정녕 고달픈 시련의 바다일 수밖에 없단 말인가? 문득 능엄경의 한 구절이 떠올랐다.

> 진실한 관찰이며, 맑고도 깨끗한 관찰이며, 넓고 크신 지혜로써 관찰하심과, 가엾이 관찰함과, 인자하게 관찰함을 언제나 항상 원하고 우러러 볼지니라.

그리고 그 구절을 일깨워주던 오명선사의 음성이 귓가에 울렸다.

> "무엇을 보려고 하지 말고, 알려고 하지 말라. 먼저 슬픔을 열고, 자애(慈愛)를 구해야지. 그래야 진정으로 봤다 하고, 또 들었다 할 것이야."

그것은 관음보살이 세상의 소리를 보는 방법인 다섯 가지 관(觀)에 관한 이야기였다.

관음의 오관(五觀)이라 함은 참된 본성을 바로 보는 진관(眞觀), 청정함을 찾는 청정관(淸淨觀), 피안에 도달하는 지혜를 보는 광대지혜관(廣大智慧觀), 커다란 슬픔을 보는 비관(悲觀), 자애로움을 보는 자관(慈觀)을 이른다.

오명선사는 과거 석도명이 주악천인경을 통해 도달했던 관음의 경지가 아마도 진관과 청정관이 아니겠냐고 했다. 그러면서 이번에는 비관과 자관을 얻어 보라고 충고했다.

받아들이기는 쉬워도 깨닫고 실천하기는 어려운 이야기였다. 인간이 얼마만큼 슬퍼해야 슬픔을 알고, 얼마나 사랑을 쏟아야 자애롭다고 할 수 있을 것인가?

인간이 품을 수 있는 극한의 감정이 쏟아져 나오는 이 자리에 이르러서야 석도명은 인간의 본성에 깊이 고여 있는 슬픔을 조금이나마 엿보게 된 것 같았다. 그 소용돌이 속으로 스스로를 온전히 던지지 않고는 감히 관음의 경지에 이를 수 있을 것 같지가 않았다.

그래서 석도명은 반드시 관아 안으로 들어가야 했다.

그 같은 마음을 알 리 없는 염장한이 다시 석도명을 붙잡았다.

"우아, 너 그러다가 죽는다. 네가 지금 음양화사의 일초지적(一秒之敵)이라도 될 것 같으냐? 대체 뭘 믿고 이러는 거야?"

석도명의 입가에 담담한 웃음이 걸렸다. 사방에 가득한 고통과 슬픔의 기운 못지않게, 자신을 염려하는 염장한의 마음 또한 잘 알고 있었다.

"죽기를 각오하지 않고 뭘 할 수 있겠습니까? 세상이 온통 길이라고 한들 말입니다. 그리고……."

석도명이 말을 멈췄다. 그리고 염장한을 똑바로 바라봤다. 물론 안대 속의 눈동자가 몽땅 뭉그러진 상태이니 봤다고 할 수는 없을 것이다. 정확하게는 염장한의 눈이라도 들여다볼 것 같은 자세로 얼굴을 똑바로 마주했을 뿐이다.

염장한이 순간적으로 움찔했다. 한순간 안대를 뚫고 석도명의 안광(眼光)이 자신에게 쏘아지는 것 같은 기분이 들었기 때문이다.

석도명의 말이 이어졌다.

"뭘 믿냐구요? 제게 남은 유일한 밑천, 음악을 믿습니다. 그리고 영감님을 믿죠. 저를 길바닥에서 죽게 만들려고 여가허에서 데리고 나온 게 아니잖습니까? 제가 죽으려고 기를 쓴다 한들 그렇게 내버려둘 분이 아니라는 생각이 자꾸 든단 말이죠. 후후, 모쪼록 잘 부탁드립니다."

석도명이 염장한의 대답도 듣지 않고 망설임 없이 돌아섰다. 그리고 사람들을 헤치고 앞으로 나가기 시작했다.

"망할 놈…… 그예 내 밑천까지 죄다 끌어다 쓰겠다는 심보로구나."

염장한이 낮게 투덜거렸다.

석도명이 문 안으로 사라진 직후 염장한도 소리 없이 사람들 속으로 섞여 들어갔다. 그가 향한 곳 역시 관아 안쪽이었다.

그 무렵 잔치 자리에서 아수라장으로 변한 관아 앞마당의 상황은 극한으로 치닫고 있었다.

"나는 죽어도 좋아요. 저 악적부터 죽이세요!"

음양화사 가운데 여장을 즐겨 입는 음유란(陰柔蘭)에게 잡혀 있던 송신영이 발악을 하며 소리쳤다.

어린 나이지만, 자신과 동생이 이 자리에서 살아남을 가능성이 별로 없다는 것 정도는 알았다. 어차피 죽을 바에는 원수가 먼저 쓰러지는 것을 보겠다는 지독한 증오가 치밀어 올랐다.

양강초(陽剛草)가 잡고 있는 송신혁마저 누나를 따라 발버둥을 쳐댔다.

"이씨, 저놈부터 죽여! 죽이라고!"

뜻밖에도 두 남매의 발악이 엉뚱한 결과를 가져왔다.

어린아이들이 스스로 죽겠다고 소리를 질러대는 바람에 의견이 갈려 서로 언성을 높이고 있던 사람들의 목소리가 잦아들고 만 것이다.

"쯧쯧, 어린것들이 죽겠다는군."

"에휴, 저것들이 뭘 안다고……."

여기저기서 한숨이 흘러나왔다.

적어도 이 자리에서는 거리낄 게 없는 고수인 음양화사마저도 난처한 표정으로 안과해를 바라봤다. 고작 코흘리개 따위를 울리자고 이 자리에 나온 게 아니었다.

안과해가 순간적으로 머리를 굴렸다.

'젠장, 골치가 아프구나. 이참에 싹 쓸어버리고 형님 재산이나 챙겨?'

오무소와 친형이 죽든 말든 힘으로 밀어붙인다면 분명히 이기는 것은 이쪽이다. 한동안 욕은 먹겠지만, 적어도 안가장 하나는 확실히 자기 손에 떨어질 것이다.

그런 속내도 모르고 강적적이 안과해에게 물었다.

"어찌하시겠소? 지금이라도 절충점을 찾는 게 서로 좋지 않겠소이까?"

모든 사람들의 이목이 안과해에게 집중됐다. 강적적의 입에서 '절충'이라는 단어가 나왔으니 실낱같은 희망이 보이는 것 같았다. 그 실오라기를 이어줄 사람은 오직 안과해뿐이었다.

'절충? 그런 거 없다!'

안과해가 주먹을 불끈 쥐었다.

어렵게 정한 마음을 다시 바꾸고 싶지는 않았다. 한 손을 들어 음양화사에게 공격 신호만 보내면 모든 게 끝날 터였다.

그러나 정작 그 손이 쉽사리 들리지 않았다. 마치 바위라도 매달아 놓은 듯이.

분위기에 어울리지 않게 소란스런 웃음소리가 들려온 것은 바로 그때였다.

"하하하, 조금만 비켜 주십시오. 어이쿠, 감사합니다."

어리둥절해 있는 사람들을 헤치며 장님 하나가 휘적휘적 걸어 나왔다. 물론 석도명이다.

팔통문의 수하들이 석도명을 가로막으려다 분분이 뒤로 물러났다. 문주 복장길이 손을 들어 길을 터주라는 신호를 보냈기 때문이다.

석도명의 등장과 함께 장내의 분위기가 미묘하게 변했다. 반가운 기색은 어디서도 찾아볼 수 없었다.

"저런 염치없는 놈……."

송가촌의 열혈 청년 왕걸이 낮게 중얼거렸다. 송씨 남매에 업혀 떡고물을 얻어먹으려다 일이 틀어지자 잽싸게 배를 갈아타고 감옥을 빠져나온 약삭빠른 놈이다. 제 놈이 뭐라고 겁도 없이 여길 기웃댄단 말인가?

석도명을 알아본 송가촌 사람들의 표정이 하나같이 곱지 않았다.

안가장 쪽 사람들도 석도명의 등장에 불편한 기색을 감추지 못했다.

그들에게 석도명은 나뭇가지로 검명을 울리게 한 고수로 각인돼 있었다. 오무소를 내세워 송가장의 일에서 손을 떼게 만들었다 싶었는데 결정적인 순간에 고개를 내밀었다.

오무소의 경고에도 불구하고 그가 이 자리에 나타났다는 건 송가장의 편에 서겠다는 뜻일 것이다.

음양화사가 서로를 마주 보며 고개를 끄덕였다. 관부와 가까이 지내는 탓에 무림인들과는 거리를 두고 살던 안가장이 급하게 음양화사를 초빙한 까닭은 혹시라도 석도명이 다시 나타날 경우를 대비하기 위해서였다.

음양화사는 자신들이 상대해야 할 제대로 된 고수가 나타났다는 사실에 긴장을 돋우고 있었다. 두 사람은 암암리에 공력을 끌어올려 당장이라도 싸울 수 있는 태세를 갖췄다.

석도명을 둘러싼 갖은 사연과 오해에 관련되지 않은 나머지 사람들은 그저 어안이 벙벙할 따름이었다.

대체 이 급박한 자리에 장님이 왜 나타나서 수선을 피우는 걸까? 게다가 팔통문은 무슨 장난을 치려고 그에게 길을 터준단 말인가?

"무슨 일인가?"

석도명에게 말을 건 사람은 강적적이었다. 세상을 살아온 오랜 연륜에도 불구하고 그 역시 석도명의 갑작스런 등장에 대해서는 의아함을 감출 수가 없었다.

"하하, 그게 말입니다. 잔치 자리에 음악이 없어서야 되겠습니까? 제가 본시 악사인지라 음악이라도 한 곡 들려드릴까 해서 왔지요. 하하하."

"허어……."

석도명의 이야기가 하도 생뚱맞아서 강적적은 입이 쩍 벌어졌다.

먼저 반응을 보인 사람은 안과해였다.

"흥, 여러 사람의 목숨이 걸린 자리다. 어설픈 연기는 때려치워라."

"그렇지 않아도 우리 음양화사가 너를 기다리고 있었다."

그러나 석도명은 얼굴에서 헤픈 웃음을 지우지 않았다.

"하하, 세상이 온통 쌈박질인데 뭐가 그리 급합니까? 싸울 때 싸우더라도 연주나 한 번 듣자니까요."

"젊은이, 무슨 까닭으로 이러는지 모르겠으나 자리를 잘못 골랐네. 지금이라도 조용히 돌아가게."

강적적이 지친 음성으로 석도명을 타일렀다. 수백, 아니 수천 명이 곧 죽게 될 마당이지만, 무고한 희생을 하나라도 줄이는 게 옳다고 믿었기 때문이다.

그 순간 석도명이 허리를 꼿꼿이 세운 자세로 강적적을 바라봤다. 조금 전 염장한에게 했던 것처럼.

'헛!'

강적적이 속으로 탄성을 내질렀다. 장님의 눈에서 안광이 쏟아지는 것 같은 느낌을 받기는 난생처음이었다.

석도명이 나지막하지만 단단한 음성으로 강적적에게 말했다.

"이르기를 '노래로 넌지시 간하니 음악을 하는 자는 죄가 없다(主歌而諷諫, 樂之者無罪)'고 했습니다. 이 자리에서 노래

한 자락을 하겠다는 게 그리 큰 죄겠습니까?"

강적적의 얼굴에 흥미로운 표정이 떠올랐다.

석도명이 한 말은 본시 모시대서(毛詩大序)에 나오는 구절이다. 글이나 말로써 임금이나 상전의 잘못을 간언하는 자에게는 죄를 물어서는 안 된다는 내용이었다. 석도명이 글과 말을 노래와 음악으로 바꿔치기 했을 뿐이다.

어쨌거나 석도명의 말은 그 의미가 간단치 않았다. 음악으로써 이 자리에 있는 사람들의 잘못을 간하겠다는 뜻인 것이다.

"허허, 자네 말이 맞구먼. 싸울 때 싸우더라도 노래나 한 번 들어봄세."

강적적이 동의를 구하는 눈빛으로 건너편을 바라봤다. 안과해가 고개를 끄덕였다. 대체 무슨 해괴한 짓을 하려는 것인지 지켜나 보자는 마음이었다.

석도명이 곧바로 바다에 털썩 주저앉아 호금을 손에 쥐었다. 그리고는 낭랑한 음성으로 노래를 부르며 호금을 켜기 시작했다.

2,000여 명의 사람들이 병장기를 거머쥔 살풍경한 분위기에 어울리지 않게 고즈넉한 가락이 허공에 울려 퍼졌다.

> 고소대에 까마귀 깃들 무렵
> 오나라 임금의 궁에서는 서시가 술에 취한다.
> 오나라 노래, 초나라 춤 그 환락은 다하지 못했는데

사광(師曠) 현신(現身) 133

청산이 지는 해를 품으려 하네.
이 밤이 깊도록 까마귀만 날 터이니
촛불이 사람 대신 밤새 눈물 흘리리라.

姑蘇臺上烏棲時 吳王宮裏醉西施
吳歌楚舞歡未畢 青山欲銜半邊日
此夜益唯寒鴉飛 替人燭淚到天明

 석도명의 노래에 가장 먼저 반응을 보인 사람은 뜻밖에도 상주 지부 오무소였다.
 "하아……."
 목에 칼이 겨눠진 상태에서 벌벌 떨기만 할뿐 입도 뻥끗 못하던 오무소의 입에서 오장(五臟)을 다 토해낼 듯한 깊은 한숨이 흘러나왔다.
 석도명이 부른 노래는 시선 이백이 지은 오서곡(烏棲曲; 오서는 까마귀가 깃든다는 뜻)이라는 시에 곡조를 붙인 것이었다. 정확하게는 앞의 네 구절이 오서곡이고, 뒤의 두 구절은 석도명이 새로 붙인 가사였다.
 오무소가 한숨을 내쉰 이유는 오서곡이 어떤 노래인지를 너무나 잘 알기 때문이다. 환락에 취해 국운이 기우는 것도 모르고 밤새 궁에서 잔치나 벌여대던 오나라의 타락상을 탄식하는 내용이었다.
 젊은 날 외적에게 유린을 당하면서도 예악이나 강조하는 무력한 황실을 빗대고 싶을 때마다 오무소가 교우들과 어울려

술자리에게 즐겨 부르던 노래였다.

목민관 된 자로서 백성의 도탄을 외면하고 성대한 송별식 잔치나 즐기는 자신의 못난 꼴을 조롱하는 데는 이보다 더한 음악이 없을 것이었다.

이래도 죽고, 저래도 죽는다는 절박함 때문인지 청승맞은 호금 소리가 오무소의 가슴을 난도질했다. 어느새 오무소의 눈가가 촉촉이 젖어들었다.

오서곡이 대체 무슨 노래이고, 오무소의 한숨이 무슨 까닭인지를 알지 못하는 일반 백성들과 팔통문의 수하들은 어안이 벙벙할 따름이었다.

그러나 그런 생각도 오래가지 못했다.

석도명의 노래가 끝나는 것과 동시에 호금 소리가 더욱 짙어진 탓이다. 석도명이 그리 세차게 활질을 하는 것 같지도 않은데 호금 소리는 점점 부풀어 올라, 사람들의 숨소리마저 앗아갔다. 사람들은 깊은 바다에 빠지듯이 그 소리에 잠겨 들었다.

오무소도, 안과만도, 강적적도, 송신영 남매도 자신들이 이 자리에 왜 나와 있는지를 잊었다. 지금이 밤인지, 낮인지도 중요하지 않았다. 다만 세상에 내가 있고, 나를 어루만지는 그윽한 소리가 있을 뿐이다.

그 순간 석도명은 죽을힘을 다해 호금을 연주하고 있었다.

연주를 하면 할수록, 호금 소리는 석도명의 손아귀에서 달아나려고만 했다. 소리의 기운을 펼쳐내고 있음에도 소리는 석도명의 것이 아니었다.

 석도명은 그 소리를 잡으려고 하지 않았다. 체념하듯이 놓아 보냈을 따름이다. 한 번의 연주가 끝났을 무렵, 석도명은 소리가 다 빠져나가 온몸이 텅 빈 것 같은 느낌이었다. 그 텅 빈 몸 안에서 뭔가가 서서히 차올랐다.

 슬픔.

 감당할 수 없는 슬픔이 저 깊은 심연(深淵)에서 샘솟듯 올라와 머리끝까지 가득 찼다.

 다시는 아프지 않으리라 생각했건만 석도명은 슬펐다. 소중한 사람을 빼앗기고, 몸을 망쳐서가 아니다.

 인간으로 태어났다는 사실 자체가 슬픔이었다.

 이 세상이 온통 슬픔이었다.

 아니, 우주의 근원이 오직 슬픔이었다.

 무생무연(無生無緣), 태어나지 않았더라면 인연도 없었을 것을.

 삼라만상이 슬픔을 씨줄 삼고, 슬픔을 날줄로 삼아 인연으로 엮어진 것이었다.

 그 근원적 슬픔 앞에서 석도명은 깨달았다. 아프고 아픈 것은 나의 슬픔이 아니라, 인간의 슬픔이라는 것을.

 '세상의 슬픔이여, 오라. 나와 하나가 되자.'

 석도명이 자신도 모르게 외쳤다.

 그러나 그 외침은 목소리가 되지 않았다. 그 대신 호금에 고스란히 실렸다.

툭, 투둑.

누군가의 손에서 무기가 떨어졌다. 또 한 사람, 또 한 사람…… 무기를 놓치는 사람들이 점점 늘어났다.

저마다 가슴이 시려서 두 손으로 꽉 누르지 않고서는 견딜 수가 없었기 때문이다. 당장 자기 심장이 터질 것 같은데, 남의 심장에 꽂으려고 살상 도구를 움켜쥐고 있을 사람이 어디 있겠는가?

후드득, 후드득.

그때 어두운 밤하늘을 가득 뒤덮으며 낯선 소리가 들려왔다. 사람들이 기이한 느낌을 받으며 고개를 들어 허공을 바라봤다.

까만 하늘에 그보다 더 깊은 그림자가 지고 있었다. 정체를 알 수 없는 그 그림자는 점점 아래로 내려오더니 관아의 지붕과 나뭇가지를 까맣게 뒤덮었다.

그것은…… 수를 셀 수 없을 정도로 많은 까마귀 떼였다.

기이한 일이었다. 어디서 이 많은 까마귀가 몰려왔을까?

헌데 더 놀라운 일은 수천, 수만을 헤아리는 까마귀 가운데 단 한 마리도 울음소리를 내지 않는다는 점이었다. 마치 석도명의 연주를 귀 기울여 듣기라도 하듯 까마귀 떼는 한 번 내려앉은 뒤에는 날갯짓조차 하지 않았다.

사람들의 숨을 앗아갔던 짙은 슬픔이 알 수 없는 서늘함으로 바뀌고 있었다.

그리고 때마침 석도명의 연주가 끝났다.

까악, 까악, 까아아악.

호금 소리가 멈추자마자 까마귀 떼가 일제히 하늘로 날아오르며 울음을 토해냈다. 까마귀 떼는 석도명을 중심으로 소용돌이를 이루며 세차게 날갯짓을 해댔다. 소름 끼치게 섬뜩한 광경이었다.

그때 누군가가 놀란 음성으로 외쳤다.

"사, 사광(師曠)…… 사광이 현신했다!"

"사광이다, 사광이야."

"오오, 귀신을 부르는 노래……."

사람들의 외침이 들불처럼 번져나갔다.

사광이 누군가?

음악을 완성하기 위해 스스로 눈을 멀게 한 뒤 천기(天氣)를 얻고, 음양의 이치를 깨달아 신선의 경지에 들었다는 전설의 악사다. 사광이 금(琴)을 연주를 하자 검은 학 스물여덟 마리가 날아와 날개를 펴고 춤을 췄다고도 했다.

어디 그뿐인가? 진(晉)나라 임금 평공(平公)이 사광에게 억지로 귀신을 부르는 음악을 연주하게 했다가 나라에 3년 동안 기근이 들고, 평공 자신은 병들어 죽기까지 했다질 않은가!

지금 자신들이 목격한 광경이 그 전설과 다르지 않았다.

사광이 다시 태어나지 않고서야 어찌 저런 신기를 보여줄 수 있겠는가? 게다가 장님이라는 사실까지도 딱 들어맞았다.

석도명 주위에 몰려 있던 사람들이 주춤주춤 뒤로 물러났다. 그 누구도 감히 석도명에게 범접할 마음이 들지 않았다.

무공으로는 이 자리에서 가장 고수인 음양화사도 두렵기는 마찬가지였다.

설령 힘으로 상대의 목을 벤다고 해도, 끝내 귀신의 저주를 받을 것만 같은 기분이었다.

이윽고 석도명이 입을 열었다.

"눈이 있으면 보고, 귀가 있으면 들으십시오! 사람들이 남의 곤궁함은 외면하고 제 욕심만 부리는 까닭에 하늘이 열린 뒤로 인간의 싸움이 끝나질 않습니다. 여러분이 오늘 이 자리에서 그 길을 가겠다면 그리 하십시오. 여기에 있는 까마귀들이 여러분의 피와 살로 마음껏 배를 불릴 것입니다."

석도명의 말을 알아듣기라도 했는지, 까마귀 떼가 더욱 극성스럽게 울어댔다.

석도명이 천천히 일어나 몸을 돌려 세웠다. 이 길로 자리를 뜨려는 기색이었다.

"저, 저희는 어쩌라는 말씀이십니까?"

"살길을 알려주십시오."

사람들이 울상이 돼서는 아우성쳤다. 이제는 정말 모두가 죽어서 까마귀밥이 될 것이라는 공포만이 남아 있었다. 그리고 석도명이 떠나는 순간 그 공포가 현실이 될 것만 같았다.

그 와중에 오무소가 벌떡 일어나 절규하듯 소리쳤다.

"가시면 안 됩니다. 뭐든 하겠습니다. 개과천선을 하라면 하겠고, 재산을 내놓으라면 내놓겠습니다."

오무소는 결사적이었다.

속세에 현신한 사광을 몰라보고는 함부로 감옥에 가뒀을 뿐 아니라, 심지어 협박까지 했다. 게다가 오늘의 사태가 자신이 정무를 제대로 돌보지 않은 탓이니 따져보면 누구보다 죄가 컸다.

그래서 두려웠다. 사광의 저주가 자신의 가문과 후손에게까지 미칠 것만 같았다.

"저는 누구를 구하려고 이 자리에 온 게 아닙니다. 스스로를 구원하지 않으면 상제(上帝)가 내려와도 사람이 지옥 불에 떨어지는 것을 막을 수 없습니다."

"그, 그래서 어쩌면 되겠습니까?"

"모두가 알고 있는 일을 하십시오. 남의 것을 탐하지 말고, 남의 잘못을 용서하고, 남의 고난에 힘을 보태고……. 어린아이도 할 수 있는 그런 일들 말입니다."

석도명이 그 말을 마치고는 장내를 한 차례 둘러봤다.

석도명의 고개가 돌아가는 곳마다 사람들이 머리를 숙였다. 조금 전 강적적이 그랬듯이 모두들 안대 뒤에서 안광이 폭사되는 듯한 느낌을 받았기 때문이다. 누가 감히 신선과 눈을 마주치겠는가?

석도명이 할 일을 끝냈다는 듯이 주저하지 않고 밖으로 걸어 나갔다. 그 뒷모습은 의외로 차가웠다.
 '부디 간사한 마음에 흔들리지 않기를 바랄 뿐입니다.'
 석도명은 속으로 그 한 마디를 남기고 있었다.
 하고자 했다면 책임 있는 자들을 불러 모아 화해와 용서를 주선하고, 사람들을 평화롭게 흩을 수도 있었을 것이다. 그러나 그렇게 하지 않았다. 자기 입으로 말했듯이 사람을 구원하는 것은 그 자신이어야 했다.
 이유는 그뿐이 아니었다.
 기이하게도 근원의 슬픔을 맛본 뒤 석도명의 가슴은 오히려 더 냉정해져 있었다. 그 슬픔을 닦아줄 방법도, 마음도 알지 못했다.
 오늘 석도명이 얻은 것은 차가운 슬픔이었다. 비관(悲觀)을 열었으나, 자관(慈觀)에는 이르지 못한 탓이다.
 관아를 벗어난 석도명이 어둠 속으로 소용히 사라졌다. 사람들의 눈길에서 벗어난 석도명은 한 손을 들어 지그시 가슴을 눌렀다. 가슴은 쉽게 뜨거워지지 않았다.
 "염병, 헛고생만 했네. 괜히 몸만 풀었잖아. 저 혼자 다 알아서 할 거면서."
 어느새 따라 붙었는지 염장한이 투덜거리며 나타났다.
 석도명이 말없이 빙그레 웃어 보였다. 염장한을 만나니 그래도 식은 가슴이 조금은 따듯해지는 기분이었다.

"웃지 마라, 컴컴한데서 그러고 있으니까 진짜 귀신같다."

"하하, 사람을 보고 이렇게 반갑게 웃어주는 귀신도 있던가요?"

"아, 몰라 몰라. 터무니없는 놈 같으니라고. 대체 까마귀하고는 어느 틈에 안면을 튼 거냐?"

"후후, 까마귀는 영감님이 더 친하지 않나요? 외모가 딱인데."

"또 흰소리. 그나저나 그것들 돌려보내야 하는 거 아니냐? 걔들 우는 소리가 아직도 진동을 하잖아. 오싹하게스리."

"미물이라고 무시하면 안 됩니다. 먹을 게 없는 줄 알면, 알아서들 돌아갈 테니까요. 그게 자연의 섭리거든요."

"크크, 너랑 나랑 빠졌으니 일단 걔들 저녁밥 2인분은 줄인 건가?"

"하하, 그런 셈이네요."

두 사람이 어딘가를 향해 발걸음을 옮겼다.

엄청난 일을 해냈지만, 정작 오늘밤 잘 곳도 구하지 못한 상태였다.

*   *   *

엄청난 유혈사태를 부를 뻔했던 사건은 비교적 조용히 마무리됐다. 석도명이 떠난 뒤 오무소와 강적적, 안과만 등이 머리를 맞대고 해결책을 논의한 결과였다.

천년만년을 살 것처럼 욕심을 부리던 사람들이 초자연적인 현상을 겪고 나자 인생관 자체가 바뀐 것 같았다. 난생처음 느껴 보는, 그리고 상상도 하지 못했던 슬픔과 공포를 맛본 뒤로 삶 자체가 허무하고 덧없음이 뼈에 사무쳤기 때문이다.

우선 송가장과 안가장의 갈등은 안가장이 물러나는 것으로 해결됐다. 그리고 빚에 쪼들린 계촌과 안가촌 사람들은 송가장과 안가장이 공동으로 책임을 지기로 했다.

오무소가 전별금으로 받은 돈을 전부 내놓기로 했고, 그날 잔치에 참석했던 상주의 부자들도 한몫을 거들겠다고 나섰다.

소작농들이 관아로 쳐들어간 일은 사건 자체를 축소해 불문에 붙이기로 했다. 관아의 공식 기록에는 '소작농들이 지부와 면담을 요청해 회합이 성공적으로 이뤄졌다'는 내용이 적혔다. 그날 일에 관계된 고을과 가문마다 내부적으로 철저한 입단속에 들어갔음은 물을 필요노 없었다.

완벽하게 가려지지는 않겠지만, 전모가 명확하게 드러날 가능성도 높지 않았다. 이번 일에 대해서 떳떳하기만 한 사람이 별로 없으니 말이다.

황도로 떠날 날짜를 코앞에 둔 처지였지만 오무소는 백방으로 뛰어다니며 약조된 일이 제대로 처리되도록 힘을 썼다. 송가촌과 안가촌 사람들은 지금만 같으면 오무소가 선정을 펼칠 텐데 떠나는 게 오히려 아쉽다고 입을 모았다.

마치 하룻밤 사이에 상주가 전설속의 태평성대인 요순(堯舜) 임금 때로 되돌아간 것 같았다. 그처럼 원만한 조화가 언제까지 지속될지는 미지수였지만 말이다.

 석도명은 곧장 상주를 떠나고 싶었지만 그러지 못했다. 염장한과 관제묘에서 하룻밤을 보내고 길을 나섰다가 송가촌 사람들의 눈에 띄어 발목이 잡혔기 때문이다. 송신영 남매가 사람을 풀어 사방의 길목을 지키고 있었던 것이다.
 송신영과 송신혁은 큰절로 두 사람을 맞았다. 먼저 상다리가 부러질 정도로 점심을 대접하고 난 뒤, 송가장의 남매는 후원에서 석도명과 염장한을 다시 만났다.
 "정말 이렇게 떠나실 겁니까? 며칠이라도 더 쉬셨다가 가시지……."
 송신영은 석도명 앞에서 제대로 고개를 들지 못했다. 석도명을 낮춰 보고 또 원망했던 게 부끄러운 탓이다.
 석도명은 대답 대신 찻잔을 들어 입으로 가져갔다. 예정대로 떠나겠다는 확고한 뜻이었다.
 "어디로 가십니까?"
 "우히히, 발길 닿는 대로……겠지? 아마도."
 석도명 대신 염장한이 대답했다. 누가 해도 마찬가지였을 답이다.
 송신영이 잠시 망설이다가 입을 뗐다.

"청이 있습니다. 제 동생을 거둬 주십시오."

"이 한 몸도 가누지 못하는 사람이다. 불가능한 청이로구나. 더구나 먼 길을 가야 하는 처지라……."

석도명이 일고의 여지도 없이 송신영의 청을 거절했다. 지금껏 지켜주지 못한 사람들만 인생에 가득한데 또 누굴 거둔단 말인가?

"어디든 따라갈게요! 뭐든지 다 할 테니 제발 제자가 되게 해 주세요."

송신혁이 다부진 음성으로 석도명에게 매달렸다.

"하하, 대체 내게서 뭘 배우려고? 송가장의 후계자 자리를 포기하고 천한 악사가 될 참이냐?"

"악사가 왜 천해요? 천해도 상관없어요. 아저씨, 아니 대인 같은 사람만 될 수 있으면 좋아요."

석도명이 말없이 미소를 머금었다. 눈은 망가졌지만 자신을 향해 연신 머리를 조아리고 있는 송신혁의 모습이 훤히 그려졌다.

'사부님도 이런 기분이셨을까?'

자신이 멋모르고 사부에게 음악을 가르쳐달라고 했던 게 지금의 송신혁보다 한 살 어린 열 살 때였다. 그 철부지를 데리고 천음을 찾아가는 먼 길을 나서야 했으니, 사부의 심정이 참으로 암담했으리라.

과거를 회상하다 보니 엉뚱한 생각이 떠올랐다.

"사부님께서 나를 거두실 때 무슨 말씀을 하셨는지 아느냐?"

석도명이 자신의 사부를 거론하자 송신혁의 얼굴이 눈에 띄게 밝아졌다. 사문의 일을 입에 담는 것을 보니 자신을 제자로 받아주지 않을까 싶은 생각이 들어서다.

"무슨 말씀을 하셨습니까?"

"하하, 이렇게 말씀하셨지. 눈알부터 파라고. 당신께서도 그렇게 해서 맹인이 되셨다면서 말이다."

"옛?"

송신영과 송신혁이 앉은 자리에서 펄쩍 뛰었다.

석도명의 말은 송신혁에게도 눈을 파라는 요구나 다름없는 이야기였다. 아니, 분명히 그런 뜻일 것이다. 그러고 보니 본인도 스스로 눈을 파낸 모양이다.

전설 속의 사광이 스스로 장님이 됐다더니, 그런 전통을 이어가는 사문이 남아 있을 줄이야! 과연 사광이 제대로 현신을 한 셈이었다.

두 남매가 하얗게 질리는 것을 느끼면서 석도명의 입가에 미소가 더욱 짙어졌다.

이렇게 간단한 방법이 있는데 철없는 아이를 설득하느라 공연히 힘을 쓸 뻔했던 것이다.

"하하, 놀랄 것 없다. 나는 그런 일을 하면서까지 제자를 받을 생각이 없으니 말이다. 허니 더는 조르지 말거라."

헌데 의외의 상황이 벌어졌다.

"아니에요. 할게요. 저 눈도 뽑을 수 있어요. 제자만 시켜주세요, 제발."

"시, 신혁아……."

송신영이 놀라서 말을 잇지 못했다.

"누나, 괜찮아. 나 할 수 있어. 꼭 할 거야."

"허어……."

말문이 막히기는 석도명도 마찬가지였다.

자신은 저 나이 때 엄두도 내지 못했던 일이다. 사부가 눈을 뽑은 것 역시 나이 40이 넘어서였다. 그것도 가문을 잃고 절망에 빠져 내린 최후의 선택이었다.

헌데 송가장같이 부유한 집안에서 고생을 모르고 자란 아이가 대체 무슨 까닭으로 저런 생각을 한단 말인가?

"우헤헤, 네가 오늘 된통 걸렸구나."

염장한이 웃음을 터뜨렸다.

석도명이 장님이 된 사연을 누구보다 잘 아는 염장한이다. 어린아이에게 엄포를 놓으려다 낭패를 당하게 된 상황이 염장한에게는 고소한 모양이었다.

석도명도 이제는 진지해지지 않을 수가 없었다.

"대체 내게서 뭘 배우려고 그런 모진 마음까지 먹은 것이냐?"

"저는 땔감으로도 못 쓰잖아요. 저를 큰 소나무로 만들어

주세요."

"후우……."

석도명은 또다시 말문이 막히는 기분이었다.

단강에서 두 남매를 처음 만나던 날, 누이를 지키지 못했다는 자책감 때문에 울고 있는 아이를 위로해 주기 위해 했던 말이다. 자신의 경험이 교차됐기에 진심을 다한 이야기였다.

그것이 이 어린아이에게 인생을 바꿀 화두로 전해졌을 줄이야!

송신혁이 그 한 마디에 목을 매는 이유를 석도명은 알 수 있었다. 과거 자신이 그랬듯이 두 번 다시 똑같은 일을 겪고 싶지 않은 것이다.

사랑하는 사람을 지켜주지 못하는 그 지독한 패배감을 결코 받아들일 수 없는 것이다.

그런 마음을 어찌 자신이 모른 척할 수 있겠는가? 어쩌면 자신이 사부를 만난 게 운명이듯, 송신혁 또한 운명으로 예정돼 있었던 게 아닌가 하는 생각이 들었다.

석도명의 침묵이 길어졌다. 그리고 마침내 석도명의 입에서 무거운 음성이 흘러나왔다.

"네 마음을 알겠다. 어쩌면 너를 만난 것도 인연이자, 운명이 아닐까 하는 생각마저 드는구나. 하지만…… 나에게는 내가 감당하지 못할 무서운 적들이 있단다. 그리고 그들로부터 되찾아야 할 사람들이 있고. 네가 내 곁에 있는 건 아마도 세상에서 가장 위험한 일이 될 게다. 그러니 내가 너를 제자로 거두고 싶다고 해도 지금은 아니다."

"기다리겠습니다. 돌아오실 때까지. 돌아오신다고 약속만 해 주세요."

송신혁에게서 느껴지는 간절한 마음을 석도명은 더 이상 밀어낼 수 없었다.

석도명이 천천히 고개를 끄덕였다.

지금껏 뿌려진 인연의 씨앗도 제대로 거두지 못했는데, 또 다른 씨앗을 뿌리게 됐다는 무거움이 없지는 않았다. 그러나 나무가 원치 않아도 씨앗은 저절로 떨어져 자라기 마련이었다.

석도명은 송가장에 작은 씨앗 하나를 남겨두고 상주를 떠났다. 그의 마음은 서쪽을 향하고 있었다.

제5장
나 하나가 슬퍼서 지옥(地獄)이랴

 함양(咸陽)은 춘추전국(春秋戰國)의 혼란을 끝낸 진(秦)나라의 고도(古都)다. 진시황(秦始皇)이 이곳에서 천하를 하나로 묶었다.

 훗날 진나라가 망하고 난 뒤 함양은 제국의 수도가 아니라, 서역으로 이어지는 관문으로 탈바꿈했다. 비단길이 이곳에서 시작됐고, 또 이곳에서 끝났다.

 그러나 동서의 양 대륙을 이어주는 그 관문은 열렸다 닫히기를 반복하고 있었다. 송나라 서쪽에 자리 잡은 당항족(党項族)의 제국 대하(大夏)와의 관계가 순탄치 않았기 때문이다.

 힘이 부족하면 화친을 청하고, 여유가 생기면 대하에 빼앗긴 10주를 되찾겠다고 출병하는 것이 송의 정책이었다. 근래에 서쪽 변경이 시끄러워진 것은 황제가 무리한 서진(西進)에 나선 탓이다.

북방에서 궐기한 아골타의 여진족이 요나라를 밀어붙이자 유약한 황제도 모처럼 용기를 얻은 모양이었다. 여진족의 금(金)나라와 손잡고 요나라를 쳐서 빼앗긴 연운 16주를 되찾겠다고 나선 것이다.

그 과정에서 눈에 거슬린 존재가 바로 대하였다. 연요항송(聯遼抗宋), 요나라와 연합해 송나라에 대항한다는 정책으로 일관해온 나라가 바로 대하였기 때문이다.

황제는 조정에 섬서경략안무부사(陝西經略安撫副使)라는 관직까지 내리면서 대하를 치기 위한 진군을 명령했다.

그러나 그 결과는 좋지 않았다.

개국 이래 줄곧 문신을 중용하고, 무신을 홀대해온 송나라 군대는 약했다. 연운 16주를 되찾겠다고 시작한 요나라와의 북쪽 싸움은 신통치 않았고, 서쪽에서는 대하의 반격에 되레 적잖은 타격을 입었다.

설상가상으로 무리한 군비확충을 위해 백성을 수탈한 결과 각지에서 수백 건의 민란이 발생해 후방을 어지럽혔다.

불운하게도 석도명이 상주를 거쳐 함양에 도착한 것은 동쪽으로 밀고 나온 대하의 대군이 함양성에 바짝 다가선 혼란스런 시기였다.

무릉(武陵)에서 함양으로 들어오는 길목에 작두령(雀頭嶺)이라는 고개가 있다. 남북으로 길게 뻗은 산악지대를 가로질러 가기 위한 목구멍쯤에 해당하는 장소다.

작두령은 그 지형이 제법 험준한 것에 비하면 그동안 사람들의 왕래가 자유로웠다. 교역도시인 함양이 지척에 있는데다가 군사적 요충지로 쓸 만한 험지(險地)가 무릉 서쪽에 줄줄이 널려 있었기 때문이다.

그 작두령이 불과 며칠 전부터 함부로 넘어갈 수 없는 길이 되고 말았다. 사흘 전 대하의 군대가 기습적으로 나타나 무릉을 점령한 탓이다.

작두령은 이제 행인들이 걸음을 쉬어가는 평화로운 고갯마루가 아니라, 함양성 앞에 남겨진 최후의 보루였다.

방어선으로 바뀐 작두령이 소란스럽다.

고갯마루 서쪽의 8부 능선쯤에는 서둘러 세운 흔적이 역력한 목책이 길게 쳐져 있다. 그 안에선 병사들이 웃통을 벗어젖힌 채 부역에 동원된 백성들과 함께 무거운 돌을 나르는 중이다. 적의 진격을 막기 위한 방벽을 쌓기 위함이다.

통행이 차단됐음에도 불구하고 많은 사람들이 작두령에 나와 있었다. 사람들은 병사들이 버티고 있는 고갯마루를 피해 양옆으로 펼쳐진 가파른 산비탈을 타고 올라갔다.

얼추 수백 명을 헤아리는 숫자의 사람들이 양편 비탈을 차지하는 바람에 멀리서 보면 마치 산등성이에 빨래를 잔뜩 널

어놓은 것 같은 장면이 연출됐다.

병사들의 경고에도 불구하고 비탈을 올라가는 사람들은 좀처럼 줄지 않았다.

누군가는 비단길을 타고 돌아올 자신의 상단을 기다렸고, 또 다른 누군가는 무릉에 살고 있는 일가붙이를 걱정하는 중이었다. 그중에는 혹시라도 길이 뚫리면 서쪽으로 가봐야 할 용건이 있는 사람들도 섞여 있었다.

헌데 작두령 전체가 갑자기 소란스러워졌다. 저 아래쪽에서 한 떼의 사람들이 다가오고 있었다.

호각이 울리면서 병사들이 급히 무기를 찾아들고 목책으로 몰려들었다. 양편 비탈에 흩어져 있던 사람들도 긴장감을 감추지 못했다.

그런 긴장감은 오래가지 않았다. 나타난 사람들은 당항족 병사가 아니라, 피난민 행렬이었다.

어린아이와 여인네, 노인들을 포함해 300여 명에 달하는 피난민들이 목책 밑으로 다가와 문을 열어달라고 아우성을 쳤다.

"우리는 무릉에서 도망 온 송나라 백성들이오."

"문 좀 열어주시오!"

병사들은 목책을 열어 피난민을 받아들이지 않았다. 함부로 문을 열지 말라는 엄명이 내려져 있었기 때문이다.

"돌아들 가시오! 서쪽에서 오는 자들을 들이지 말라는 명령이오."

군관 하나가 목책 위로 솟아오른 망루로 올라가 소리쳤다.

"그게 무슨 소리요? 집을 빼앗기고 도망쳐 왔는데 돌아가라니!"

"지금 우리 보고 죽으라는 거냐?"

피난민들이 그 말을 따를 리 없었다. 가고 싶어도 돌아갈 곳이 없질 않은가?

군관이 곤혹스런 얼굴로 다시 외쳤다.

"어쩔 수 없소이다. 적국에서 피난민 사이에 간자(間者)를 섞어 보냈다는 정보가 들어왔소. 무릉이 함락된 게 사흘 전인데 왜 이제야 나타난 것이오?"

피난민들 사이에서 백발이 성성한 노인 하나가 앞으로 나섰다.

"나는 무릉 남쪽에 있는 자촌(磁村) 촌장 기대고(奇大高)올시다. 무릉이 함락된 걸 우리는 그 다음날에야 알았소이다. 당항족 군사들을 피해 멀리 길을 돌아오다 보니 이틀을 허비했소. 여기 있는 모든 사람들이 날 때부터 서로 알고 살아온 처지인데, 간자가 어떻게 끼어들겠소이까? 길을 재촉하느라 지칠 대로 지쳐 있으니 제발 도와주시구려."

"딱하게 됐소이다만, 내겐 그럴 권한이 없소."

"허면 윗전에 아뢰기라도 해주시오. 설마 그분들이 제 나라 백성을 길에서 죽게야 하시겠소?"

"험험, 유감스럽게도 그 명령을 받으려면 함양성까지 갔다 와야 하오. 하지만 오늘 안으로 방벽을 완성하지 못하면 내 목이 달아날 처지올시다. 지금은 그럴 여유가 없단 말이오. 허니, 무력을 쓰기 전에 당장 뒤로 물러나시오."

군관은 그 말을 끝으로 망루를 내려갔다. 목책 위로 병사들이 모습을 드러냈다. 당장이라도 쏠 수 있게 화살을 시위에 건 상태였다.

자촌에서 왔다는 피난민들이 그 광경에 분통을 터뜨렸다.

"오냐, 죽여라, 죽여!"

"군비를 거둔다고 있는 쌀 한 톨까지 박박 긁어갈 때는 언제고, 이제 와서 우릴 내친단 말이냐?"

"에이, 더러운 놈들. 오랑캐만도 못한 놈들!"

목책 위의 병사들이 욕을 먹으면서도 차마 피난민들과 눈을 맞추지 못했다. 그들이라고 어찌 피난민들의 마음을 모르겠는가? 하지만 그들을 받아들였다간 군법을 어긴 죄로 자신들의 목이 먼저 떨어질 터였다.

양쪽 비탈에서 이를 지켜보던 백성들 사이에서도 불만이 쏟아졌다.

그러나 그들 가운데 누구도 대놓고 피난민의 편을 들지는 못했다. 전시상황에서 군문의 일을 방해했다간 민간이라도 목숨을 부지할 수 없는 법이었다. 그저 자기들끼리 쑥덕거리는 게 전부였다.

남쪽 비탈을 거의 꼭대기까지 올라간 자리에 보기 드문 미모를 가진 젊은 여인과 노인 하나가 나란히 자리를 잡고 있었다.

짙은 눈썹에 서글서글한 눈매가 인상적인 여인은 사람들의 호감을 자아내는 외모를 갖고 있었다.

피부가 하얗고 투명한 게 대단한 집안에서 귀하게 자란 티가 역력했지만, 누구라도 먼저 다가가서 말을 걸고 싶을 정도로 표정이 밝았다.

하지만 이 순간 여인은 그 고운 얼굴을 찌푸리고 있었다. 피난민을 받아들이지 않는 군사들의 처사가 마음에 들지 않은 탓이다.

"하아, 대체 저들은 어느 나라 병사들이죠? 간자가 들어올게 걱정스러우면 신분을 철저하게 확인해야지, 무조건 막다니요. 정말 저들은 들어올 수가 없는 건가요?"

"허허, 군관이 하는 말을 들으셨지 않습니까? 군문에서 하는 일이 저런 식이랍니다. 지도 위에 선을 긋고 여기서부터는 우리 땅, 이 바깥에 있는 자들은 모두 적이다. 그런 거지요. 아마도 섬서경략안무부사 한원(韓元)이 마음을 바꾸지 않는 한, 어려울 겁니다."

허름한 복장과 달리 노인은 의외로 관부의 사정에 밝은 것 같았다. 그리고 실제로 노인의 말은 정확한 사실이었다.

대하를 치기 위해 서진을 명받은 섬서경략안무부사는 현재 공격보다는 방어에 급급한 처지였다. 만에 하나, 함양성이 떨어지고, 장안(長安)마저 위협을 받는다면 그가 아무리 황제의 총신(寵臣; 총애를 받는 신하)이라고 해도 위태로웠다.

그가 내린 명령은 간단했다. 단 한 명의 적도 함양성에 접근시키지 말라!

자고로 위에서 재채기를 하면, 그것이 아래로 내려오면서 태풍으로 바뀌는 게 1인 통치체제의 특성이다. 아니, 인간이 만든 모든 조직의 생리가 그랬다.

한원의 명령이 지휘계통을 타고 내려오면서 심하게 부풀진 결과가 지금 작두령의 상황을 만들어낸 것이다.

조금 전에 군관이 함양성에 다녀와야 한다고 말한 것은 최소한 서북 전선의 총책임자인 서북령관(西北令官) 이엄(李嚴)이 결단을 내려야 한다는 의미였다. 물론 이엄이 자신의 상관인 한원의 뜻을 거스를 가능성은 지극히 낮았다.

"정말 세상이 엉망이군요. 너나 할 것 없이 백성들을 등쳐 먹는 데만 혈안이 돼 있으니 말이에요. 백성들이 무슨 가축도 아닌데……. 강남의 바위를 실어 나를 겨를은 있으면서, 제 백성을 피난시킬 여력은 없는 건가요?"

"허허, 말씀이 너무 불경(不敬)합니다. 오라버니께서 아시면 어쩌시려고……."

여인의 말은 송나라 황실과 권신들을 싸잡아 비난한 것이었다.

변경이 유린을 당하고, 민생이 도탄에 빠진 와중에도 황제와 고위 관료들은 탐욕과 쾌락에 눈이 멀어 있었다. 황제를 등에 업고 조정을 장악한 재상 채경(蔡京)은 황상의 비위를 맞추기 위해 강남에서 온갖 진기한 화초와 암석을 실어 날랐다. 일반 백성의 집에 진귀한 물건이 있으면 천자어용(天子御用)이라는 딱지를 붙여 강제로 압수했다. 말을 듣지 않으면 불경죄로 잡아넣으니 거역할 도리가 없었다.

그렇게 징수한 꽃과 돌을 나르기 위한 배가 장강에 떼를 지어 떠다녔고, 그 선단을 가리켜 화석강(化石綱)이라는 말이 생겨났다. 심지어 채경의 생일에는 전국 각지에서 몰려드는 선물을 나르느라 생신강(生辰綱)까지 등장했을 정도였다.

또 한편으로는 군비를 마련한다는 핑계로 서성괄전소(西城括田所)를 만들어 각지에서 백성들의 토지를 강제로 몰수했다.

이를 견디다 못해 곳곳에서 민란이 끊이지를 않았다. 근년에 방랍이 절강에서 반란을 일으켜 강남 일대를 휩쓸게 된 것도 화석강에 분노한 백성들이 대거 가담한 덕분이었다.

"백성이 있어야 나라가 있고, 황제가 있다고 하잖아요. 아이들에게는 그렇게 가르치면서 실제로 그걸 실천하는 사람은 찾아볼 수가 없어요."

"허허, 이만한 일로 화를 내시다니, 아가씨답지 않습니다."

노인은 여인이 황실과 신료를 싸잡아 비난하는 게 영 편치 않은 기색이었다. 마치 그 자신이 그런 비판에서 자유롭지 못한 사람인 것처럼 말이다.

그때 작두령 쪽에서 가벼운 소란이 일었다. 무슨 까닭인지 목책 안쪽에서 병사들이 분주하게 움직이기 시작했다.

비탈 위의 사람들이 고개를 길게 빼고 좌우를 살펴봤다. 이내 그 까닭이 밝혀졌다. 작두령 동쪽에서 한 떼의 군마가 달려오고 있었다.

그 행렬 선두에서 힘차게 펄럭이는 것은 장군기였다. 깃발에는 서북령관이라는 네 글자가 쓰여 있었다. 서북전선의 최고사령관인 이엄이 나타난 것이다.

건설 중인 방벽 안쪽에서 병사들을 독려하고 있던 별장(別將) 옥여(玉呂)가 황급히 달려가 이엄을 맞았다.

"상황은 어떤가?"

이엄은 말에서 뛰어내리면서 질문을 던졌다.

"서하(西夏; 송에서 대하를 부르는 이름)의 군대는 아직 무릉에 머물고 있습니다. 당장 출전할 생각은 없는 것 같습니다. 명령하신 방벽은 오늘 중으로 완성이 될 겁니다."

"내 눈으로 확인하겠네."

이엄이 옥여를 앞세워 작두령 고갯마루로 올라갔다. 무릉을 삼킨 대하의 군대가 함양성까지 밀고 들어올 정도의 대군은 아니었지만, 작두령이 방어선으로 정해진 이상 방벽의 완성이 시급했다.

방벽 위로 올라간 이엄의 눈에 목책 앞에서 울부짖고 있는 자촌 사람들의 모습이 들어왔다.

"저건 뭔가?"

"자촌에서 온 피난민들이라고 합니다. 작두령 안으로는 한 사람도 들이지 말라는 하명이 있은지라……."

"그래서?"

"아시다시피 이곳에서 남북으로 100여 리 안에는 마을도 없고, 쉽게 넘을 수도 없는 심산(深山)입니다. 갈 곳이 없으니 죽어도 들어와야겠다고 버티고 있습니다."

옥여가 말을 마치고는 슬그머니 고개를 숙였다.

사실은 상황이 너무 난감한 터라 자기 대신에 군관 하나를 내보내 피난민을 설득하라고 했지만 잘 되지 않았다. 혹시라도 일을 어설프게 처리했다고 추궁이나 당하지 않을까 걱정이 됐다.

"허, 살겠다고 찾아온 백성들을 내친단 말인가? 일일이 신분을 확인해서라도 살릴 사람은 살려야지."

"저어…… 그게……."

옥여가 눈치를 보며 차마 말을 잇지 못했다.

대신 다른 사람이 말을 자르고 들어왔다.

"장군, 군법이 지엄한데 어찌 인정을 앞세우시오? 안무부사께서 직접 영을 거두시지 않는 한, 개미 한 마리도 들여보내서는 안 될 것이오."

감군(監軍) 권우(權宇)였다. 야전지휘관인 이엄이 명령을 충실하게 따르고 있는지를 감시하기 위해 안무부사 한원이 보낸 인물이다.

"어느 나라 군대가 적군에게 쫓겨 온 백성들을 내친단 말인가? 한 사람의 백성이라도 더 살리는 게 내 임무다. 저들 사이에 간자가 숨어 있는지 없는지는 내가 일일이 살펴보면 될 것이 아닌가?"

이엄의 음성이 높아졌다.

전쟁을 책임져야 할 섬서경략안무부사라는 자는 정작 섬서에는 한 걸음도 들인 적이 없었다. 그저 책상머리에 앉아서 머리로 작전을 짜고, 입으로 명령만 내리는 존재였다.

더구나 작두령을 최종 방위선으로 삼는다는 이번 명령은 비록 한원의 이름으로 내려지기는 했지만, 사실 권우의 작품이었다. 자신이 보낸 장계가 아직 황도에 도착도 하지 못했을 텐데, 어떻게 한원이 명령을 내렸겠는가?

권우가 싸늘하게 웃었다.

"허허, 장군께서 서북 전선의 사령관인 서부군령임을 내 모르는 바 아니오. 허나 이 몸은 안무부사를 대신하는 사람이며, 안무부사께서는 황상을 대신하고 있다는 점을 잊으시면 안 될 거외다. 전황이 불리하여 잠시 고육지계(苦肉之計)를 쓰고자 하거늘, 어찌 사사로운 정으로 작전을 망치려 드시오."

이엄은 욕지기가 치밀어 올랐지만, 한 마디도 반박할 수 없었다.

호가호위(狐假虎威; 여우가 호랑이의 힘을 믿고 날뜀)라더니, 권우가 말끝마다 내세우는 게 황제였다.

'망할 놈들, 군사도 안 내주고 작전도 저희들 멋대로 고……'

이엄은 속이 쓰렸다.

불과 몇 달 전만 해도 자신의 벼슬은 장안주박도감(長安駐泊都監; 장안 주둔군 지휘관)이었다. 헌데 전황이 불리해지자 제멋대로 서북령관으로 승진을 시켜버렸다. 벼슬만 높아졌지 병력을 더 준 것도 아니요, 독자적으로 작전을 펼 수 있는 것도 아니었다.

시키는 대로 꼭두각시 노릇이나 하다가 일이 잘못되면 책임을 질 사람이 필요했던 것이다.

권우는 이엄의 입을 다물게 하는 것으로 만족하지 않았다.

"장군, 저 수상쩍은 것들을 당장 물리시지요. 군무를 수행하는 데 방해가 되지 않소이까?"

"이 자리에 지고한 황명을 친히 받드시는 분이 계신데 소장이 어찌 나서겠소? 친히 처결하시구려."

이엄의 나이 올해로 쉰하나. 아무리 기개가 올곧다고 해도 최소한의 처세도 하지 않고서는 그 나이까지 관직에서 버틸 수는 없었을 것이다.

이엄은 지금 이 순간에도 '더러운 것은 피한다'는 심정으로 한 걸음 물러나기로 했다.

나 하나가 슬퍼서 지옥(地獄)이라

"하하, 장군께서 스스로 겸양을 하시니 나 또한 그 뜻을 받들겠소이다."

권우가 옥여에게 손짓을 했다.

"옥 별장은 지금 당장 저 수상쩍은 자들을 물리게."

"예."

옥여가 주저하지 않고 명을 받았다. 서부군령이 고집을 꺾은 마당에 한낱 별장 따위가 소신을 내세울 자리가 아니었다.

옥여가 목책 위로 올라갔다.

그때까지 시위에 화살을 건 채 엄포만 놓고 있던 병사들의 자세가 순식간에 변했다. 이제는 명령만 떨어지면 즉시 발사를 할 것이 분명했다.

"경고한다. 즉각 물러나지 않으면 적으로 간주하겠다."

옥여가 검을 뽑아 들고 우렁차게 외쳤다.

그 말에 피난민들이 소스라치게 놀랐다.

"아이고, 너무 하십니다."

"이럴 거면 죽여주십시오."

곳곳에서 통곡이 터져 나왔다. 지금까지는 그래도 설마, 설마 하는 마음이 있었다. 헌데 갑자기 달라진 분위기를 보니 정말로 자기 나라 군대의 손에 죽을 판이었다.

양쪽 비탈에서 그 광경을 지켜보던 사람들의 입에서도 장탄식이 쏟아졌다.

그 사람들 사이에, 정확하게는 북쪽 비탈에 올라가 있는 사람들 사이에 석도명과 염장한이 있었다.

"야야, 저러다 정말 쏘겠다."
 염장한이 수선을 떨었지만 석도명은 달리 반응을 보이지 않았다.
 두 사람이 이 자리에 있게 된 까닭은 천산으로 가려다가 길이 막힌 탓이었다. 무공을 잃지 않았더라면 작두령을 막아도 아무런 지장을 받지 않았을 테지만, 지금은 사정이 달랐다. 송나라 군대를 뚫고 가는 것도 문제였지만, 말도 통하지 않는 당항족 병사들을 상대할 방도가 막막했다.
 함양성에서 하루를 고민하다가 여기까지 나온 건 서쪽의 사정을 조금이라도 더 알아보고 마음을 정하기 위해서였다. 가는 곳마다 사건이라고, 하필이면 군사들이 자기 백성을 위협하는 광경까지 보게 될 줄은 몰랐다.
 석도명이 묵묵부답이자 염장한이 옆구리를 쿡쿡 찔렀다.
 "네가 어떻게 해봐라. 까마귀든 쥐새끼든 좀 불러내든지."
 "제가 나설 자리가 아닌 것 같습니다."
 "아니, 사람 구하는 데도 자리를 가리냐?"
 "하아, 천수관음(千手觀音)께서는 세상을 구하기 위해 일천 개나 되는 손을 갖고 계시지만, 아무 때나 손을 내밀지는 않습니다."
 "그래서? 너는 손이 두 개뿐이라서 바쁘다 이거냐?"

염장한이 삐딱하게 쏘아봤지만 석도명은 굳게 입을 다물었다.

설명으로 될 일이 아니었다. 아니, 염장한이라고 모르겠는가? 자신이 아무 때나 나서서 세상을 구원하는 보살이 아니라는 것을. 알면서도 눈앞의 상황을 그저 보고 있기가 답답해서 해본 소리일 것이다.

석도명은 지금 약간 혼란스러운 상황이었다. 온몸을 적셔오는 주변의 기운이 혼탁한 탓이다.

석도명이 비록 관음의 오관 가운데 비관을 열고 그로 인해 자연과 소리가 함께 어울리는 경지에 오르기는 했지만, 자재(自在)로운 존재는 아니었다.

바람이 불어야 돛이 부풀고, 물에 잠겨야 헤엄을 칠 수 있듯이 석도명에게는 주변의 기운과 스스로를 일치시키는 공명(共鳴)의 과정이 필요했다.

상주에서 기사(奇事)를 행할 수 있었던 것은 따지고 보면 석도명 혼자의 힘이 아니었다. 그날 그 자리에 함께 있던 2,000여 명의 절박함이 석도명의 마음을 먼저 울린 덕분이었다.

헌데 지금 이 순간 석도명은 공명에 실패하고 있었다. 죽음 앞에 놓인 300여 명의 피난민과 그들에게 어쩔 수 없이 활을 겨눈 50여 명의 병사들의 심경은 절박했다. 그 안타까운 기운을 석도명은 느꼈다.

그러나 그보다 훨씬 많은 숫자의 사람들은 그렇지 않았다.

딱하다는 생각은 하는 모양이지만, 그들은 어디까지나 구경꾼이었다.

구체적으로 잡아낼 수는 없으나, 개중에는 다음에 벌어질 일을 흥미진진하게 기다리는 사람마저 있는 것 같았다.

그로 인해서 석도명은 슬픔의 눈은 열었지만, 슬픔에 깊이 잠겨들지는 못했다. 이런 마음으로 하는 연주가 그날 밤과 같은 기적을 가져오지 않을 것은 뻔했다.

오명선사가 해준 이야기가 생각났다.

"관음보살께서 천 개의 눈으로 세상의 소리를 전부 살피시고, 또 천 개의 손으로 중생을 어루만져 주시는데 세상은 왜 늘 이 모양입니까?"

"간질힘이 부족하기 때문이지."

"죽기를 각오한 사람들, 죽음보다 더한 고통을 맛보는 사람들이 세상에 가득합니다. 어찌 간절함이 부족하다 하십니까?"

"사람이 사람을 긍휼히 여기지 못한다는 뜻이다. 나의 간절함만 간절하고, 남의 간절함은 간절하지 않으니 어찌 그것이 진정한 간절함이겠느뇨? 나 하나가 슬퍼서 세상이 지옥이 아니요, 나 하나가 즐거워서 세상이 극락이 아니라는 말이지."

세상이 온전한 슬픔으로 물들지 못하면, 온전한 열락도 없다는 이야기가 무슨 뜻인지 새삼 석도명의 가슴을 쳤다.

'하아, 인간은 잔인하다. 이 가슴 어디에 불성이 숨어 있고, 선정(仙情)이 깃들어 있단 말인가?'

석도명의 심사를 알지 못하는 염장한이 답답하다는 듯이 연신 혀를 찼다.

그러는 동안 고갯마루의 상황은 극단으로 치닫고 있었다. 병사들이 심각한 얼굴로 화살을 조준하자 겁에 질려 있던 피난민 가운데 일부가 분노를 폭발시켰다.

"오냐, 죽여라!"

"하늘이 무섭지도 않느냐? 이 천벌을 받을 것들아."

흥분한 청년 몇 명이 그예 돌을 집어 던지기 시작했다.

별장 옥여가 지그시 입술을 깨물었다. 이제는 정말 최후의 상황이었다.

"마지막으로 경고한다. 당장 물러나지 않으면 공격하겠다."

옥여의 손이 허공으로 올라갔다. 그 손이 떨어지는 것과 동시에 병사들은 활을 쏘아야 했다.

구경꾼들이 긴장한 얼굴로 일제히 침을 삼켰다.

바로 그 순간이었다.

"우하하하, 이렇게 화창한 날씨에 좋은 음악이 없구나."

사람들의 고개가 일제히 북쪽 비탈 쪽으로 돌아갔다.

시커먼 얼굴에 작은 키, 꾀죄죄한 옷차림의 노인이 두 손을 크게 벌린 채 앙소를 터뜨리고 있었다. 염장한이었다.

공격명령을 내리려던 옥여가 당황스런 얼굴로 장벽 위를 바라봤다. 이엄과 권우의 눈치를 보기 위해서다.

권우의 얼굴이 심하게 일그러졌다.

자신의 뜻에 따라 군의 권위를 세우려던 참이다. 헌데 볼품없는 늙은이가 결정적인 순간에 훼방을 놓아 버린 것이다.

권우는 얼굴에 먹칠을 당한 기분이었다.

"너, 이놈! 여기가 어떤 자리인 줄 알고. 감히, 감히……."

염장한은 권우의 분노에 아랑곳하지 않았다.

"우하하, 이르기를 '노래로 넌지시 간하니 음악을 하는 자는 죄가 없다(主歌而譎諫, 樂之者無罪)'고 했소이다. 이 늙은이가 이 자리에서 노래 한 자락을 할까 하니 노여워하지 마시구려."

석도명이 어이없는 표정으로 고개를 들었다.

염장한은 자신이 상주 관아에서 했던 일을 그대로 흉내내고 있었다.

곳곳에서 실소가 터졌다. 천하에 조정의 고위관리를 앞에 두고 저렇게 실없는 짓을 할 수 있는 자는 드물었다. 미치거나 죽을 생각이 아니고서야 말이다.

몇몇 사람이 노래를 청하는 의미로 박수를 쳐댔다.

과연 그들은 구경꾼이자, 방관자일 뿐이었다. 염장한이 큰 봉변을 당할 것이 분명한데도 그저 재미있는 구경거리를 기대하고 있었다.

물론 권우는 노래를 들어줄 기분이 아니었지만, 거리가 먼 탓에 어찌해볼 도리가 없었다.

"저, 저자를 당장 포박해라."

명령을 받은 병사 몇 명이 바쁘게 움직였다.

염장한이 그 모습을 보면서도 태연하게 노래를 부르기 시작했다.

"인생은— 뿌리도 꼭지도 없어— 떠돌기가 길 위에 먼지 같네. 흩어져 바람 따라 휘날리니— 이 몸이 항상 같지 않구나. 땅—에 떨어져— 형제가 되었으니— 어찌 꼭 혈육만 가까이 할까—"

> 人生無根蔕 飄如陌上塵
> 分散逐風轉 此己非常身
> 落地爲兄弟 何必骨肉親

염장한의 노래는 노래가 아니라, 소 멱을 따는 비명소리였다. 그렇게 형편없는 솜씨인데도 정색을 하고 불러대니 왠지 처절하고 서글픈 느낌이 들기도 했다.

어쨌거나 널리 알려진 도연명의 잡시에 음률을 붙인 곡이라, 적어도 염장한이 노래를 부르는 까닭은 모두가 알아들을 수 있었다.

무상한 인생살이, 모두가 함께 가는 길인데 다른 사람을 왜 괴롭혀야 하느냐는 반문이다.

뜻은 좋았으나 반응은 신통치 않았다. 사람들이 대부분 어이없다는 듯 고개를 저었을 따름이다.

그 사실을 뼈저리게 느꼈는지, 염장한은 노래를 부르면서도 발끝으로 석도명을 툭툭 찼다. 이제 그만 빼고 나서라는 뜻이었다.

"후우……."

석도명이 고개를 흔들며 소매 자락에서 작은 피리를 꺼내 들었다. 이미 엎질러진 물, 최선을 다해 볼 수밖에 없는 상황이다.

석도명이 어쩔 수 없이 나서려고 하자, 그 모습을 보고 염장한이 기고만장해서 외쳤다.

"자, 이제 하늘의 뜻을 보여주마. 백성이 곧 하늘임을 알게 될 것이다!"

자연히 사람들의 시선이 석도명에게 몰렸다.

반쯤은 의아한 표정이었고, 나머지 절반은 시큰둥한 표정을 지었다. 한쪽은 장님이 대체 무슨 재주를 가졌기에 저 노인이 저렇게 큰소리를 칠까 하는 궁금증이었고, 다른 쪽은 늙은이의 허풍에 두 번 속지 않겠다는 반응이었다.

'허, 부족하지 않으면 항상 넘치기만 하니…….'

중용과 절제의 미덕이라는 것을 모르는 염장한의 행동에 석도명은 기가 찼다. 그러나 그 또한 따지고 있을 계제가 아니었다.

석도명이 피리를 입으로 가져가 조용히 숨을 불어넣었다.

삐이이리리.

대나무 특유의 청아한 공명음이 흘러 나와 산등성이에서 떨어져 내린 가파른 비탈을 타고 내려갔다.

작두령은 고갯마루 양편에 가파른 봉우리가 솟아 있어 마치 낙타 등 같은 형상을 이루고 있었지만 깊은 계곡의 형태는 아니었다.

그런데도 피리 소리는 비탈 이쪽저쪽을 번갈아 흘러가면서 깊이, 깊이 울려 퍼졌다. 반향이 다시 반향을 불러 일으키며 피리 소리 위에 피리 소리가 계속 중첩됐다.

이윽고 가느다란 피리 소리가 작두령을 가득 채웠다. 사람들은 어느새 피리 소리에 흠뻑 젖어드는 기분을 맛보고 있었다.

염장한의 노래에 실소를 터뜨렸던 것과는 달리, 사람들은 눈을 감고 석도명의 연주를 음미하기 시작했다.

다만, 권우의 명령을 받은 병사들은 숨을 헐떡이며 비탈을 기어 올라갔다.

그리고 마침내 제일 앞서 달리던 병사 하나가 석도명의 발치에 이르러서는 창을 치켜들고 소리쳤다.

"꼼짝 마라! 헉!"

병사가 말을 끝내기가 무섭게 비명을 지르며 그 자리에서 얼어붙었다. 뒤따르던 병사들도 마찬가지였다.

아니, 작두령에 있는 모든 사람들이 동시에 놀라서 비명을 내질렀다.

부르르르.

땅이 흔들리고 있었다. 그 흔들림은 걷잡을 수 없이 커져 나무를 흔들고, 바위를 흔들었다. 그리고 산에 깃들어 있던 온갖 새들이 요란한 울음소리와 함께 하늘로 날아올랐다.

사람들의 머릿속으로 똑같은 생각이 지나갔다. 하늘의 뜻을 보여주겠다던 염장한의 외침이 떠오른 것이다.

"으헉, 하늘이 노했다!"

"상제께서 벌을 내리셨다!"

군사와 일반 백성을 가리지 않고 사람들이 땅바닥에 엎드려 깊이 고개를 숙였다. 하늘이 진노했으니, 인간은 무조건 죄를 빌 일이었다.

오직 한 사람, 석도명만이 흔들림 없는 자세로 연주를 계속했다.

오만방자한 태도로 일관하던 권우의 얼굴에서도 핏기가 사라진 지 오래였다. 이 자리에서 누군가가 하늘의 분노를 살 짓을 했다면 바로 자신이었다.

"어구구, 잘못했습니다. 살려 주십시오."

권우는 무릎을 꿇고는 손이 발이 되게 빌고 또 빌었다.

권우의 기도는 별로 효험이 없는 모양이었다. 땅이 계속 진동하더니 권우와 이엄 등이 서 있는 방벽이 심하게 흔들렸다.

병사들이 놀라서 산비탈을 기어오르기 시작했다. 권우 또한 엉금엉금 기어서 그 뒤를 따랐다.

 쿠르르릉.

 이어 바위를 쌓아 올린 방벽이 굉음을 내며 무너졌다.

 "아이고, 그만 하십시오."

 "제발 살려 주십시오."

 사람들이 이제는 석도명을 향해 열심히 빌어댔다. 석도명이 연주를 끝내지 않는 한 지진이 영원히 계속될 것만 같았다.

 사람들의 애원이 충분치 않았던 것일까? 양쪽 비탈에 위태롭게 서 있던 나무들이 뿌리 채 쓰러지는데도 석도명은 연주를 멈추지 않았다.

 사람들은 빌 겨를도 없었다. 사방에서 비명과 울음이 터져 나왔다. 높은 곳에 올라가 있던 사람들이 무너지는 흙더미와 함께 주르륵 흘러내리면서 자지러지게 소리를 질렀고, 재수 없이 나무에 깔린 사람들은 고통을 참지 못하고 악을 써댔다.

 지옥을 방불케 하는 아수라장이었다.

 그렇게 끔찍한 시간이 얼마나 흘렀을까? 마침내 피리 소리가 잦아들었다. 피리 소리와 함께 지진도 서서히 수그러들었다.

 사람들이 정신을 차리고 주변을 둘러봤다. 참혹한 광경이 펼쳐져 있었다.

 병사들 수십 명이 방벽에 깔려 숨을 거뒀고, 비탈에서 떠밀려 내려온 사람들 가운데서도 흙더미에 파묻힌 숫자가 수십을 헤아렸다.

기이하게도 자촌에서 온 피난민들은 거의 피해를 입지 않았다.

사실은 피난민들을 가로막은 목책이 고갯마루 아래쪽, 그러니까 길이 좁아지고 양쪽 비탈이 가팔라지기 시작한 부분에 설치된 덕분이었다. 피난민들이 서 있던 곳의 주변 지형이 평탄해 큰 피해를 피할 수 있었던 것이다.

하지만 사람들은 그렇게 믿지 않았다. 억울하게 죽음을 당할 뻔했던 그들의 처지를 외면한 죄로 자신들이 벌을 받았다는 생각뿐이었다. 그들을 불쌍히 여겨 하늘이 지켜준 것이라고 믿었다.

그리고 하늘을 대신해 그 일을 이뤄낸 사람이 따로 있었다.

사람들이 일제히 서도명을 향해 절을 올렸다.

"감사합니다, 감사합니다."

"앞으로는 착하게 살겠습니다."

석도명으로서는 뭔가 한 마디를 하지 않을 수 없는 분위기였다. 또 하고 싶은 말이 있기도 했다.

"나 하나가 슬퍼서 세상이 지옥이 아니요, 나 하나가 즐거워서 세상이 극락이 아닙니다. 부디 남의 아픔을 나눌 수 있는 마음을 품으십시오. 사람의 목숨을 돌보지 않고서 어찌 사람이 있겠습니까?"

그 말에 사람들이 다시 고개를 조아렸다. 그들에게 석도명은 신인(神人)이요, 하늘의 사자였다.

피난민들의 안전이 보장됐다고 판단한 석도명이 서둘러 산을 내려갔다.

검은 안대로 눈을 가린 석도명이 지팡이도 짚지 않고는 거침없이 걸어가는 모습 또한 사람들에게 경외심을 불러일으키기에 충분했다.

대부분의 사람들이 머리를 조아리고 있는 가운데서도 석도명의 뒷모습을 오래도록 지켜보는 사람이 있었다.

건너편 비탈에 있던 젊은 여인과 노인이다.

"재미있는 사람이군요. 아니, 사람이 맞기는 한 걸까요? 세상에 기인이사가 많다고 하더니…… 다시 눈을 뜬 기분이에요. 딱히 갈 곳도 없는데 저 사람을 한 번 따라가 볼까요?"

"아가씨, 저렇게 귀신같은 사람은 저도 감당이 안 됩니다. 또 무슨 일을 내시려고……."

"호호, 어렵게 가출을 감행했으니 뭐든지 많이 해봐야죠."

"어이쿠, 끝내 저를 잡으려고 드시는군요."

여인이 짓궂은 미소를 지어 보이자 노인은 아예 울상이 됐다.

신검비영(神劍秘影) 장학(張鶴)이 이런 표정을 지을 때도 있다는 사실을 아는 사람은 천하에 드물었다. 그리고 이 세상에서 장학을 골려 먹을 수 있는 유일한 여인, 그녀의 이름은 조경(趙瓊)이었다.

　　　　　＊　　　＊　　　＊

작두령의 일이 있은 다음날 석도명은 함양성 동쪽 길을 거슬러 장안으로 가고 있었다. 애초에 목표했던 천산과는 정반대 방향이었다.

"갑자기 장안에는 왜 가는 건데?"

"명색이 풍류를 아는 자가 양귀비가 놀던 장안 땅은 한 번 밟아봐야죠. 지금이 아니면 언제 또 가보겠습니까?"

"우히히, 네가 하는 그 짓을 풍류라고 생각할 사람이 어디 있겠냐? 잉, 그런데 천산은 아주 포기한 거냐?"

염장한은 장안에 또 언제 가보겠냐는 석도명의 말에 다른 뜻이 담겨 있음을 뒤늦게 깨달았다.

천산에서 영원히 살 생각이 아닌 바에야 돌아오는 길에 장안은 언제고 들릴 수 있는 곳이다.

헌데 그럴 기회가 없을 것이라는 말은 행선지가 완전히 바뀌었다는 의미다.

"천기가 고르지 않은 게…… 지금은 천산에 갈 때가 아닌 것 같아서요."

"맨 날, 그놈의 천기 타령은……. 아니, 너 정말로 뜻이 하늘에 통한 게냐? 진짜 그런 거면, 이 짓은 그만 끝내자꾸나. 한데 잠을 너무 많이 자서 그런가? 당최 몸이 뻐걱대서…… 에구구."

"하하, 천기가 별겁니까? 아무 이유 없이 거리끼는 마음이 들면 그게 하늘의 뜻이려니 하는 거죠. 민심이 천심이라지 않습니까? 저도 그 귀한 백성(民) 중 하나거든요. 그러니까 내가 하늘이고 내가 곧 부처다, 좋지 않습니까?"

염장한이 고개를 절레절레 흔들었다.

"에구구, 하늘도 무신하시지. 이 가련한 늙은이에게는 집이 폭삭 내려앉는 시련이나 주시면서, 저 맹랑한 녀석에게는 까마귀도 보내주고, 지진도 내려주시고……."

"하하, 오해를 단단히 하셨군요. 어제 있었던 지진은 저하고는 아무 상관도 없는 우연이었어요. 이제야 말이지만, 영감님 때문에 얼마나 죽을 맛이었는지 아세요? 다행히 천재지변이 일어나서 목숨을 건진 거지. 어제 일은 까마귀 날자 배 떨어진 격이었다고요. 쩝, 그러고 보니 이번에도 까마귀가 도왔나?"

"뭐, 뭐? 우연이라니? 그게 말이 돼? 그렇게 요동을 치던 땅이 네가 연주를 마치자마자 끝났잖아!"

"정확하게는 지진이 끝날 때까지 버티면서 기다린 거죠. 어제 그 상황에서 굳이 이건 내가 한 일이 아니다 하고 티를 낼 필요는 없었잖아요."

염장한이 어이가 없다는 표정으로 제 머리를 두드렸다.

"우히히, 그런 거였냐? 소경이 문고리 잡는다더니 아주 대박을 냈어. 푸흐흐…… 장한 녀석, 이제는 적당히 사기도 칠 줄 알고…… 더 가르칠 게 없구나. 가르칠 게 없어."

"사기라니요? 저는 그냥 하늘이 내리신 기회를 사양하지 않은 겁니다. 그런 말 못 들어보셨습니까? 기회를 줘도 받아먹지 못하면 다시 기회가 오지 않는다는."

염장한이 폭소를 터뜨렸다.

"푸헤헤헤, 네가 드디어 도에 이르는 길을 찾았구나.

"어쩌다 운이 맞아떨어진 게 도와 무슨 상관이 있습니까?"

"흐흐, 자고로 상선약수(上善若水)라, 지고의 도는 물과 같다고 했느니. 흐르는 물이 스스로 용을 써서 움직이더냐? 노력하시 않아도 저절로 이뤄지는 게 바로 도라는 말씀이다. 굳이 원하고 애쓰지 않아도 필요할 때마다 천지가 알아서 움직여주고, 그런 이치에 순응해서 살면 그게 바로 신선의 삶이 아니겠냐? 부디 그 길로 대성하기 바란다. 푸흘흘."

석도명이 대답 대신 고개를 저었다.

'에고, 천지가 알아서 움직여주면 진짜 신선이게요.'

염장한의 말을 좀 더 노골적으로 풀어보면, 요행수를 바라고 살라는 뜻이나 다름없다.

요행이란 어쩌다 찾아오는 것이지, 도를 이루고 말고와는 무관한 일이 아닌가?

그때 염장한이 불쑥 화제를 바꿨다.

"그나저나 천산엘 안 가면 이제 어디로 가는 거냐?"

"흐음, 이번에는 산동으로 가볼까 해서요."

"헉, 산……동……. 너는 어째 사고방식이 그렇게 극단적이냐? 복건에서 천산, 다시 산동이라니? 극이 아니면 가지 않겠다고 결심한 게냐?"

염장한이 질릴 법도 했다.

남동쪽 끝자락인 관음사에서 서북쪽 끝인 함양까지 오느라 지칠 대로 지친 상태였다. 그런데 산동이라면 다시 동쪽 끝이 아닌가 말이다.

"후후, 도에 이르는 길에는 멀고 가까움이 없다고 했습니다. 세상이 온통 길인데, 어딘들 못 가겠습니까?"

"에라, 이……. 하여간 갈수록 말재주만 늘어가지고……."

입으로 투덜거리면서도 정작 염장한의 발걸음은 더욱 빨라지고 있었다. 산동에 급한 볼일이라도 있는 것처럼.

석도명이 무심히 뒤를 돌아봤다. 눈이 멀쩡할 때의 습관 때문인지, 장님이 된 뒤에도 마음이 가면 몸이 저절로 움직였다.

'이런 몸으로는 아직 무리겠지?'

석도명은 설명할 수 없는 아쉬움을 느끼면서 염장한을 따라갔다.

석도명이 천산으로 가려고 했던 데는 몇 가지 이유가 있었다.

우선 자신의 숙적인 악소천이 천산에 근거를 뒀던 천마협의 후예인 것이 분명했다. 또한 여운도가 유언으로 남긴 일이 있었다.

지금 당장 악소천의 뿌리를 캔다거나 여운도의 유언을 받들 수 있는 처지는 아니었지만, 그래도 천산에 한 번은 가보고 싶었다.

어차피 정처 없이 떠도는 신세, 천산으로 가는 길에서도 세상을 보고 들을 수 있을 테니 말이다.

그러나 석도명은 다시 마음을 바꿨다.

당항족과의 싸움에 불이 붙은 상황에서 그 한복판을 가로지를 엄두가 나지 않았다. 당장 함양성 서쪽으로는 길이 막힌 상태가 아닌가?

게다가 어제 작두령에서 있었던 일도 이유가 됐다.

상주에 이어, 작두령에서 기사를 벌였으니 아무래도 자신에 관한 소문이 번져나갈 게 분명했다.

정관이라는 이름을 쓰고 있다지만, 소문이 시끄러워지면 필경 진무궁의 이목을 끌 터였다. 음악으로 신기한 일을 벌이고 다니는 장님 악사, 그 정도면 진무궁이 자신의 정체를 단박에 꿰뚫을 것이다.

악소천이 자신의 무공이 아니라, 음악에까지 관심을 갖는다면 그때는 어떻게 할 것인가? 대책이 없었다.

무공을 회복할 가망이 전혀 없는 지금, 음악으로써 천인의 길을 여는 것이 유일한 희망이었다. 그 가능성까지 악소천에

나 하나가 슬퍼서 지옥(地獄)이랴 183

게 빼앗기고 싶지 않았다.

그래서 함양에서 가장 먼 곳, 산동으로 떠날 생각을 한 것이다. 소문보다 빠르게 움직이는 것만이 당분간이라도 악소천의 관심을 피하는 방법이었다.

게다가 석도명에게 산동 하면 떠오르는 이름이 있었다.

산동 50대 무관 구화문.

제6장
너희가 삼합권(三合拳)을 아느냐

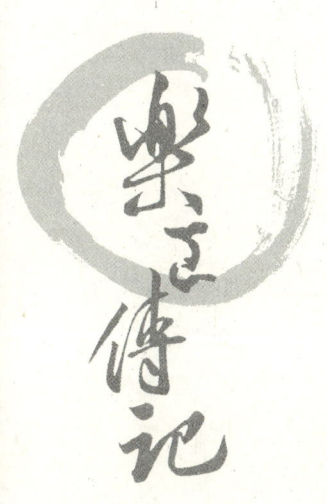

산동 남쪽의 강소(江蘇)라고 하면 사람들은 제일 먼저 물의 도시 소주(蘇州)와 태호(太湖)를 떠올린다.

태호 북쪽에 단양(丹陽)이라는 마을이 있다. 규모가 2,000호(戶)쯤 되는, 도시라고 하기에는 작고, 부락이라고 하기에는 다소 큰 고을이다.

위로 장강이 흐르고, 아래로는 소주가 있지만 규모가 작아서 조용한 곳이다.

그나마 관도가 멀지 않은 탓에 소주를 오가는 상인과 표사들이 어쩌다 가끔 들르는 정도였다.

단양에서 가장 큰 단장의원(斷腸醫院)에서 환약 한 봉지를 받아 가지고 이제 막 거리로 나선 우중충(禹中忠) 또한 갑작스런 복통 때문에 뜻하지 않게 단양을 찾은 경우였다.

"젠장, 표행이 이제 겨우 시작인데 배탈이 나다니."

우중충은 하남 허창(許昌)에 근거지를 둔 남허표국(南許標局)의 일급표사다.

그는 현재 소주에서 하남으로 물건을 운반 중이었다. 원래는 소주에 표물을 전하고 빈손으로 돌아갈 예정이었지만, 운 좋게도 일거리를 하나 건지는 바람에 일행 전체가 흐뭇한 마음이었다. 한 번 표행으로 두 배의 일 삯을 챙기게 됐기 때문이다.

지금도 복통만 없었으면 여기까지 허겁지겁 달려오는 대신에 일행들과 함께 콧노래를 부르며 식사 후의 휴식을 즐기고 있을 것이었다.

"쩝, 벌이는 좋은데 몸이 자꾸 축나는 모양일세……. 에고, 옛날이 좋았는데……."

우중충이 아랫배를 쓰다듬으며 중얼거렸다.

전쟁이다, 민란이다 해서 세상이 어지러운 통에 표사들은 사실 벌이가 쏠쏠했다. 일급표사는 웃돈을 얹어서라도 서로 끌어가려고 난리였다.

그런데도 가끔은 울컥 옛날 생각이 떠오르곤 했다.

천하가 태평하고 무림맹이 멀쩡하던 그 시절이. 비록 남들이 알아주지 않는 외찰대 출신이기는 해도 협의를 지킨다는 자부심이 있어서 좋았던 그 시절이 말이다.

어기적어기적 걸어가던 우중충의 눈이 갑자기 커졌다. 그리고 핏기 없는 얼굴에 화색이 돌아왔다.

뜻하지 않은, 그러나 낯익은 얼굴이 반대편에서 걸어오고 있었다.

허름한 옷차림에 짚을 꼬아 만든 망태기를 걸친 사내의 모습은 초라했지만, 다른 사람을 압도하는 우람한 덩치만은 여전했다.

"아니, 이게 누구신가? 단 조장, 아니 단 소협 아니시오? 나요, 나. 우 조장, 우중충이라고."

우중충이 달려가 덥석 단호경의 손을 잡았다.

나중에 단호경이 제천대 부대주로 승진하는 바람에 거리가 생기기는 했지만, 그래도 3년 남짓 외찰대에서 같은 조장으로 지내던 사이다. 옛 생각에 젖어 있던 탓에 우중충은 그저 반가운 마음만이 앞섰다.

실망스럽게도 단호경은 반가운 기색이 아니었다. 음울하게 가라앉은 눈빛으로 한 마디를 했을 뿐이다.

"미안하오. 나는 이제 그런 사람이 아니오."

"아니, 왜 이러시오? 옛 동지들이 다 죽고 뿔뿔이 흩어졌잖소. 그런데 이렇게 살아서 다시 만나니 너무너무 반가운걸."

우중충의 호들갑에도 불구하고 단호경의 표정에는 아무런 변화가 없었다. 마치 오래전에 감정이 죽어 버린 듯 무심하게 가라앉은 얼굴이었다.

"미안하오, 부디 오늘 나를 만나지 않은 것으로 해주시오. 제발 부탁이오."

단호경은 우중충에게 한 차례 고개를 숙여 보이고는 종종걸음으로 오던 길을 되짚어 갔다. 사람들 눈에 띄는 것 자체가 싫고 두렵다는 듯이.

"어허, 그 사람…… 충격이 컸던 모양일세."

우중충이 단호경의 뒷모습을 우두커니 바라보며 혀를 찼다.

우중충은 단호경이 뭔가 단단히 충격을 받은 모양이라고 짐작했다.

사실 단호경이 막창소에게 쫓기다 행방불명됐다는 사실을 아는 사람은 많지 않았다. 진무궁 쪽에서는 막창소의 사생활이 문제가 될 걸 우려해 입막음을 한 상태였다.

더구나 시절이 어떤 시절인가? 강호의 절정고수들이 줄줄이 죽어나가는 바람에 세인들에게 단호경과 정연의 실종은 관심거리도 되지 못했다.

그런 까닭으로 우중충은 몰랐다. 자신이 보지 말았어야 할 사람을 봤다는 사실을.

* * *

황급히 단양을 빠져나온 단호경은 한 시진 넘게 달려 깊은 산속에 도착했다. 볼품없지만 튼튼하게 지어진 초옥이 숲속에 덩그러니 자리를 잡고 있었다. 정연과 단호경이 지난해 겨울을 나기 위해 힘들여 지은 집이었다.

정연의 바지런한 손길 덕분에 초옥은 정갈했다. 구석구석 정연의 손때가 묻지 않은 곳이 없다. 그래서 단호경은 이 집이 무엇과도 바꿀 수 없이 좋았다.

하지만 그것도 오늘로 끝이었다. 약초를 팔려고 의원에 갔다가 자신을 알아본 사람을 만났으니, 또다시 먼 곳으로 달아나야 할 때였다.

단호경은 집에 들어서기가 무섭게 소리쳤다.

"정 소저! 당장 떠나야 합니다."

방문이 열리며 정연이 나타났다. 화장기 하나 없는 맨얼굴인데도 그 맑은 외모는 여선했다. 그 눈부신 미모 때문에 저잣거리는 고사하고 인가 근처에도 못 가고 이렇게 숨어 살아야 했지만 말이다.

"상황이 다급한가요?"

쫓기는 데는 이력이 났는지 정연은 침착했다. 상황에 맞춰 대응하겠다는 태도였다.

단호경이 그때서야 자신의 실책을 깨닫고 숨부터 가다듬었다.

"헉 헉, 아닙니다. 누가 당장 쫓아오는 건 아니고…… 길에서 우연히 아는 사람을 만났습니다. 집을 옮기는 게 좋겠습니다."

"그렇군요. 그러면 내일 떠나기로 해요. 이 집에서 따듯한 밥 한 끼는 지어 먹고 싶네요."

정연 또한 초옥을 떠나기가 아쉬운 모양이었다. 진무궁이 강호를 주름 잡고 있는 상황에서 어딜 간다 해도 마음 편히 지내지는 못할 것이다. 아니, 자신이 살아 있음을 막창소가 알게 된다면 하루하루가 지옥 같은 날이 될 터였다.

그날 저녁 밥상을 물리고 나서 단호경이 정연의 방에 들었다.

"짐은 다 꾸리셨습니까?"

"꾸리고 말고 할 게 있나요. 들고 가봐야 전부 방해만 될 텐데."

달아나는 처지에 옷가지 몇 벌 말고는 더 챙길 것도 없었다.

"죄송합니다. 제가 부족해서……."

"아니에요. 제가 더 미안하죠."

두 사람 사이에 말이 끊겼다.

단호경은 막창소로부터 정연을 지킬 수 없는 자신이 죄스러웠고, 정연은 자기 때문에 도망자가 된 단호경에게 미안한 마음을 감출 수가 없었다.

잠시 뒤 정연이 먼저 입을 열었다.

"단 소협은 언제까지 이렇게 사실 건가요?"

"……."

단호경은 대답하지 않았다.

그 침묵이 무슨 의미인지를 정연은 알았다. 이 미련한 남자는 자신을 위해서 평생이라도 이러고 있을 것이다.

황하에서 가까스로 목숨을 건진 뒤 단호경은 무서울 정도로 변했다. 목청을 돋워 큰 소리로 웃고 떠들기를 좋아했던 과거의 모습은 이제 조금도 찾아볼 수 없었다.

생계를 위해서 사냥을 하고, 약초를 캐는 시간을 제외하고는 하루 종일 무공에만 매달렸다. 날마다 날이 밝기 전에 집을 나갔다가 해가 진 뒤에야 돌아오는 바람에 끼니를 챙겨주기도 어려웠다.

1년 반이 넘게 같이 살고 있으면서도 둘이 대화다운 대화 한 번 나눠본 일이 없었다.

아마도 부도문의 무공을 완성하고, 그래서 막창소를 이길 수 있다는 확신이 서기 전에는 스스로를 끝없이 괴롭힐 작정인 모양이었다.

정연은 그런 단호경의 모습에 견딜 수 없이 가슴이 아팠다. 단호경을 보면 언제나 자신이 한 사내의 장래를 송두리째 망가뜨렸다는 죄책감이 밀려들었다.

"단 소협…… 이제 그만 저를 떠나세요. 저로 인해서 다른 사람이 다치는 것을 더 이상 보고 싶지 않아요."

"……."

단호경은 이번에도 대답하지 못했다. 정연의 마음을 알기 때문이다.

석도명에게 짐이 되고 싶지 않아서 스스로 위험을 선택한 여인이다. 남에게 부담을 주면서 사는 법을 알지 못하는 사람이다.

단호경이 힘겹게 말문을 열었다.

"그날…… 절벽에서 떨어지면서…… 제가 무슨 생각을 했는지 아십니까?"

"……."

"저 때문에 정 소저가 죽게 됐다고…… 모든 게 저 때문이라고 생각했습니다. 형님이…… 계셨으면 정 소저를 지켰을 텐데…… 나 때문에 죽는구나…… 그런 생각뿐이었습니다."

"그렇지 않아요. 단 소협은 최선을 다했어요. 막창소가 너무 강했을 뿐이에요."

단호경이 세차게 고개를 흔들었다.

"아니오, 아니오. 무공이 문제가 아닙니다. 형님이라면 설령 무공이 부족해도 반드시, 반드시 정 소저를 구했을 겁니다. 분명히 그랬을 겁니다."

"하아……."

정연이 깊은 한숨을 토해냈다.

스스로도 단호경의 말을 부정할 수 없었다. 정말로 석도명이라면 어떤 상황에서든 자신을 구했을 것 같다는 알 수 없는 믿음이 새삼 차올랐다.

그러고 보면 막창소가 자신을 두 번째로 납치하려고 했을 때, 석도명은 검을 잡은 지 1년도 안 되는 서툰 실력으로 막창소를 물리쳤다.

석도명은 그런 남자였다.

지금은 비록 악소천에게 패해 무공을 잃고 눈을 잃었다고 하지만 분명히 다시 일어나 돌아올 사람이었다.

단호경의 넋두리가 계속됐다.

"저는 말입니다. 제가 뻔뻔하고, 주제넘고, 염치없는 놈이라는 걸 잘 압니다. 하지만 그래도 된다고 생각했습니다. 다른 놈들은 부모를 잘 만나고, 번지르르한 얼굴을 갖고 태어나고, 그게 아니면 머리라도 좋은데…… 저는 이렇게 생겨 먹었으니까, 쥐뿔도 얻어 걸린 게 없으니까……. 못난 대로, 생겨 먹은 대로, 남 생각 안 하면서, 내 욕심만 부리면서 살아도 된다고 믿었습니다. 남의 기분 같은 거 내 알 바 아니라고. 그러니까…… 겨우 그런 놈이니까…… 좋아하는 여자도 지킬 수 없는 겁니다."

단호경의 눈에서 굵은 눈물이 흘러내렸다.

정연이 말없이 그 눈물을 지켜봤다.

지금은 무슨 말을 해도 단호경에게 위로가 되지 않을 것이다. 이런 순간을 위로할 수 있는 건 오직 자기 자신뿐이다.

단호경이 정연에게 물었다.

"한 가지만…… 여쭙겠습니다. 정 소저에게 형님은 어떤 사람입니까?"

갑작스럽고 엉뚱한 질문이었지만, 정연은 그 물음을 물리치지 못했다. 단호경의 마음이 지금 얼마나 절실한지를 알기 때문이다.

스스로 자신을 떠나달라고 부탁을 한 상황이다. 한 치의 거짓도 없는 진실한 마음이 아니고서는 단호경과의 관계를 끊을 수도, 계속 이어갈 수도 없을 터였다.

정연이 어렵사리 입을 열었다.

"제 마음 속에는 열 살짜리 사내아이가 들어 있어요. 겁이 많고 소심하지만 심성이 너무 고와서 꼭 지켜주고 싶은 아이죠. 내 마음 속에서 그 아이는 나만 바라보고 있어요. 어린 제비가 어미를 기다리듯이 애처로운 눈길로요. 그 아이는…… 내게 소중한 가족이고, 영원한 동생이죠. 피는 안 섞였지만 피보다 진한 혈육이에요."

초구에서 석도명을 떠나보낼 때 했던 것과 똑같은 이야기였다. 친동생이 생각나서 잘 해주다 보니 정말로 동생이 되고 말았다는.

그러나 정연의 이야기는 끝난 게 아니었다.

정연이 두 손으로 왼쪽 가슴을 꽉 누른 채 말을 이어갔다.

"하지만…… 내 마음 또 한편에는 스무 살 청년으로 돌아온 도명이가 있어요. 심성은 여전히 착하고 순하지만, 쉽게 부러지지 않는 굳은 의지를 가진 의젓한 장부죠. 그 청년 앞에서 나는 기대고 싶고, 보호 받고 싶은 약한 여자가 되곤 해요. 한 번도, 단 한 번도 내색은 못했지만…… 그 사람을 생각하면 언제나 가슴이 두근거렸어요."

"그런데 왜, 왜 한 소저에게 보내셨습니까? 그런 마음을 갖고 있으면서……."

"누이의 마음, 그리고 여자의 마음……. 어느 쪽이 진심인지 자신할 수 없었어요. 그래서 아마도 나 자신을 시험해 보고 싶었나 봐요. 그 사람 없이도 살 수 있을까? 그 사람은 나를 떠날 수 있을까? 그렇게……."

촉촉이 젖어드는 정연의 눈을 바라보면서 단호경은 가슴이 먹먹해졌다.

석도명이나 정연이나 똑같은 바보였다. 천하의 사내들을 쥐락펴락하던 명기(名妓) 설화도, 검선의 칭호를 받은 절정고수도 아닌 그저 바보들이었다.

"그래서, 무엇을 얻었습니까?"

정연이 이번에는 대답을 망설이지 않았다.

"제 인생에서 두 번째 후회를 얻었지요……."

"하아……."

단호경이 긴 한숨을 내쉬었다.

분명 정연의 첫 번째 후회는 친동생을 잃은 것이리라.

그러면 두 번째는?

가슴 속의 남자를 용기 내어 잡지 못한 것이다. 그 후회가 너무 늦지 않은 것이면 좋으련만.

 정연의 진심을 확인하고 나자 단호경은 가슴 속에서 뭔가가 스르르 허물어지는 느낌이었다.

 맺혀 있던 응어리가 풀리는 것 같기도 했고, 영혼이 텅 빈 것 같기도 했다.

 정연과 단호경 사이에 얼마나 침묵이 이어졌을까?

 단호경이 불쑥 자리에서 일어났다. 그리고 정연을 향해 깊이 허리를 숙였다.

 정연이 그 의미를 알지 못한 채 물끄러미 단호경을 바라봤다.

 "이제부터 저를 진짜 가족으로, 아니…… 혈육으로 받아주십시오. 평생 누이로 모시며 살겠습니다. 그리고…… 죽을힘을 다해서 형님께 모셔다 드리겠습니다. 두 번째 후회는…… 만나서 해결하십시오. 떠나라는 말씀은 절대 따르지 않을 겁니다."

 정연이 물끄러미 단호경을 바라보다가 이내 고개를 끄덕였다. 한 남자의 진심 앞에서 더 이상 쓸 데 없는 고집을 피울 수는 없었다.

 다음날 두 사람은 길을 떠났다.

 정해진 목적지는 없었다. 언제 끝날지 기약조차 없는 여정이었다.

*　　　*　　　*

 사방에 창문 하나 나 있지 않은 좁은 방이다. 흐린 등불 아래로 보이는 것이라고는 방 가운데 놓인 목욕통뿐이다. 목욕물이라고 하기에는 너무 진한 액체가 목욕통에 가득 차 있다.
 드르륵.
 나무를 덧대 만든 견고한 문이 열리면서 사내 하나가 방 안으로 들어왔다. 그리고는 걸치고 있던 붉은 장포를 목욕통 앞에서 벗어던졌다.
 안에 아무것도 입고 있지 않은 탓에 금방 나신이 된 사내는 주저하지 않고 진득한 액체에 몸을 담갔다.
 사내의 움직임에 따라 액체가 출렁이자 지독한 혈향이 방 안에 번졌다.
 피.
 목욕통을 채운 액체의 정체였다.
 "크흐흐, 이제는 좀 좋아할 때도 됐잖아······."
 사내가 누구에게랄 것도 없이 중얼거렸다.
 피는 오늘도 싸늘했다. 사람의 몸에서 뽑아낸 지 오래됐다는 의미다. 정체를 알 수 없는 약재를 풀어 응고를 막지 않았더라면 이미 핏덩어리로 변하고도 남았으리라.
 생기가 사라진 인간의 피에 몸을 담그는 일을 좋아할 사람이 어디 있을까?

이 끔찍한 짓을 막창소는 석 달에 한 번씩 해야 했다. 살기 위해서, 무공을 잃지 않기 위해서.

막창소가 목욕통 안에 가부좌를 하고 앉자 머리끝까지 완전하게 피에 잠겼다.

막창소가 수라인의 구결에 따라 호흡을 다스리기 시작했다. 이내 전신의 모공이 열리면서 피를 빨아들이기 시작했다. 피를 흡수한 막창소의 몸은 인간의 형체라고 믿을 수 없을 정도로 통통 부풀었다.

향초 하나를 태울 정도의 시간이 지나자 막창소의 몸에서 말간 액체가 흘러나와 목욕통을 천천히 채웠다. 액체가 빠져나오면서 막창소의 몸은 원래의 형태를 되찾았다.

수라대법(修羅大法)은 그렇게 끝이 났다.

목욕통에서 나온 막창소가 팔을 들어 냄새를 맡아봤다. 습관이다. 아무 냄새도 나지 않는데 끈적끈적한 피비린내가 진동을 하는 것 같은 느낌 때문에 무의식적으로 하는 행동이다.

"크흑, 괴물 주제에 아직도 인간 노릇을 하고 싶은 게냐?"

막창소의 음성도, 표정도 그보다 더할 수 없게 음울했다.

수라대법을 하는 날이면 어김없이 떠오르는 얼굴이 있다. 찢어 죽이고 싶도록 미운데…… 그런데도 보고 싶어서 견딜 수가 없다.

막창소는 생각했다. 이것이 괴물의 마음일까, 인간의 마음일까?

* * *

 진무궁 깊숙한 곳, 도고전에 악소천과 허이량이 마주하고 있다.

 "궁주, 겨울이 멀지 않습니다."

 "허허, 인간의 못된 버릇이로다. 천지는 이제 국화꽃을 틔우려 하는데 벌써 눈 맞을 걱정부터 하고 있다니."

 "궁주……."

 허이량이 아득한 눈길로 악소천을 바라봤다.

 악소천이 점점 인간의 경지에서 멀어질수록 허이량은 가슴이 답답했다. 천하를 진무궁 아래 두겠노라던 악소천의 약속마저 하늘로 달아나는 것 같은 기분이다.

 올해 사마세가를 처리하겠다고 장담을 해놓고도 악소천은 아무것도 하지 않았다.

 그동안 바쁜 사람은 허이량과 사방천군, 수라사자 막창소뿐이었다. 악소천이 움직이지 않는 동안 진무궁의 토대를 더욱 다지기 위해서였다.

 산동을 제외하고는 황하와 장강 사이에 대적할 세력이 사라지자, 악소천은 사방천군을 보내 황하와 장강의 수적 떼를 토벌했다. 물길을 장악해 천하로 뻗어나갈 길을 확보하는 한편, 백성들의 근심을 덜어줌으로써 민심을 얻는다는 이중의 포석이었다.

그리고 진무궁에 반기를 들려는 자들이 있으면 수라사자를 보내 끔찍한 최후를 안겨줬다.

그러는 동안에 계절이 어느새 가을로 접어들었다.

사마세가의 일을 매듭짓기 위해 악소천에게 넌지시 운을 뗐건만 돌아온 것은 역시나 선문답 같은 대답이다.

그 이유를 모르는 것은 아니다.

천하가 악소천의 눈치를 살피며 납작 엎드린 지금, 그를 자극할 그 무엇이 부족한 모양이었다. 누군가가, 이를 테면 사마중 같은 사람이 스스로 나타나지 않는 한 그런 계기를 만들어줄 사람은 오직 자신뿐이리라.

게다가 때마침 처리해야 할 일이 있었다.

"궁주, 아뢸 말씀이 있습니다. 제천대주에 관한 것입니다."

번쩍.

악소천의 눈동자가 잠시 빛을 냈다. 허이량의 예상대로 석도명은 여전히 악소천에게 관심거리였다.

"지금 섬서에 사광이 현신했다는 소문이 자자합니다. 음악으로 짐승을 부리고, 땅을 흔들고, 사람들의 마음을 움직이게 하는 기인이 등장해 기적을 행하고 다닌답니다. 정관(正觀)이라는 이름을 쓰고 있지만, 그가 석도명인 것은 의심의 여지가 없습니다."

"좀 더 자세히 말해보라."

허이량이 상주 관아와 작두령에서 있었던 일을 상세히 보고

했다.

진무궁의 세작들이 현장에서 지켜보고 있던 게 아니라, 소문을 뒤늦게 수집한 탓에 사실 이상으로 부풀려진 내용이었다.

석도명이 우려했던 대로 신비한 악사에 관한 소문은 섬서 일대로 빠르게 번져 나갔다. 심지어 상주 사람들이 스스로 입단속을 했음에도 불구하고 상주 관아의 일 또한 소문에 올랐다.

"정관(바르게 봄)이라고? 그 아이가 이제야 갈 길을 찾은 모양이구나. 반가운 일이로다."

"궁주, 어찌 그렇게만 생각하십니까? 민심이 온통 그에게 쏠리고 있습니다. 섬서 일부에서는 그자를 신선으로 떠받들어 사당까지 만들고 있답니다. 그가 정말로 신선이라도 되면 어찌 하시렵니까?"

"허허, 신선이 신선을 만난들 뭐가 문제겠는가? 둘이서 천년쯤 바둑이나 한 판 두면 될 것을. 사광이라…… 다음번엔 검이 아니라, 음악을 들고 오겠구나."

"궁주……."

악소천이 손을 들어 허이량을 제지했다.

허이량이 고개를 떨어뜨린 채 도고전을 나왔다. 머릿속에서는 다른 계획이 떠오르고 있었다.

허이량은 곧장 동방천군 문적방을 찾아갔다.

문적방은 올 여름 내내 황하수채련과 싸워 대승을 거두고 얼마 전 궁에 복귀한 상태였다.

황하수채련의 총채주 맹동거(孟冬巨)는 문적방에게 세 번 도전장을 내밀었다가 세 번 다 패한 뒤 물길을 타고 달아났지만, 끝내 사로잡히고 말았다.

맹동거의 항복을 받아낸 문적방은 황하 곳곳을 뒤져 남은 잔당들까지 굴복시킨 뒤에야 싸움을 끝냈다. 일을 벌이면 반드시 끝장을 보고야 마는 집요하고, 철저한 성격의 소유자다운 결과였다.

기대 이상의 성과를 거뒀음에도 문적방의 얼굴은 별로 밝지 않았다.

사제인 서방천군, 남방천군, 북방천군이 십대문파를 궤멸 상태로 몰아넣는 동안, 사마세가와 두 번 싸워 신통한 성적을 내지 못했다는 자괴감 때문이다.

소림사와 무당파, 화산파를 무너뜨린 것과 황하수채련을 완전히 잠재운 것은 어느 쪽이 더 큰 일인지 비교가 쉽지 않았다. 아니, 솔직히 일의 어려움만을 따진다면 수적들이 더 처치 곤란한 상대였다.

그러나 무림인으로서의 명예를 따진다면 역시 서방천군 등이 한 일이 더 빛났다.

명색이 악소천의 장제자로서 문적방이 갖는 심적 부담감이 깊을 수밖에 없었다.

"군사께서 직접 찾아주시니 영광이외다."

허이량을 맞은 문적방의 태도는 예가 과해서 오히려 뒤틀린 느낌을 풍겼다.

심사가 편치 않다는 증거다.

"궁주께서 하늘에 오르실 생각만 하고 계시니, 제가 누구를 의지하겠습니까?"

"군사께서는 벌써부터 나와 사제들을 시험에 들게 하시려는 게요?"

"허허, 비극을 두 번 겪어서야 되겠습니까?"

의미심장한 대화였다.

악소천이 정말로 신선이 되어 하늘로 날아간다면 진무궁은 머리를 잃게 된다. 그럴 경우 사방천군 가운데 한 사람이 그 자리를 이어야 할 것이다.

막창소 또한 악소천이 제자이지만, 진무궁의 적통이 아닌 탓에 그를 후계자로 생각하는 사람은 거의 없었다. 물론 악소천이 막창소를 직접 후계자로 지목한다거나 하면 어쩔 수 없는 일일 테지만.

어쨌거나 악소천이 후계에 대한 언급이 없이 우화등선을 한다면 네 사람은 치열한 경쟁을 벌여야 할 터였다. 장제자가 후계자가 된다는 전통 같은 것은 진무궁에 존재하지 않았다. 실력이 우선이었다.

문제는 네 사람의 실력 차이가 종이 한 장만큼도 안 나는 탓에 일대 혼란이 벌어질 가능성이 높다는 점이다. 사실 그런 일은 이미 과거에도 한 번 있었다. 아주, 아주 오래전의 전설로 남아 있는 일이었지만.

비극을 두 번 겪을 수 없다는 허이량의 말은 그런 배경에서 나온 것이다. 그리고 그 말에는 암암리에 문적방을 도울 수 있다는 의미까지 실려 있었다.

"내게 무엇을 원하시오?"

두뇌회전이 빠른 두 사람인지라 대화는 군더더기 없이 빠르게 진행됐다.

"제천대주를 치려고 합니다."

"고작 장님 따위를 처리하는데 내 도움이 필요한 걸 보니, 사부님이 원치 않으시는 일이겠소이다."

"그가 단순한 장님인지, 진짜 사광이 됐는지 확인이나 해볼 생각입니다. 궁주님께서는 그 정도는 문제 삼지 않으실 겁니다. 동방천군께서는 친히 나서실 필요도 없는 일이지요."

"헌데 군사께서는 그자에게 왜 이리 신경을 쓰시는 겝니까?"

"궁주께서 흥미를 갖는 인물이라는 사실이 계속 마음에 걸리기 때문입니다. 될성부른 떡잎이 아니고서는 어찌 궁주님의 관심을 얻겠습니까? 그 싹이 움트기 전에 잘라야지요. 게다가……"

"게다가?"

"그가 섬서까지 간 이유가 의심스럽습니다. 함양성을 벗어나 서쪽으로 가려다 작두령에서 길이 막힌 모양인데…… 천산에 가려던 게 아닐까 하는 생각이 자꾸 듭니다."

"그자가 천산에 무슨 용무가 있다구요? 우문 낭자가 그곳으로 보내진 사실을 알게 된 건 아닐 테고……."

문적방이 고개를 갸웃거렸다.

천산이라는 이름은 흘려들을 수 있는 게 아니었다. 석도명과 천산을 연관 지을 수 있는 건 오직 한운영이 그곳에 있다는 점뿐인데, 진무궁에서도 그 일을 아는 사람은 열 손가락 안에 든다.

"그가 여운도의 임종을 지켰다는 사실을 잊어서는 안 될 겁니다."

"설마…… 여운도가 천룡의 일을 발설했다는 겁니까?"

"알 수 없습니다. 알지 못하니 대비를 해야지요."

허이량은 이 정도면 문적방이 움직이지 않을 수 없다고 확신했다.

물론 후계구도가 분명치 않은 상황에서 문적방이 사부의 뜻에 어긋나는 행동을 할 리 없다.

하지만 장차 자신의 지지를 얻는 조건이라면 등 뒤로 한 손을 내밀어주는 정도는 충분히 할 수 있을 것이다. 아니, 반드시 할 것이다.

문적방이 잠시 생각을 정리하는 눈치더니 이내 밝게 웃었다.

"하하, 전통적으로 사파인들은 고상한 음악을 별로 안 좋아한다고 들었습니다만……."

"그렇지요. 음악으로 교화되지 않는 자들이라. 허허허."

허이량과 문적방이 눈빛을 주고받았다.

두 사람의 대화는 그것으로 끝났다. 성공적인 거래였다.

이제는 섬서에서 사라진 석도명의 종적을 찾기만 하면 될 것이다.

그러나 허이량의 계획은 거기서 끝난 게 아니었다.

다음 차례는 막창소였다.

"흐흐. 석도명이라고 하셨습니까?"

허이량의 첫 마디를 듣기가 무섭게 막창소의 눈에는 핏발이 섰다.

정연을 향한 애증이 석도명의 이름과 함께 다시 폭발한 것이다.

"수라사자께서 그자의 숨통을 끊어주셨으면 하는 바람이오."

허이량은 굳이 막창소를 설득할 필요도 느끼지 못했다. 과거 석도명이 막창소의 배에 직접 칼을 꽂은 악연이 있음을 알고 있었다. 끝내 정연을 차지하지 못한 막창소로서는 석도명이 씹어 먹어도 시원치 않을 존재였다.

막창소가 정연을 놓치고 여가허로 되돌아 왔을 때 석도명은 이미 염장한과 함께 어디론가 사라진 뒤였다. 그때 석도명을 만났더라면, 정말로 사지를 갈기갈기 찢어 놓고도 남았을 것이다.

 그 뒤로 막창소는 수라사자의 소임을 위해 곳곳을 오가면서도 혹시 석도명에 관한 소식이 들리지 않을까 늘 신경을 곤두세우고 다녔다.

 지금에 와서도 석도명이라면 악소천의 뜻에 상관없이 잡아 죽이고 싶은 마음뿐일 것이다.

 허이량은 바로 그 점을 노렸다.

 문제는 막창소가 쉽게 남 좋은 일을 하는 성미가 아니라는 점이다. 막창소는 허이량이 자신을 이용하려 든다는 게 마음에 들지 않았다.

 "흐흐, 그놈을 죽이면 죽은 계집이 살아 돌아옵니까? 이렇게 은밀히 찾아오신 걸 보면 사부님께서 원하는 일도 아는 것 같은데……."

 막창소로서는 나름대로 상대의 허를 찌른 것이었지만, 그조차 허이량의 계산에 들어 있는 일이었다.

 "평생 수라대법에 의지해서 사실 생각이시오?"

 막창소가 눈을 부릅떴다.

 악소천이 수라대법에 대해 해준 이야기는 하나뿐이었다. 수라인에 죽어라 매달리다 보면 언젠가 인간의 몸을 초월하는 날이 올 것이라고. 그날이 수라대법에서 해방되는 날이라고.

 듣기에는 그럴 듯한 말이지만, 검을 열심히 수련해 검선이 되라는 거나 마찬가지였다. 살아생전에 그런 날이 온다고 누가 보장하겠는가?

헌데 허이량은 다른 길이 있음을 넌지시 알려준 것이다.

"저, 정말 방법이 있습니까?"

"내가 어떻게 해줄 수 있는 일은 아니외다. 하지만, 어디서 길을 찾아야 할지 정도는 알고 있소."

"거짓말로 나를 농락하려 하지 마십시오."

"어찌 천하의 수라사자에게 거짓말을 하겠소이까? 정히 그러면 한 가지만 귀띔을 하리다. 수라인은 반쪽짜리요. 그리고 그 나머지 반쪽은 진무궁에 있지 않소이다. 잘 생각해 보시오. 짚이는 게 있을 테니."

막창소는 안색이 달라졌다.

허이량의 말이 맞았다. 수라인을 일으키면 늘 공허했다. 뭔가가 빈 것 같았다. 아니, 몸은 뭔가를 자꾸 잡아당기는데 채워줄 것이 없었다. 그 자리를 인위적으로 채우는 방법이 수라대법이었다.

수라인이 반쪽짜리 무공인 것이 바로 그 이유였던 것이다.

"수라사자께서 이번 일만 해주면…… 나머지 반쪽을 찾을 방도를 알려드릴 수 있소이다."

막창소로서는 더 이상 망설일 이유가 없었다. 막창소가 승낙의 뜻으로 고개를 끄덕였다.

'석도명, 이게 너와 나의 악연인 모양이구나. 기다려라.'

막창소가 으득 이를 갈았다.

그날 밤 진무궁에서 수백 마리의 전서구나 날아올랐다. 각지에 흩어져 있는 진무궁의 세작(細作)들에게 사광의 현신인 정관 또는 제천대주 석도명을 찾으라는 명령이 전달됐다.

*　　　*　　　*

섬서를 벗어난 석도명은 달포 뒤 호북 방현(房縣)에 접어들고 있었다.

함양에서 산동으로 가려면 장안을 지나 하남을 거쳐 가는 게 빨랐지만, 하남 땅 한복판에 진무궁이 버티고 있어서 그 길이 내키지 않았다. 그래서 남쪽으로 돌아가는 길을 택했다. 방현에서 더 남쪽으로 내려간 뒤 장강을 따라 동쪽으로 갈 생각이었다.

방현에 도착하자마자 석도명과 염장한은 저잣거리부터 찾아들었다. 배부터 채우고 싶었으나 주머니가 텅 비어 있었다. 당장 쓸 수 있는 방법은 석도명의 거리 연주였다.

"망할 놈, 그러기에 조금만 더 챙기자니까……."

석도명이 저잣거리 한구석에 자리를 잡고 앉는 것을 보면서 염장한이 구시렁거렸다.

상주를 떠날 때 송가장 남매는 물론, 송가촌 사람들까지 여비에 보태라고 동전과 은자를 제법 찔러줬다. 헌데 석도명이 한 푼이라도 더 모아서 안가촌과 계촌 사람들을 도와야 한다며 받은 걸 다시 내놓았다.

염장한은 허기가 도질 때마다 그 돈이 아까워서 죽을 지경이었다.

불만 가득한 염장한의 입에 얼른 만두라도 하나 넣어줘야겠다는 생각에 석도명이 서둘러 피리를 입으로 가져갔다.

하지만 연주를 시작할 수는 없었다.

"여어, 이게 뭐야? 새 식구들이네."

"방현에 오신 것을 뜨겁게 환영한다, 크크크."

한눈에 보기에도 질이 좋지 않은 사내들이 패거리를 지어 석도명과 염장한을 에워쌌다. 객지에서 매번 만나게 되는 지역의 주먹 패거리들인 모양이다.

"어이, 친구들. 장공문(藏空門)의 땅에 들어왔으면 자릿세부터 내셔야지. 대뜸 자리부터 까셨네."

그 한 마디로 장공문의 정체를 알 수 있었다. 저잣거리를 장악하고 있는 하오문이리라.

"어이쿠, 방금 앉았는데 너무 서두르십니다. 몇 푼 구걸한 뒤에 성의표시를 하겠습니다."

석도명이 웃음 띤 얼굴로 대답했다.

내공이 없어도 하오문 정도는 감당할 수 있을 것이다. 그러나 진무궁의 이목 때문에 가급적 소란을 피하고 싶었다.

"크험, 인사성은 좋구먼. 그런데 품성은 영 엉망이야. 초면에 외상부터 깔자고? 신용거래는 나중에 천천히 하기로 하고,

일단 주머니부터 까봐."

우두머리로 보이는 험상궂은 사내의 말이 떨어지기가 무섭게 수하들이 달려들어 석도명과 염장한의 몸을 뒤졌다. 물론 동전 한 닢 나오지 않았다.

"야아, 이것들 완전 거지네. 땡전 한 푼도 없잖아?"

"뭐, 이런 형편없는 것들이 있냐고!"

사내들의 기세가 험악해지자 석도명이 자리에서 일어났다. 분위기를 보아하니 좋은 말로 해결될 상황이 아니었다.

"외상은 안 된다 하고, 저희는 드릴 돈이 없으니 어쩌겠습니까? 제가 다른 곳으로 가겠습니다."

"이 무슨 개뼈다귀 같은 소리야? 너는 식당에 가서 기껏 음식을 시켜 놓고는 그냥 나오냐? 일단 자리를 폈으면 그 순간부터 자릿세가 부과되는 거라고!"

"그러면 어쩌란 말입니까? 있을 수도 없고, 갈 수도 없고."

"이렇게 하자. 일단 자릿세는 우리가 빌려주는 걸로 할 테니 벌어서 갚아. 아참, 선(先) 이자를 떼야 하는데…… 그건 어쩐다? 옳지, 이자는 몸으로 때워라."

"몸으로 때우는 게 무슨 뜻인지……."

석도명의 어깨 너머로 염장한이 고개를 내밀었다.

"우헤헤, 뭐긴 뭐냐? 일단 몇 대 맞고 시작하라는 거잖아. 척 하면 척 하고 알아들어야지."

"흐흐, 영감 말 잘했다. 그래 누가 먼저 맞을 테냐?"

사내들의 우두머리가 손을 딱딱 꺾으면서 다가왔다. 염장한 이 재빨리 고개를 뺐다. 헌데 사내와 마주 선 석도명은 별로 두려운 기색이 아니었다.

"이런다고 돈이 더 생기는 것도 아닌데 저를 때리면 무슨 이득이 있습니까?"

"보기보다 질기구나. 흐흐, 매를 벌기에 아주 좋은 성격이야. 귀 파고 잘 들어라. 우선, 너같이 염치없는 애들이 수시로 맞아야 남의 영업구역을 함부로 넘보는 놈들이 사라지지. 시장의 질서가 바로 선다 그 말이야. 어디 그뿐이냐? 너는 맷집이 좋아져서 앞으로 이 험한 세상을 살아가는 데 큰 도움이 될 것이요, 이 몸께서는 적당한 몸놀림으로 혈액 순환이 개선되니, 장수를 누리신다 이거다. 쉽게 말해서 너 하나 희생하면 두루두루 좋아진단 말이다."

"아하, 그렇군요. 그런데 반대로 하면 어떻게 될까요?"

"반대라니?"

"제가 대협을 때리면 남의 돈을 갈취하는 자들이 사라지니 상인들이 편해질 거고, 평생 때리기만 하느라 미처 맷집을 키우지 못한 대협에게도 큰 도움이 되지 않을까요? 물론 제 수명도 늘어날 테고요."

"이놈이!"

사내가 핏대를 세우며 석도명의 목덜미를 움켜쥐었다.

"어이쿠, 고정하십시오. 말이 그렇다는 겁니다. 저는 대협을 때릴 마음이 눈곱만큼도 없습니다. 저 말고 다른 분이 대협을 때리고 싶어 하시네요."

"적당히 까불어라. 이 방현에서 감히 어느 놈이 나를 때린다고?"

말은 그렇게 하면서도 사내는 주변을 두리번거렸다. 석도명이 느물대는 게 아무래도 믿는 구석이 있다는 느낌이 들었기 때문이다.

"저분이 아까부터 주먹을 말아 쥐고 있지 않습니까?"

석도명이 손을 들어 염장한을 가리켰다. 무슨 까닭인지 염장한은 정말로 주먹을 쥐고 있었다.

사내가 석도명을 밀치고 염장한에게 다가섰다.

"영감, 아까부터 히죽히죽 웃고 있더니, 그게 그런 뜻이었나?"

"우히히, 오해일세. 나 그런 사람 아니거든."

사내가 더 이상 듣지 않고 주먹을 날렸다. 염장한이 슬쩍 상체를 기울여 그 주먹을 긴단히 피해냈다. 사내가 연달아 주먹을 날렸지만 염장한을 맞추지는 못했다.

사내가 그제야 뭔가 심상치 않음을 알고는 수하들에게 소리쳤다.

"보통 놈이 아니다. 전부 덤벼라!"

10여 명의 사내들이 우르르 몰려들었다.

그 와중에 석도명은 슬그머니 뒤로 빠졌다. 이제야말로 궁금해 마지않던 염장한의 밑바닥을 들춰볼 때였다. 상대가 고작 저잣거리나 배회하는 삼류 왈패인 게 좀 아쉽기는 했지만.

염장한이 사내들 앞에서 흐느적, 흐느적거리며 기괴한 몸짓을 보였다.

"뭐, 뭐냐? 그건."

"본문의 절기인 삼합권(三合拳)이니라."

"사, 삼합……."

"으흐흐, 누구든 세 합이면 골로 보낸다는 뜻이지. 그래서 어지간하면 세 합을 먼저 맞아주고 시작하는 게 본문의 불문율이기도 하다. 자, 사양치 말고들 오게나."

염장한이 사내들에게 손가락을 까닥여 보이고는 두 팔을 앞으로 천천히 움직였다. 오른손은 눈높이, 왼손은 명치 높이로 가로로 세운 다소 우스꽝스런 자세가 나왔다.

사내들의 우두머리가 겁을 먹은 듯 잠시 고민에 빠졌다.

세 합이면 상대를 죽인다는 권법은 난생처음 듣는 것이었다. 더구나 얼마나 자신이 있으면 세 합을 양보하고 시작한단 말인가?

달아나고 싶은 마음이 굴뚝같았지만 문제는 잔뜩 몰려든 구경꾼이다. 이들 앞에서 쉽게 꼬리를 내렸다가는 앞으로 밥벌이가 쉽지 않을 것이다.

"쳐, 쳐라!"

사내가 엉거주춤 뒤로 물러나면서 수하들에게 공격명령을 내렸다. 정말로 이길 수 없는 싸움이라고 해도 몇 놈 정도는 대가리가 깨져서 가는 성의를 보여야 했다. 그래야 문주의 처벌이 약해질 테니 말이다.

사내의 외침에 장공문의 수하들이 검을 뽑아들고 달려들었다. 흐느적거리는 염장한의 몸짓이 다시 시작됐다. 염장한은 두어 바퀴를 빙글 도는 것 같더니 어느새 사내들 사이를 빠져나와 뒤로 돌아갔다.

"일합!"

염장한이 상대의 등을 향해 의기양양하게 외쳤다.

사내들이 돌아서서 다시 염장한을 에워쌌지만 이번에도 결과는 마찬가지였다.

"이합!"

수적인 우위에도 불구하고 연거푸 염장한을 놓치자 사내들의 얼굴에 초조한 기색이 떠올랐다. 사내들이 이를 악물고 검을 뻗어냈다. 막판에 몰렸다는 절박함 때문인지 이번에는 기세가 달랐다.

염장한이 얼굴을 찡그리며 거듭 몸을 돌렸다.

헌데 같은 동작이 되풀이 된 탓에 방향을 읽힌 것일까? 사내 몇이 염장한이 움직이는 앞쪽으로 미리 검을 찔러 넣었다.

"으헛!"

여유롭기만 하던 염장한의 동작이 순식간에 허물어졌다.

연거푸 찔러 들어오는 검을 피하기 위해 염장한이 다급하게 발을 휘젓더니 순식간에 삼 장 뒤로 물러났다. 그 바람에 그 뒤편에서 구경을 하고 있던 사람들이 기겁을 하면서 좌우로 흩어졌다.

그 가운데 오직 두 사람이 꼼짝도 하지 않았다. 허리에 검이 없었다면 선비로 봐줄만한 점잖은 노인과 손녀쯤으로 여겨지는 아리따운 여인이었다.

노인이 여인을 보호하기 위해 반걸음을 앞으로 나서는 틈을 이용해 염장한이 재빨리 노인의 허리에 매달렸다.

"아이고, 형님. 구경만 하실 거요?"

노인이 쓴웃음을 지으며 앞으로 걸어 나왔다.

치―잉.

그 순간 장공문의 수하들이 들은 것이라고는 오직 검이 뽑히는 소리뿐이었다.

그 울림이 사라졌을 때 노인의 검은 이미 제자리로 돌아간 상태였다. 제일 앞에 서 있던 세 사내의 검이 소리 없이 잘려나간 다음이기도 했다.

"으헉, 고수다!"

장공문의 수하들이 뒤도 안 돌아보고 달아났다. 사내들의 수준으로는 일생에 한 번 견식하기도 어려운 엄청난 검술이었다.

사내들이 저 멀리 사라진 뒤 신검비영 장학이 웃음 띤 얼굴로 염장한을 바라봤다.

두 사람은 생면부지(生面不知; 상대를 전혀 모름)의 사이였다.

제7장
혼자서는 가지 않는다

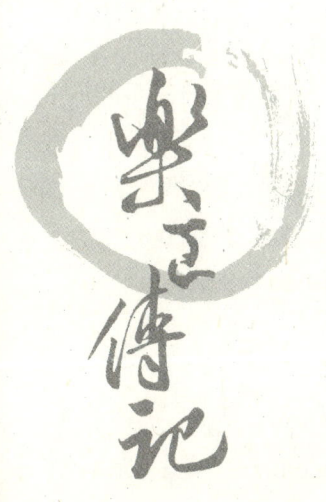

"아니, 고작 삼합을 피하고는 뒤로 숨습니까? 실망입니다."

"어허, 네가 보지를 못해서 그렇지, 걔들이 얼마나 겁을 먹었는지 아느냐? 게다가 니 같은 신비고수는 다른 고수 앞에서는 절대로 절기를 다 내보이지 않는 법이다. 이미 삼합이나 보였으니 그것도 과하거늘. 험험!"

석도명의 추궁에 염장한이 요란하게 너스레를 떨었다.

석도명은 쓴웃음을 한 번 지어 보이고는 더 이상 따지지 않았다. 염장한이 아무것도 안 한 것은 아니기 때문이다.

적어도 초반에 보여준 염장한의 몸놀림은 간단치 않았다. 비록 눈을 잃은 처지였지만, 염장한의 발이 땅 위를 노니는 예사롭지 않은 소리만은 놓칠 수가 없었다.

하지만 그것도 장학이라는 노인이 보여준 검술에는 미치지 못했다.

그런데 만일 염장한이 정말로 노인의 존재를 의식해서 자신의 실력을 감춘 것이라면, 그 또한 대단한 일일 것이다. 석도명 자신도 그 많은 구경꾼들 사이에 이런 기인이 섞여 있는 줄은 미처 몰랐기 때문이다.

"나를 어떻게 아셨소?"

장학 역시 그 사실이 놀라운 모양이었다.

그도 그럴 것이 장학은 이미 내기를 완벽하게 갈무리해 겉으로 드러내지 않는 경지에 든 지 오래였기 때문이다.

"히히, 요즘 같은 난세에 이만한 미녀와 함께 거리를 활보하려면 보통 실력으로 되겠소? 이 보기 드문 미녀의 눈부심이야말로 노인장의 무공을 보증해주는 신표가 아니겠소이까?"

염장한은 바로 조금 전에 자신이 노인을 형님으로 불렀다는 것은 까맣게 잊은 듯했다.

염장한의 뻔뻔한 칭찬이 싫지 않았는지 보기 드문 미녀, 조경이 미소를 지었다.

"길에서 계속 이러실 건가요? 사람들이 온통 이쪽만 보고 있는데."

"크흠, 보셨다시피 우리는 하던 일을 마저 해야 하는 처지라……"

"제가 두 분을 모시고 싶은데, 가셔서 식사라도 하시죠."
"우헤헤, 옳으신 말씀!"

금세 터져 나온 염장한의 웃음에 석도명이 고개를 흔들었다.

뭐가 옳은 이야기인지 모르겠으나, 염장한을 노인과 여인에게서 떼놓을 방법은 없었다.

사실 도움을 받고 밥까지 얻어먹는 게 미안하기는 했지만, 석도명 또한 그런 걸로 눈치를 보는 경지는 오래전에 벗어난 상태였다.

돈이든, 힘이든 여유가 있는 쪽이 조금 나눠줘야 세상이 부드러워지는 법이다. 그게 석도명이 상주에서 얻은 값진 교훈이었다.

네 사람은 식당에 도착한 뒤에야 정식으로 통성명을 했다.
"나는 개봉에서 온 장학이라는 늙은이요."
"조경이라고 합니다."

두 사람이 개봉에서 왔다는 말에 염장한의 얼굴이 더욱 밝아졌다.

"어이쿠, 어째 유독 정이 간다 했더니, 동향 분들이셨구려. 나는 개봉 유수의 가문인 해운관 관장 염장한이오."

상대가 개봉 사람이라면 해운관이 유명하지 않다는 사실을 알고 있을 텐데도 염장한은 거리낌이 없었다. 요즘 들어 석도명이 점점 좋아하게 된 염장한 특유의 뻔뻔함이 유감없이 발휘되는 순간이었다.

"정관입니다."

석도명의 짧은 인사가 끝나자 염장한의 수다가 시작됐다. 그 이야기를 받아준 사람은 조경이었다.

"개봉서 예까지는 웬일로다가……."

"세상 구경을 하고 싶어서 집에서 달아났어요."

"오호, 훌륭한 결단을 하셨소. 뭐든지 젊을 때 미리 미리 해둬야 내 나이가 돼서 후회가 없는 법이외다. 사실 알고 보면 우리도 같은 처지라오."

"어머, 그러셨군요. 어디로 가시는 중이세요?"

"크흠, 자세히 밝히기는 그렇지만…… 일단 남쪽으로 홍산(興山), 의도(宜都), 송자(松滋)를 거쳐 장강까지 내려간 다음에, 거기서 강을 쭈욱 따라가면서…… 험험, 일단은 여기까지만."

"어쩜, 저희도 장강으로 가는데, 같이 움직이면 어떨까요? 일행이 많은 게 더 좋지 않겠어요?"

"크흠, 보셨다시피 우리가 가는 곳마다 반드시 해결해야 할 긴한 용건이 있어서…… 일정이 많이 지체될 텐데…… 허엄, 괜찮겠소?"

염장한이 말한 긴한 용건이란 풍찬노숙과 유리걸식이다. 주머니가 텅 빈 상황에서 척 보기에도 귀한 집 여식인 조경의 풍요로운 여행을 따라가다가는 두 사람의 가랑이가 찢어질 판이었다.

조경이 그 말을 바로 알아들었다.

"이러면 어떨까요? 장 노야와 단둘이 다니다 보니 좀 지루하더라고요. 저를 위해서 틈틈이 연주를 해주시면 넉넉히 사례를 해드리는 걸로……."

"오호, 풍류여행이라……. 조 소저가 과연 멋을 아시는구려. 어디 연주뿐이리까. 이 늙은이도 목청을 다해 노래를 불러드리리다. 우흐흐."

"좋아요. 약속하셨어요."

두 사람 사이에서 일사천리로 협상이 끝나버렸다.

장학은 조경이 하는 일에 나설 처지가 아니었고, 석도명 또한 굳이 반대할 이유는 없었다.

거듭 강조하거니와, 돈이든 힘이든 더 가진 사람이 없는 사람에게 넉넉하게 나눠주는 게 세상의 평화에 이로웠다.

잠시 뒤 점소이들이 조경이 주문한 기름진 음식을 줄줄이 내왔다. 간만의 진수성찬에 염장한의 수다가 뚝 끊겼다.

그 무렵 식당 한쪽에서 사내 하나가 소면 한 그릇을 시켜서 먹고는 조용히 자리에서 일어났다. 문을 나서는 사내의 입가에는 묘한 미소가 걸려 있었다.

특별히 시선을 줄 곳이 없는 평범한 외모였기에 그가 들어오고 나가는 것을 신경 쓰는 사람은 없었다. 석도명 일행도 눈치채지 못했다. 그가 저잣거리의 구경꾼들 틈에 섞여 있었다는 사실을.

잠시 뒤 방현 외곽에서 비둘기 한 마리가 날아올랐다. 목적지는 여가허였다.

그날 밤 석도명과 염장한은 조경 덕분에 모처럼 객잔에서 잠을 청할 수 있었다.

모두가 잠든 깊은 밤.

조경의 방에는 쉽게 불이 꺼지지 않았다. 조경은 옷도 갈아입지 않은 채 꼿꼿한 자세로 앉아 있었다. 이 야심한 시각에 누군가를 기다리는 듯한 모습이었다.

스르륵.

창문이 열렸다. 그리고 검은 그림자 하나가 소리 없이 창문을 넘어 들어와 조경 앞에 한쪽 무릎을 꿇었다.

"생각보다 늦었군요. 실망스럽네요."

"죄송합니다. 아시다시피 전쟁이다, 민란이다 해서 뭐 하나 정상적으로 돌아가는 게 없습니다. 저희의 어려움을 이해해 주십시오."

"지시한 건 알아왔나요?"

"물론 조사를 했습니다. 섬서에 나타난 정관의 정체는 한때 무림맹 제천대주로 이름을 날렸던 석도명이 확실합니다. 자세한 내용은 여기에."

사내가 품에서 봉투 두 개를 꺼내 조경에게 건넸다. 두 손을 모은 공손한 자세였다.

"왜 두 개죠?"

"알아보는 김에 그자의 사문에 대해서도 정보를 모아봤습니다. 옛날 자료가 남아 있더군요."

"역시 빈틈이 없군요. 수고했어요."

"그러면 이만 돌아가겠습니다. 찾는 분이 많으셔서."

사내는 조경에게 깊이 고개를 숙여 보이고는 창문 너머로 사라졌다. 조경이 촛불 아래서 첫 번째 봉투를 열어 그 안에 담긴 종이를 찬찬히 읽어 내려갔다.

"후후, 당신…… 꽤나 복잡한 과거를 가졌군요."

조경이 옅은 미소를 띤 얼굴로 두 번째 봉투를 열었다. 석도명의 사문, 바로 식음가에 관한 글이었다.

그 내용을 읽는 동안 조경의 얼굴에는 놀림과 의문이 교차했다.

"하아, 식음가에는 대체 무슨 일이 있었던 거지?"

조경이 고개를 갸웃거렸다. 영특해 보이는 동그란 이마에 살짝 주름이 잡혔다.

뭔가를 도무지 납득할 수 없다는 표정이었다.

* * *

밤이 이슥한 시간. 허창 신월객잔(新月客棧)에 죽립을 눌러

쓴 사내가 들어섰다.

점소이가 쪼르르 달려가 반갑게 사내를 맞았다.

복장을 보니 먼 길을 가는 차림이다. 이렇게 늦은 시간에 객잔에 들렀으니 필히 자고 갈 손님, 즉 돈이 되는 손님이다.

"어서 옵쇼! 먼저 방으로 모실까요?"

"필요 없다. 식사만 할 거니까."

점소이의 얼굴에 얼핏 실망의 기운이 스쳐갔다. 점소이는 사내를 구석 자리로 안내하더니 바로 식사주문을 받았다.

"식사는 뭘로……."

"돼지고기하고 술이나 좀 내와라."

"돼지고기는 어떻게 해 드릴까요? 볶은 거하고, 삶은 게 있는데."

"아무렇게나……. 방금 잡은 날고기도 좋고."

사내의 말이 너무 스산해서 점소이가 눈치를 보며 물러났다. 점소이가 사라진 뒤 사내가 음울하게 중얼거렸다.

"흐흐, 괴물도 먹어야 산다는 거지."

식사가 나오자 사내는 묵묵히 술잔을 기울였다. 객잔 식당에 사람이 가득한데도 사내는 마치 이 세상에 혼자 있는 것 같은 쓸쓸한 분위기를 풍겼다.

사내의 자리 가까운 곳에서는 장거리 표행을 끝내고 돌아와 초저녁부터 술판을 벌이고 있는 남허표국의 표사들이 몰려 앉아 큰 소리로 떠들고 마시는 중이었다.

그중에서 유독 한 사내가 목청을 높이고 있었다.

"나, 내가 말이야. 비록! 지금은! 이러고 있지만, 나 한때는! 잘 나가던 사람이야! 무림맹은 아무나 들어가나? 아니지! 내가! 이 우중충이! 그 잘나가던 열화검이 하고는 무림맹 동기다 이거야!"

"우 표사! 지나간 일은 따져 뭐 하누? 술이나 쳐, 마셔!"

"맞다. 그 잘나가던 사람들이 다 어디 가서 죽고 혼자 이러는데?"

"죽긴 누가 죽어? 그 잘난 열화검! 내가 봤다 이거야! 치사한 놈! 얼마 만에 봤는데 모른 척이나 하고…… 얼마 만에, 응?"

"크흐흐, 표사랑 놀기 싫다 그거겠지. 꼬우면 출세하라고!"

"그래, 출세하라고!"

다른 표사들이 덩달아 목청을 키우는 바람에 우중충의 목소리는 더 이상 들리지 않았다.

낯선 사내의 눈이 한순간 빛났지만 그 사실을 알아챈 사람은 아무도 없었다. 사내는 천천히 식사를 마치고 계산을 치른 뒤 객잔을 나섰다.

"젠장, 남들이…… 안 알아주면 어떠냐! 이거야! 끅, 잘 먹고! 잘 살면 되는 거지. 히잉…… 근데 돈은 벌어 뭐하냐고? 처자식도 없으면서……."

인적 끊긴 외진 길을 우중충이 비척대며 걷고 있다.

혼자서는 가지 않는다 229

술이 잔뜩 취한 탓에 공연히 무림맹 시절이 계속 떠올라 마음이 계속 뒤엉킨다.

쉴 새 없이 혼잣말을 해대던 우중충이 목덜미에 서늘한 감촉을 느끼며 우뚝 걸음을 멈췄다. 누군가 의도적으로 살기를 쏘아 보내고 있었다.

"누, 누구……."

본능적으로 위기를 감지한 우중충이 다급히 검에 손을 뻗었지만 홀연히 나타난 검은 그림자가 먼저 목을 움켜쥐었다.

"누구긴, 네놈 친구를 찾고 계신 분이지."

상대의 눈에서 혈광이 쏟아지는 바람에 우중충은 간이 바짝 오그라들었다. 반항할 엄두조차 나지 않았다.

"치, 치, 친구라니……요."

"단호경 그놈을 언제, 어디서 본 게냐?"

"다, 다, 단양에서…… 달포가…… 채 안 됐습니다. 저, 저 보고는 비밀로…… 해달라고는…… 내, 내빼더라고요……."

"고맙다."

사내의 말이 끝나는 것과 동시에 으드득하며 뼈가 바스러지는 소리가 들렸다. 사내의 손아귀에 잡혀 있던 우중충의 고개가 힘없이 꺾였다.

사내가 깊이 눌러쓴 죽립을 손끝으로 들어올리고 하늘을 바라봤다.

막창소였다.

"으흐흐, 살아 있어 줘서 고맙다. 꼭꼭 숨어 산 걸 보니 아직도 두 연놈이 같이 있는 거겠지? 허 군사, 우리 거래는 잠시 미뤄둬야겠소."

석도명이 방현에서 남쪽으로 내려가고 있다는 소식을 품은 전서구가 진무궁에 도착한 게 사흘 전이다. 막창소는 장강 부근에서 석도명을 따라잡을 요량으로 여가허에서 서남쪽으로 비스듬히 내려가는 중이었다.

하지만 단호경이 살아 있고, 그 곁에 정연이 있을 게 분명한 지금 석도명은 막창소의 관심거리가 아니었다. 끔찍한 수라대법의 저주에서 벗어나는 일 또한 급하지 않았다.

정연을 어찌하지 못하고선 평생 괴물의 마음을 버리지 못할진대, 몸만 예전으로 돌아간다고 무슨 소용이 있겠는가?

"크흐흐, 절대 안 놓친다. 지난번엔 혼자였지만, 이젠 아니니까."

막창소가 낮게 웃었다.

2년 가까운 세월을 놀면서 보낸 게 아니다. 수라사자의 이름으로 사파를 다스리는 게 자신의 일이었다. 이제 손만 까딱하면 죽어라 달려와 발바닥을 핥고, 자신을 대신해서 궂은일을 해줄 자들이 지천으로 널려 있다.

그들이 찾아줄 것이다. 전부 다 동원해서라도 반드시 찾아내고 말 것이다.

막창소가 어둠 속으로 황급히 사라졌다.

그렇게 해서 허이량이 석도명을 제거하기 위해 준비한 강력한 무기 하나가 다른 곳으로 방향을 돌렸다.

* * *

방현에서 홍산을 지나 장강으로 이어지는 관도를 마차 한 대가 덜그럭거리며 달리고 있다.

마부석에는 백발이 성성한 두 노인이 나란히 앉아 있다. 나이는 비슷해 보이지만, 생김새나 분위기는 전혀 딴판이었다. 고삐를 잡은 노인의 외모와 분위기가 한 마리 학이라면, 조수석의 노인은 완벽한 까마귀였다.

그 까마귀가 마차 위에서 쉬지 않고 울어대는 동안, 학은 우아하고 절도 있는 손짓으로 묵묵히 말을 몰아갔다.

마차 안에는 1남 1녀가 마주앉아 있다. 석도명과 조경이다.

'에휴, 안 보이는 게 더 곤혹스럽구나.'

석도명은 남몰래 진땀을 흘리는 중이었다.

이렇게 밀폐된 좁은 공간에서 젊은 여인과 장시간을 함께하기는 난생처음이다. 이게 다 염장한이 장학과 진솔한 대화가 부족한 것 같다며 느닷없이 마차 위로 올라간 탓이었다.

눈에 보이지 않으니 없는 거나 마찬가지 아니냐고 할 수 있다면 좋으련만, 어려서부터 배운 재주가 눈 가리고 느끼기 아니던가? 조경의 일거수일투족은 물론 바스락거리는 옷자락의 움직임까지 고스란히 석도명의 감각에 잡혔다.

더구나 조경에게서 풍겨 나오는 은은한 방향은 숨을 멈추지 않고서는 도저히 피할 수 없는 것이었다.

만일 천하에 향기를 다스리는 자가 있다면 지금 이 순간 조경의 향기로 미인도(美人圖) 한 폭을 머릿속에 그리고도 남았으리라.

"눈이 안 보여서 불편하지 않으신가요?"

"하하, 좋은 점도 많습니다."

"후후, 어떤 게 그리 좋은가요?"

"우선 남의 눈치를 볼 필요가 없다는 점이지요. 그리고 평생 좋은 남자로 남지 않을까요? 미색을 탐한다는 소리는 절대로 안 들을 테니."

"호호, 정말 여자의 외모나 따지는 졸렬한 짓은 하지 않으시겠구요. 저도 안심이 되네요. 추녀라고 구박 받을 일은 없으니까."

"하하, 눈은 멀었지만 귀는 멀쩡하거든요."

"예?"

"우리 영감님께서 입만 열면 천하일색이라고 떠벌이시지 않습니까? 소저께서 얼마나 미인일지는 가히 상상이 갑니다만."

"에휴, 실망이에요. 그러면 결국 외모를 따지는 거랑 뭐가 달라요? 아니, 남들 생각에 따라 미녀와 추녀를 구분할 테니,

그게 더 나빠요."

조경이 입을 삐죽 내밀었다.

정작 상대의 눈치를 보지 않아서 편하다고 느끼는 사람은 조경이었다. 석도명 앞에서는 표정관리를 할 필요가 없으니까. 그녀는 석도명이 자신을 어떤 방식으로 감각하고 있는지를 전혀 몰랐다.

"저는 그런 걸로 사람을 구분하지 않습니다. 제가 머릿속으로 그리고 있는 소저의 모습은 다른 사람들이 눈으로 보는 것과는 많이 다를 겁니다. 눈이 보이지 않는 대신, 늘 마음을 보려고 애쓰니까요."

"호오, 마음으로 본 저의 모습은 어떤데요?"

"흐음…… 우선 인생에 불만이 많군요. 삐딱한 건 죽어도 못 참고, 마음에 안 드는 일도 절대 못하고…… 휘어지기보다는 부러지는 걸 좋아하고, 막히면 뚫고 나가야 하고."

"흠, 또요?"

"그러면서도 정에 약하고, 많이 너그러운 사람……, 세상을 슬퍼하는 법을 아는 사람…… 흠, 너무 나갔나?"

"피이, 돗자리를 까는 게 더 어울리겠어요. 모습을 이야기해 달라니까 엉뚱한 말만 잔뜩 늘어놓고."

"그런 마음을 합하면 어떤 그림이 만들어지는 줄 아십니까?"

"어떤 그림이 되는데요?"

조경의 얼굴에 호기심이 가득 떠올랐다.

기이한 무공으로 한때 검선의 칭호를 받았고, 이제는 음악으로 상상할 수 없는 것을 보여주는 이 사내의 마음에 자신이 어떻게 비쳤을까를 생각하니 가슴이 두근거려왔다.

"적토마."

"옛? 너무해……."

조경이 울상을 지었다.

세상에 적토마 같다는 소리를 듣고 좋아할 여자가 어디 있겠는가?

석도명이 조경의 반응에 개의치 않고 말을 이어갔다.

"적토마는 강하고, 단단하죠. 그리고 쉽게 길들여지지 않고요. 하지만 한 번 누군가의 손에 길들여지면 주인의 부드러운 손짓에 이끌려 전장을 돌파하고, 천리를 달려가죠. 마음을 다 준 사람과 있을 때…… 적토마는 죽음도 두려워하지 않으니까요. 말이 얼마나 섬세하고 우아한 동물인지를 안다면 그렇게 울상을 짓지는 않을 텐데…… 제가 그림을 잘못 그렸나요?"

"후후, 제 얼굴을 다 읽고 계시네요. 게다가 언변도 대단하시고. 여자들이 많이 따르겠어요."

그 순간 조경은 석도명이 얼굴에 짙은 그림자가 스쳐가는 것을 놓치지 않았다. 제천대주가 잃었다는 두 여인의 이름이 떠올라 조경은 문득 질투심을 느꼈다.

'어머, 내가 왜 이러지?'

조경이 살짝 달아오른 볼을 두 손으로 감쌌다.

사실은 어릴 때부터 야생마라는 놀림을 받으며 자라온 조경이다. 남자 앞에서 이런 기분을 느끼기는 처음이었다.

조경이 얼른 화제를 바꿨다.

"그런데, 그거 아세요?"

"뭘요?"

"받는 돈에 비해서 연주를 너무 안 해주신다는 거."

"어이쿠, 제가 악사의 본분을 잠시 잊었군요. 어떤 음악을 원하십니까?"

석도명이 밝게 웃으며 피리를 꺼내들었다.

어느새 젊은 남녀가 단둘이 있다는 어색함은 눈 녹 듯 사라진 상태였다.

"세상에서 제일 슬픈 음악이요."

"가장 슬픈 음악이라……."

석도명이 가볍게 숨을 고르고는 피리를 입으로 가져갔다. 세상에서 가장 슬픈 음악이 무엇인지를 애써 고를 필요는 없었다.

휘이리리.

좁은 마차 안이 금방 피리 소리에 잠겨 들었다. 따스하고 부드러운 공명음이 조경의 몸을 휘감아갔다. 조경에게도 낯설지 않은 곡조였다.

석도명의 피리 소리가 너무 따듯해서 조경은 물을 뻔했다. 이게 왜 세상에서 제일 슬픈 음악이냐고.

하지만 그 부드러움도 좋았기에 그저 음에 몸을 맡겼다. 음 하나 하나가 살아서 눈앞을 떠도는 기분이었다.

조경이 손을 들어 허공에 떠다니는 피리 소리를 살짝 움켜쥐었다.

물컹.

마치 물방울을 잡은 것 같은 느낌이 들더니 피리 소리가 조경의 손아귀에서 부서졌다.

얼음에 손을 벤 듯 날카롭고 차가운 느낌이 피부에 스며들었다. 그리고 그 차가움이 왠지 모르게 들떠 있던 조경의 마음을 서서히 식히기 시작했다.

조경은 몸이 떨렸다. 추워서 견딜 수가 없었다. 아니, 그것은 추위가 아니었다. 영혼마저 얼릴 듯한 지독한 슬픔이었다.

또르륵.

조경의 눈에서 이유를 알 수 없는 눈물방울이 굴러 떨어졌다. 조경은 눈물을 닦아내는 것조차 잊은 채 석도명이 전해주는 슬픔에 깊이 가라앉았다. 슬퍼서 마음이 깨끗해지고, 슬퍼서 온갖 시름이 잊혀지는 것 같았다.

조경은 태어나 처음으로 알았다. 슬픔에도 치유의 능력이 있다는 것을.

어느새 조경은 피리에 맞춰 노래를 부르고 있었다.

"마음이 고향을 따르나…… 고향이 마음을 따르나……."

석도명에게는 어머니의 노래, 정연의 노래인 추향(追鄕)이다.

 마침내 연주가 끝이 났다.

 "어떻게 이 노래를 아십니까? 기녀들이나 부르는 노래라고 천대를 받는 곡인데……."

 "어릴 때 유모가 이 노래를 부르면서 우는 걸 자주 봤어요. 끝구절만 기억날 뿐 제목도, 내용도 잘 모르는 걸요."

 "옛날 소주에 월희(月姬)라는 기녀가 살았답니다. 대개 그렇듯이 월희 또한 가난 때문에 기녀가 됐지요. 고향에 돌아가고 싶었지만 그러지를 못해서 늘 슬펐답니다. 아버지 병만 나으면 돌아가리라, 그 다음에는 남동생 부역이 끝나는 대로 꼭 돌아가리라, 또 그 다음에는 여동생 시집만 보내고 반드시 돌아가리라…… 그렇게 다짐을 했더랍니다."

 "결국 돌아가지 못했군요."

 "예, 월희가 타향에서 병들어 죽어가면서 만들어 부른 노래가 바로 이 추향입니다."

 "악사님께는 특별한 의미가 있는 곡인가 봐요."

 "예, 사부님께서 이 노래를 듣고는 숲에서 죽어가던 제 목숨을 구해 주셨지요."

 "그랬군요. 사부님도 이 노래를 좋아하셨던 모양이죠?"

 "글쎄요…… 그때 제 노래를 듣고선 이렇게 말씀하셨죠. 마음이나 고향이나 다 지랄 같은 거지……. 염병."

 "호호호, 정말 슬픈 대화네요."

웃음 끝에 다시 침묵이 찾아들었다.

짧은 대화를 통해 두 사람 사이에 뭔가가 깊어진 것 같았지만, 여전히 넘을 수 없는 큰 벽이 가로막고 있는 느낌이었다.

그 어색한 침묵을 깬 사람은 석도명이었다. 아까처럼 조경의 방향에 어지러움을 느끼는 상태로 돌아가고 싶지 않았기 때문이다.

"이렇게 오래 나와 있으면 부모님께서 걱정하지 않으시나요?"

"부모님은 돌아가셨어요. 대신 오라버니가 당장 돌아오라고 성화시죠."

"예……. 오라버니께 잘 해드려야겠군요. 부모님 몫까지."

"후후, 우리 오라버니께 잘 해드리고 싶어서 안달이 난 사람들이 너무 많아서 오히려 근심인 걸요."

"하하, 대단한 오라버니를 두셨군요."

"예, 대다……하시죠."

조경의 음성에 그늘이 지는 것을 느끼며 석도명이 다시 말을 돌렸다. 오라버니에 대한 조경의 마음이 편치 않은 것 같았다.

"언제쯤 집으로 돌아가실 건가요?"

"모르겠어요. 오라버니가 억지로 짝을 지어주려고 해서 달아난 건데. 밖에서 쓸 만한 신랑감이라도 구해야 돌아갈 수 있지 않을까요?"

"예……."

석도명이 입을 다물었다. 남의 혼사에 대해서 말을 거들기가 어려운 까닭이다.

두 사람 사이에 다시 대화가 끊겼다.

덜컹대는 바퀴소리를 들으며 두 사람 모두 골똘히 생각에 잠겼다.

이따금씩 석도명을 바라보는 조경의 눈빛이 자꾸 흔들렸다.

그리고 마차는 들판을 지나 깊은 수림지대로 접어들고 있었다. 해가 서산 너머로 사라지면서 저만치서 어둠이 다가오는 중이었다.

*　　　*　　　*

"수라사자는 끝내 오지 않을 모양이군."

형문산(荊門山) 삼묘문(三苗門)의 문주 파계살불(破戒殺佛) 나조려(羅祚濾)가 낮게 중얼거렸다.

"늦어도 어제쯤 도착할 줄 알았는데, 실망이군."

검은 복면을 쓴 사내가 나조려의 말을 받았다.

전신을 검은색으로 도배한 사내의 가슴에는 특이하게도 백일홍 한 송이가 아로새겨져 있었다. 천하제일의 살수회 자미수(紫薇手)의 표식이다.

어둠 밖으로는 한 걸음도 나서지 않는다는 자미수의 총사

(總師) 설거진(薛巨進)이 사내의 정체였다.

"크흠, 이 정도 전력이면 구화검선에 대한 예우로 충분하다고 보오이다만."

나조려가 자신에 찬 얼굴로 말했다.

이 자리에는 삼묘문의 정예 고수 200명과 자미수의 특급 살수 100명이 모여 있다. 진무궁과의 싸움으로 무림이 피폐해진 요즘 같은 시기에 이 정도의 전력을 한자리에 끌어 모으기는 쉽지 않은 일이다.

이 모두가 동방천군 문적방의 작품이었다.

삼묘문은 스스로 사파라고 주장을 하는 것과는 달리, 세간의 평가는 정사지간에 가까웠다. 무도에 심취해 별다른 악행을 저지르지 않은 탓이다.

그럼에도 이들이 스스로 사파가 되고 싶은 건 삼묘문의 시조가 300여 년 전 소림사에서 파문을 당한 파계승 원소(圓素)이기 때문이다.

자연히 소림사와 척을 지게 된 삼묘문에는 세월이 흐르면서 십대문파의 파문제자들이 하나 둘씩 모여들어 점점 거대한 세력을 형성하게 됐다.

사문의 고리타분한 계율에 묶여 있기에는 성정이 괴팍하지만, 그렇다고 악행을 즐기지도 못하는 이들에게 삼묘문이 피난처 노릇을 해준 탓이다.

자고로 일탈에는 일탈의 효용이 있기 마련이다. 아무 것에도 구속되지 않는 자유로운 영혼을 가진 이들이 모여 거리낌 없이 무공을 겨루고, 무학을 토론하다 보니 그 안에서 상승의 길이 열렸다.

 그렇게 강해진 삼묘문은 명문 정파와의 타협을 철저히 배격하며 사파로 살아왔다. 천마협이 나타났을 때도, 진무궁이 출현을 했을 때도 이들은 한결같이 십대문파의 몰락을 소망했다.

 특히 당대 문주인 나조려는 파계살불이라는 별호가 붙을 정도로 소림사에 극도의 증오심을 가진 인물이었다. 진무궁이 부르기도 전에 먼저 머리를 숙이고 들어갈 정도였다.

 그런 나조려가 단단히 움켜쥔 연줄이 바로 악소천의 첫째 제자 문적방이었다.

 석도명을 제거하라는 문적방의 전갈을 받은 나조려는 삼묘문의 정예 200명을 아낌없이 추려서 장강을 건넜다. 한때 무림맹의 영웅이었던 구화검선을 때려잡는 일이 부처를 죽이는 것 못지않게 의미 있는 일이라 생각하면서.

 나조려는 삼묘문의 고수 200명과 자미살의 특급살수 100명이면 왕년의 소림사와도 붙어볼 만하다는 생각을 하고 있었다.

 더구나 석도명은 악소천의 손에 눈이 멀고, 단전까지 파괴

된 상태가 아니던가?

하지만 정작 설거진은 나조려가 못미더운 표정이다. 매사에 끝까지 의심하고 확인하는 살수의 버릇 탓이리라.

설거진의 시선을 의식한 나조려가 헛기침을 했다.

"험험, 설 총사에게 미리 의논을 하지 못해서 미안하외다만, 만일의 사태에 대비하자는 취지에서 따로 초대한 고수들이 있소이다. 수라사자는 몰라도 그들은 반드시 올 거외다."

"……."

설거진은 가타부타 말이 없었다.

누가 나타나는지 일단 지켜나 보자는 심사였다.

잠시 뒤 관도 남쪽에서 한 무리의 사람들이 커다란 깃발을 앞세우고 보무도 당당하게 나타났다.

장룡친히.

깃발에 새겨진 글귀를 보고는 복면 사이로 드러난 설거진의 눈매가 찌푸려졌다.

사내들의 정체는 장강을 주름잡는 장룡구방이었다.

'멍청한 놈들, 여기가 전쟁터인 줄 아나?'

설거진이 속으로 혀를 찼다.

아군의 전력이 아무리 강해도 싸움의 기본은 나를 숨기고, 반대로 적은 드러나게 하는 것이다.

헌데 저렇게 요란을 떨면서 나타나는 건 대체 무슨 경우인가? 그것도 불과 석 달 전에 총방주 교룡신쟁(蛟龍神爭) 천원작(千元雀)이 진무궁의 남방천군 권사웅에게 작살이 나서 무릎을 꿇은 주제에 말이다.

잠시 뒤 장룡구방의 수적들은 관도를 버리고 숲으로 들어와 삼묘문, 자미수와 합류했다. 그들을 이끌고 온 사람은 바로 그 천원작이었다.

본시 장룡구방과 삼묘문은 사이가 좋았다. 장룡구방이 십대문파의 공격을 받을 때마다 장강 바로 남쪽에 위치한 삼묘문이 언제나 달려가 도움을 줬기 때문이다.

나조려의 요청을 천원작은 거절할 수 없는 처지였다. 더구나 오늘의 목표가 지난날 부도문과 함께 장룡구방 산하의 세 개 방파를 무찔렀던 석도명이 아닌가?

"내가 너무 늦지 않았기를 바라오."

천원작이 묵직한 음성으로 나조려와 설거진에게 말을 건넸다.

권사웅에게 대패를 당했다고 하나, 역시 장강을 아우르던 용맹함과 위엄이 남아 있었다. 악소천과 그 제자들이 터무니없이 강한 게 문제지, 천원작은 평범한 고수가 아니었다.

"다 모인 거면, 적의 전력부터 따져봅시다."

설거진이 천원작과 차갑게 인사를 나누고는 곧장 본론으로 들어갔다. 동방천군 문적방의 청인지라 손을 거들기는 하지만, 다른 부류의 인간들과 깊이 친해질 생각은 없었다.

언젠가 그들 가운데 누군가가 자신들의 청부 대상으로 낙점이 될지도 모르기 때문이다.

"전력이랄 게 있겠소? 무공을 잃은 장님 하나, 어지간히 주먹을 쓰는 늙은이가 일차 목표. 중간에 만났다는 계집과 노인은…… 흠, 그 노인이 문제긴 한데…… 설마 이 정도 전력 앞에서 제천대주를 돕겠다고 하지는 못하지 않겠소? 계집애가 위험해 질 텐데. 잘 타일러서 보내면 될 것 같소이다."

나조려가 딴에는 조리 있게 상황을 요약했다.

"나 문주께서는 아주 건전한 상식의 소유자시구려."

설거진의 말에 나조려의 입가에 환한 웃음이 걸렸다. 까다롭기로 유명한 설거진에게서 이런 칭찬을 들을 줄은 몰랐기 때문이다.

"험험, 상식이라면…… 좀 하오이다만."

"흥, 내 말을 잘못 이해했소. 사람은 그렇게 상식에 따라 판단할 수 있는 존재가 아니라오. 더구나 정체를 알 수 없는 노인의 경우 대단한 은거기인인 게 분명한데, 은거기인들의 특징이 뭐요? 바로 괴팍한 성정이올시다. 그 노인이 생각을 달리한다면 어쩔 게요?"

설거진의 날카로운 지적에 나조려는 말문이 막혔다. 대신 천원작이 나조려를 변호했다.

"설 총사의 염려를 모르는 바 아니나, 그래서 내가 온 게 아니겠소? 우리들의 힘에 설 총사의 심모원려가 더해지면 무엇이 두렵겠소?"

"그리 생각해주시면 그렇게 하지요."

설거진이 간단하게 상황을 정리했다. 이제부터 삼묘문과 장룡구방은 자신의 심모원려를 믿고 따라야 하는 처지가 된 것이다.

설거진은 상대가 반응을 보일 틈도 주지 않고 곧장 말을 이어갔다.

"삼묘문과 장룡구방은 매복을 하고 있다가 동시에 관도의 앞과 뒤를 막아 주시오. 그 길로는 개미새끼 한 마리 빠져나가서도 안 될 것이외다. 자미수는 양편의 숲을 지키리다. 제천대주든, 누구든 숲으로 도주로를 뚫으려고 하겠지만, 자미수의 은신술을 뚫지는 못할 것이오."

"그렇게 합시다."

나조려와 천원작이 나란히 고개를 끄덕였다. 설거진에게 선수를 빼앗긴 느낌이기는 했지만, 딱히 흠을 잡을 수 없는 작전이었다.

길을 막는 것으로 첫 번째 함정을 파고, 숲에 살수들을 숨겨 예상되는 도주경로를 두 번째 함정으로 바꾼다는 생각은 꽤나 근사했다. 특급 살수들이 있기에 더욱 위력을 발할 수 있는 작전이었다.

잠시 뒤 무려 500명에 달하는 무사들이 그물을 펼치듯 숲 속으로 흩어졌다.

*　　　*　　　*

　석도명 일행을 태운 마차는 수림지대에 접어들자 더욱 속도를 높였다. 길은 제법 넓게 닦여 있지만, 좌우로 빽빽한 숲이 이어져 있는 게 자연스럽게 경계심을 불러 일으켰기 때문이다.

　그 수다스럽던 염장한마저 숲으로 들어선 뒤에는 말수가 부쩍 줄었다. 그에게도 무림인 특유의 본능이 살아 있었다.

　"크흠, 혹시 원한관계 같은 것은 없으시오?"

　"왜 물으시오?"

　장학이 염장한을 힐끗 쳐다봤다. 워낙에 뜬금없는 질문이었다.

　"아니, 뭐…… 앙심을 품은 자들이 있으면 함정을 파고 숨어 있기에 딱 좋은 지형이라서……."

　"원한 때문에 걱정을 해본 일은 평생 없소이다만."

　"험, 마찬가지올시다. 그게 바로 우리 해운관의 신조요."

　염장한이 어깨를 으쓱해 보이고는 입을 다물었다. 말은 그렇게 했지만, 숲이 갈수록 울창해지는 바람에 그리 좁지 않은 관도가 깊이 그늘진 곳을 통과하는 중이었다. 거기에 해가 진 뒤의 어둠이 찾아오고 있으니 천하태평 염장한이라도 자꾸 신경이 곤두서는 건 어쩔 수가 없었다.

　장학이 연이어 채찍을 휘둘렀다. 염장한의 말이 성가시기는 했지만, 만일의 만일에 대비해서 나쁠 것은 없었다.

그때 마차 창문이 열리며 석도명이 밖으로 고개를 내밀었다.

"이상합니다. 앞쪽 숲에서 새 한 마리, 벌레 한 마리 우는 소리가 나지 않습니다."

장학이 말고삐를 잡아당겼다.

바퀴소리가 요란한 마차 안에서 자신도 듣지 못한 소리를 들었다니, 믿기지 않는 일이다. 그러나 석도명 정도의 기인이 하는 말이라면 믿어야 했다.

하지만 장학은 마차를 돌리지 못했다.

"와아!"

뒤쪽에서 뽀얀 먼지를 날리며 수십 명의 사내들이 달려오고 있었다. 간격이 순식간에 좁혀질 정도의 경공술만 봐도 어지간한 무사들은 아니었다.

일은 거기서 끝나지 않았다. 양쪽 숲에서 그물이 조여 오듯이 사람들이 몰려들고 있었다.

혹시라도 매복을 들킬 것을 우려해 멀찍이 물러나 있던 삼묘문의 고수들이 마차가 정해진 지점을 통과하는 것을 신호로 빠르게 접근해 오는 중이었다.

그 수가 얼추 수백 명은 넘는 규모였다. 실제로 설거진이 후미를 막는데 투입한 병력은 무려 300명에 달했다. 고기를 잡는 그물보다 몰아가는 그물이 더 커야 한다는 논리로 장룡구방의 병력 가운데 절반을 뒤로 빼 삼묘문에 합류시켰기 때문이다.

장학이 서슴없이 채찍을 내리쳤다. 아직은 열려 있는 정면을 돌파해 볼 심산이었다.

그러나 그 또한 여의치 않았다. 마차가 겨우 십여 장을 더 달려 나갔을 때 저 앞쪽에서 나무들이 잇달아 길 한복판으로 쓰러졌다. 이제 마차가 달릴 수 있는 땅은 전혀 남아 있지 않았다.

그리고 첩첩이 쌓여 길을 막은 나무 장벽 뒤에서 100여 명의 무사들이 모습을 드러냈다.

장학이 그 자리에서 마차를 세웠다. 무공을 전혀 모르는 조경을 보호하기 위해서 가급적 마차를 끌고 갈 생각이었지만, 이제 남은 방법은 육탄돌격뿐이었다.

문제는 적이 누구인지, 얼마의 병력이 더 남아 있는지를 모른다는 점이었다.

정면을 가로막은 장룡구방의 총채주 천원작이 소리쳤다.

"구화검선이라 했더냐? 얼굴이나 한 번 보자!"

장학의 얼굴이 다소 풀린 반면, 염장한은 눈앞이 캄캄해지는 기분이었다.

"제길…… 이래서 너무 유명해지면 건강에 지장이 많다니까."

마차 문이 열리고 석도명이 밖으로 걸어 나왔다. 조경이 고집을 부리며 그 뒤를 따랐다.

"당신들이 찾는 사람이 여기 있소. 해결할 은원이 있으면 나하고 해결합시다. 무고한 이들은 보내주시오."

석도명의 태도는 담담하다 못해 여유롭기까지 했다.

눈을 가린 검은 안대에도 불구하고 장님이라는 느낌조차 들지 않았다. 무공을 잃기 전 구화검선의 신위를 다시 되찾은 듯한 모습이었다.

"설마…… 무공을……."

나조려가 놀란 표정으로 석도명을 바라봤다.

석도명이 만약 무공을 회복했다면, 그 결과는 장담할 수 없었다. 아직도 진다는 생각은 들지 않았지만, 엄청난 인명손실을 감수해야 할 것이다.

나조려가 서둘러 입을 열었다.

"하하, 좋다. 뭐가 무고한지는 모르겠으나, 떠나는 자들은 잡지 않겠다. 우리가 필요한 건 오직 제천대주의 목이니까."

그렇지 않아도 방현 저잣거리에서 엄청난 검술을 보여준 정체불명의 노인과는 가급적 싸움을 피할 생각이었다. 석도명이 먼저 다른 사람들을 보내달라니 반가운 마음마저 든다. 설령 설령 주먹질 깨나 한다는 늙은이까지 빠진다면 금상첨화일 것이다.

"우히히, 이거 섭섭해서 어쩌나?"

염장한이 기다렸다는 듯이 조수석에서 뛰어내렸다.

스스로 생각하기에 천하에 자신만큼 무고한 사람은 다시없을 것 같았다.

다만, 석도명의 생각은 전혀 그렇지 않았다.

"아뇨, 영감님은 반드시 계셔야죠. 자기 관원을 버리고 가는 의리 없는 관장이 어디 있습니까?"

"이놈아, 그 영감 소리나 빼고서 그런 말을 해라! 아쉬울 때만 관장이냐? 사실 내가 너한테 딱히 가르친 것도 없고."

"가르친 게 없다뇨? 이런 건 많이 가르치셨잖아요. '우헤헤, 어려울 때는 서로 돕고 살아야지. 나 그런 사람 아니거든.' 그러지 않으셨나요?"

"헉, 무서운 놈!"

염장한이 입을 쩍 벌렸다. 석도명이 자신의 말투를 그대로 따라했기 때문이다. 아니, 아예 목소리까지 똑같았다.

소리를 다스리는 석도명의 솜씨가 인간의 한계를 넘은 줄은 알았지만, 사람의 음성까지 똑같이 되살려낼 줄이야!

"하하, 뭘 그리 놀라십니까? 삼합이면 골로 보낸다면서요. 이번에는 진짜 꼼수가 안 통할 겁니다. 단단히 각오하시라구요."

"으헉, 두당 삼합씩이면…… 얼추 300명만 잡아도 무려…… 900합인데…… 어이쿠, 도명아! 진짜로 나 그런 사람 아니거든."

천원작이 두 사람의 대화를 자르고 들어왔다.

"헛수작은 저승길에서 하고, 갈 사람이나 어서 보내라! 네놈 목을 따려고 장룡구방의 형제들이 너무 오랫동안 이를 갈

앉느니라."

그 말에 석도명이 몸을 돌려 조경과 마주섰다.

"소저께서는 어서 피하십시오. 부디 멋진 신랑감을 구해서 무사히 오라버님께 돌아가시기를 빕니다."

그러나 조경은 단호하게 고개를 저었다.

"아뇨, 그러고 싶지 않아요."

"아가씨……."

마부석에서 뛰어내려온 장학이 황급히 조경을 만류하고 나섰다.

살면서 지금까지 누구에게 져본다는 생각을 해본 일이 없다지만, 지금은 길보다 흉이 많은 상황이다.

혼자서 빠져나가는 건 몰라도 무공을 모르는 조경을 무사히 구해내기는 쉽지 않았다.

무엇보다 조경의 몸에 작은 흠집이라도 났다가는 그 오라비의 손에 수많은 사람들이 곤욕을 치를 터였다. 설마 자신한테야 손을 못 대겠지만 말이다.

하지만 조경은 장학이 말을 맺을 기회도 주지 않았다.

"가려거든 장 노야 혼자 가세요! 저는 이 사람을 두고 한 발짝도 떼지 않을 거예요."

장학이 난감한 표정을 지었다. 저게 어찌 혼자 가라는 말이겠는가? 모두 살려 놓으라는 생떼지.

"허어, 아무리 저라고 해도 어려운 일입니다. 지금은 아가씨를 지키는 것도 벅찬 상황입니다만……."

장학이 잠시 말을 끊었다.

천원작과 나조려 등이 귀를 쫑긋 세웠다. 아무리 봐도 범상치 않은 노인이 무슨 말을 하려는지 신경이 쓰였다.

"아가씨께서 그리 원하신다면…… 노구를 잠시 번거롭게 해보겠습니다. 대신 이제부터는 무조건 제 말을 따르셔야 합니다."

조경이 고개를 끄덕였다. 장학이 저렇게 심각한 표정으로 말할 때는 천하에 막을 수 있는 사람이 별로 없었다.

"흥, 상황 파악이 잘 안 되는 자들이로다!"

나조려가 코웃음을 치면서 검을 뽑아들었다.

삼묘문의 무사들과 장룡구방의 수적들이 일사불란하게 움직여 마차를 에워쌌다. 터질 듯한 살기가 숲에 싸인 관도를 가득 채웠다.

그때 석도명의 귓가에 모기 소리같이 작은 음성이 들렸다.

『그대는 혹시 무공을 쓸 수 있는가?』

장학이 보낸 전음이었다.

석도명이 소리의 기운을 응축해 전음과 비슷한 효과를 냈다.

『결정적일 때 한 수 정도는 쓸 수 있습니다.』

『없는 것보다는 낫구먼. 내가 길을 터줄 테니, 아가씨를 모시고 달아나게.』

『그러면 왼편 숲을 열어주십시오.』

『저들이 의도적으로 숲을 비워둔 것 같네만.』

장학의 눈에 의문이 떠올랐다. 숲이 위험하다고 만류를 하는데도 석도명이 오히려 웃음을 지어 보였기 때문이다. 뭔가 믿는 구석이 있는 모양이라고 생각하면서 장학이 검을 뽑아들었다.

"염 선생, 잘해 봅시다."

"히히, 장 선생도 건강하쇼."

뜻밖에도 먼저 몸을 움직인 사람은 염장한이었다.

흐느적, 흐느적.

염장한이 그런 식으로 삼묘문의 고수들 사이를 파고들었다. 염장한이 지나가는 자리마다 길이 열리고 닫히면서 일대 혼란이 일었다. 마치 미꾸라지 한 마리가 흙탕물을 일으키고 다니는 듯한 형국이었다.

덕분에 원형에 가까운 형태를 유지하고 있던 포위망 가운데 뒤쪽이 심하게 일그러졌다.

"멋진 수법!"

장학이 감탄을 터뜨렸다.

하지만 여유를 부릴 겨를이 없었다. 나조려와 천원작이 석도명을 겨누고 달려들었기 때문이다.

장학이 다급하게 검을 휘저으며 석도명 대신 두 사람의 검을 받아쳤다.

물론 조경을 지키는 게 최우선이지만, 석도명이 다친다면 목숨을 걸고 싸운 보람이 없었다.

석도명이 조경을 마차에 붙여 세우고 그 앞을 막아섰다. 유감스럽게도 나무 막대기 하나 없는 빈손이었다.

'삼합권이라도 배워둘 걸 그랬나?'

여가허를 떠난 뒤 다시는 무공을 수련하지 않았다. 단전이 깨진 상황이라 무공을 되찾을 길이 없기도 했지만, 마음이 그 길로는 움직이지 않은 탓이다. 그전에는 삼합권을 가르친다고 난리를 떨어대던 염장한 또한 무공에 관해서는 한 마디도 하지 않았다.

소리로 끝을 보겠다는 굳은 의지였지만, 조경이 자신 때문에 위험을 무릅쓴 상황을 맞고 보니 무공이 아쉬운 것도 사실이었다.

'침착해라. 길은 반드시 있다.'

석도명이 온몸 가득 소리의 기운을 끌어올렸다. 두 번 다시 소리의 기운을 내공으로 바꿔 경력을 발출하는 일 같은 것은 하지 못할 것이다.

그러나 소리의 기운이 아니면 무엇을 의지할 것인가?

뻐엉.

순간 고막이 터질 듯한 폭음이 터졌다.

장학이 일검을 뻗어 천원작과 나조려를 후려친 직후였다.

기세등등하게 달려들던 천원작과 나조려가 충격을 이기지 못하고 뒤로 주르륵 밀려났다. 뒤이어 장학의 검에서 황금빛 강기가 줄기줄기 쏟아졌다.

마차를 중심으로 포위망을 좁혀오던 장룡구방의 수적들이 강기를 피해 메뚜기처럼 흩어졌다.

장학이 석도명 앞쪽으로 강기를 연이어 쏘아대자 포위망이 갈라지며 곧게 길이 열렸다.

"어서 가게!"

장학이 몸을 날려 마차 위로 내려앉으면서 외쳤다. 순간적으로 무릎이 꺾이는 것을 보니 무리하게 공력을 쏟아낸 모양이었다.

석도명이 망설이지 않고 조경과 함께 숲으로 뛰어들었다. 그리고 검은 그림자가 짙게 드리워진 수풀 속으로 모습을 감췄다.

석도명과 조경을 뒤따라 숲으로 뛰어드는 사람은 하나도 없었다. 그곳은 천하제일의 살수회 자미수가 지배하는 죽음의 세상이었다.

두 사람이 사라지는 모습을 보면서 장학이 몸을 곧추세웠다. 고갈된 내력이 완전하게 회복될 때까지 기다릴 여유는 없었다.

장학이 잠깐의 빈틈을 보였음에도 불구하고, 정작 그 기회를 노려 치고 들어오는 자가 없었다. 장학의 압도적인 무위에 모두들 혼이 나간 상태였다.

나조려가 떨리는 음성으로 한 마디를 내뱉었다.

"대, 대황검(大黃劍)……."

천원작이 뒤이어 탄성을 토해냈다.

"하아, 신검비영이 나타나다니."

두 사람의 얼굴에 절망의 그림자가 뒤덮였다.

신검비영 장학이 무서워서가 아니었다. 장학이 모시는 젊은 여인의 정체를 짐작했기 때문이다.

그녀가 잘못된다면? 삼묘문이든, 장룡구방이든 뒷감당을 할 수 없을 것이다.

문제는 그 중요한 인물이 하필이면 석도명을 따라 자미수의 품안으로 뛰어들었다는 사실이다.

나조려와 천원작이 서로를 마주보며 고개를 끄덕였다.

이제는 돌이킬 수 없는 상황이었다. 모조리 죽여서 입을 막는 것 외에는 도리가 없었다. 그 상대가 설령 신검비영이라고 해도 말이다.

나조려와 천원작이 허공으로 뛰어올랐다. 장룡구방의 수적들이 그 뒤를 따랐다.

제8장
부용궁주(芙蓉宮主)의 초대

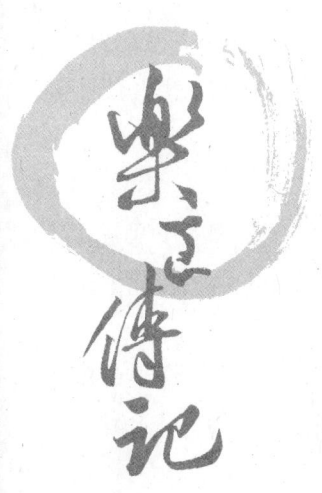

 숲은 생각보다 어두웠다.
 그 사이 해가 서쪽으로 완전히 떨어진 탓에 숲에는 짙은 그늘이 지고 있었다. 더욱이 빽빽이 들어선 키 큰 나무들로 인해 숲 안은 이미 깊은 밤이나 다름이 없었다.
 석도명이 장학에게 왼편 숲을 열어달라고 한 것은 그런 이유였다. 눈을 잃기 전에도 어둠은 언제나 자신의 편이었다.
 석도명은 수풀 속에 들어서면서 자신과 조경의 기척을 서둘러 치워 버렸다.
 어둠이 짙은데다 소리마저 들리지 않는다면 숲속 깊이 몸을 감추고 있는 적들이 자신을 쉽게 찾아내지는 못할 터였다.

결정적으로 적들은 쉽게 움직이지 못하는 반면, 석도명은 소리를 지운 채 자유롭게 움직일 수 있다는 이점이 있었다. 사실은 그게 거의 유일한 강점이었지만.

피피픽.

두 사람이 수풀 속에 납작 엎드린 직후 날카로운 파공성이 머리 위를 스치고 지나갔다. 석도명과 조경이 숲으로 뛰어 들어오는 순간을 노린 첫 번째 공격이었다.

간발의 차이로 공격을 피해낸 석도명이 조경을 감싸 안은 채 소리 없이 몸을 굴려 가까운 나무 뒤로 몸을 감췄다.

피피픽.

두 사람이 방금 엎드려 있던 자리에도 연달아 표창이 날아들었다.

'후우, 가장 위험한 고비는 넘겼다.'

석도명이 조경을 옆에 내려놓고는 가슴을 쓸어내렸다. 적은 나를 지켜보고 있는데, 나는 적을 보지 못하는 극악한 상황을 겨우 넘긴 것이다.

조경이 손가락 끝으로 석도명의 가슴을 톡톡 두드렸다. 괜찮으냐는 물음이다. 석도명이 조경의 손등을 손가락으로 가볍게 두드렸다.

'걱정하지 말아요. 내가 구해줄 테니.'

석도명의 생각이 고스란히 조경에게 전해졌다. 석도명은 어둠속에서 조경이 미소를 짓고 있음을 느꼈다. 과연 적토마를

닮은 대담한 아가씨였다.

 석도명이 마음을 가라앉히고 숲속의 상황을 천천히 살폈다. 석도명의 몸에서 소리의 기운이 퍼져나가 숲을 가득 채웠다. 이제 그 안에 존재하는 모든 소리가 석도명의 것이었다. 살아 있는 것이든, 살아 있지 않은 것이든.

 '쉰 명. 숨소리조차 없다.'

 석도명은 숲에 흩어져 있는 자들이 천하제일의 살수회인 자미수의 특급살수들이라는 사실은 전혀 몰랐다. 하지만, 기척을 감추는 수준이 범상치 않다는 점은 단박에 알아봤다. 천리지청술(千里地聽術)을 쓴다고 해도 잡아낼 수 없는 자들이었다.

 그러나 그들이 심장을 멈추지 않는 한 석도명의 귀를 속일 수는 없었다.

 문제는 요소요소에 자리를 잡은 적들을 피해 어떻게 달아나느냐 하는 것이었다. 아무리 기척을 지웠다고 해도 코앞을 지나가는 사람을 놓치지는 않을 테니 말이다.

 당장 오른쪽 반 장(1.5미터) 거리에 한 명이 자리를 잡고 있는 탓에 섣불리 움직이기가 어려웠다.

 사사삭.

 석도명이 아니고서는 들을 수 없는 미세한 소리가 들려왔다.

 석도명이 처음 뛰어들었던 수풀을 중심으로 적들이 포위망을 좁혀오고 있었다. 시간을 끌다가는 바늘 같은 틈도 찾지 못할 터였다.

 석도명이 피리를 꺼내 바람을 불어넣었다.

 묵음으로 펼쳐낸 오음(五音)이 둥실 떠올랐다. 석도명이 피리를 갈무리하고는 허공에 천천히 손을 저었다.

 피리리리.

 사람의 귀로는 들을 수 없는 피리 소리가 어두운 숲속에 가늘게 울려 퍼졌다.

 푸드덕, 푸드덕.

 석도명이 손을 뻗은 방향에서 잇달아 날개 소리가 들리며 어둠 속에서 새들이 날아올랐다. 석도명이 앞으로 흘려보낸 피리 소리가 새들을 움직인 것이다.

 석도명과 조경을 향해 좁혀지던 살수들의 포위망이 일시에 흔들리며 균열을 드러냈다.

 살수들 가운데 절반 쯤은 본능적으로 새소리를 따라 움직였고, 나머지 반은 갈등하고 있었다.

 상식적으로 생각해도 조밀한 포위망을 뚫고 두 사람, 그것도 장님과 무공을 모르는 여자가 달아났을 가능성은 전무했다. 그럼에도 오랜 훈련을 통해 단련된 살수들의 몸은 새들이 숲 안에 만들어낸 한 가닥 흔적에 반응하지 않을 수가 없었다.

 석도명이 그 틈을 놓치지 않고 파고들었다. 석도명과 조경은 순식간에 10여 명에 이르는 살수들 사이를 그림자처럼 지나갔다.

석도명과 조경이 지나간 자리에선 아무런 소리도 들리지 않았다. 그렇다고 몸이 움직인 흔적마저 완벽하게 지운 건 아니었다.

팔랑.

자미수의 총사 설거진이 가까운 곳에서 미세하게 나뭇가지를 흔드는 약한 바람을 느꼈다.

보통 사람의 감각으로는 느낄 수 없을 정도로 미약한, 아니 바람이라고 하기도 어려운 흔들림이었다. 자미수 가운데 그걸 알아챈 사람이 설거진밖에는 없을 정도로.

'바람이 불었나?'

다음 순간 자신의 실책을 깨달은 설거진이 다급하게 외쳤다.

"환영미로망(幻影迷路網)을 펼쳐라!"

애초에 설거진이 선택한 작전은 은신술로 매복하여 기습을 펼치는 것이었다. 두 가지 이유 때문이었다.

첫째, 만에 하나 석도명이 무공을 회복했다면 정면대결로 이길 수 없다는 생각. 둘째, 정체를 알지 못하지만 실력이 대단한 것으로 알려진 장학이 선두에 서서 길을 뚫을 경우 역시 쉽지 않다는 우려.

아무리 천하가 알아주는 자미수라 해도 절정의 반열에 들어선 고수를 정면으로 상대하기는 어려웠다. 그게 살수의 한계다.

설거진은 몸을 숨기고 상대를 속이는 데는 자신들이 어떤 고수에게도 뒤지지 않을 거라는 생각으로 매복진을 펼쳤다. 하지만 뜻밖에도 석도명이 숨는 데는 오히려 한 수 위였다.

그리고 그게 뜻하는 바는 명확했다. 석도명은 무공을 전혀 회복하지 못한 것이다.

설거진은 차라리 처음부터 정면승부를 벌이는 게 나았다는 사실을 깨달았다.

설거진의 명령이 떨어지자 기척을 감추는데 힘을 쏟고 있던 살수들이 사납게 검을 휘저으며 원형의 대열을 짰다. 그리고 사방을 부산하게 헤집고 다니기 시작했다.

환영미로망은 살수들이 일정한 배열을 이뤄 약속된 구역을 탐색해 적을 몰아가는 수법이었다.

자미수의 작전이 바뀌는 것과 동시에 깊은 침묵이 지배하던 숲이 순식간에 소란스러워졌다.

'아뿔사!'

석도명이 속으로 탄성을 질렀다.

조금만 더 헤치고 나갔으면 매복진을 빠져나갈 수 있었을 텐데 하는 아쉬움이 몰려들었다. 겹겹이 쌓인 매복진의 마지막 대열을 막 돌파하려던 찰나였기 때문이다.

그 순간에도 살수들은 빠르게 숲을 훑어나가고 있었다. 거치적거리는 수풀에는 무차별적으로 암기를 뿌려대면서 말이다.

그 안에 갇히면 검보다 암기와 표창에 맞아 벌집이 될 터였다.

석도명이 살수들의 틈새를 노리며 침착하게 방향을 틀었다. 가장 짧은 경로를 찾아 직선으로 관통하려던 생각을 바꿔 옆으로 흐르기로 한 것이다.

앞으로 나갈수록 빠져나갈 수 있는 틈이 점점 좁아졌다. 석도명은 어쩔 수 없이 한쪽 모퉁이로 내몰리고 있었다. 그물에 갇힌 물고기처럼.

사삭.

마침내 도저히 피할 수 없는 좁은 간격, 가까운 거리에서 살수 두 명이 좌우로 암기를 뿌려대면서 다가오고 있었다. 매복진 제일 외곽을 맡고 있던 자들이다. 그 뒤의 공간은 완벽하게 열려 있었다.

석도명이 전음을 본뜬 수법으로 조경에게 말을 건넸다.

『제가 뛰어나가면 곧장 왼쪽으로 달려 나가십시오. 절대로 뒤돌아보지 말고 달리세요. 최대한 멀리 가야 합니다.』

조경이 석도명의 손을 움켜잡았다. 혼자서는 가기 싫다는 뜻이다.

『곧 뒤따라갈게요. 같이 있으면 둘 다 위험합니다.』

조경이 마지못해 석도명의 손을 놓았다. 그리고 숲에 들어온 뒤 처음으로 가늘게 몸을 떨었다. 석도명과 떨어지는 게 두려운 것이다.

석도명이 몸을 낮춰 바닥을 더듬었다. 천행으로 마른 나뭇가지 하나가 손에 잡혔다. 조용히 나뭇가지를 집어든 석도명이 조경과 함께 거목 뒤에 몸을 숨겼다.

'두 번의 기회는 없다.'

석도명의 온몸이 땀으로 젖기 시작했다. 필생의 힘을 다해 집중하고 또 집중하고 있었다. 바늘구멍 같은 작은 틈새에 자신과 조경의 목숨이 걸려 있었다.

바스락.

세 걸음 앞에서 마른 잎 하나가 발에 밟혀 부서졌다. 살수들이 걸음을 멈췄다. 정면에 버티고 선 거대한 나무가 그들에게도 거슬린 탓이다.

물어볼 것도 없이 두 사람이 거목의 양쪽으로 돌아들어가는 것이 정석이었다.

헌데 상대가 자신들의 이목을 감쪽같이 속였다는 사실에 긴장을 한 탓일까? 살수들은 검을 고쳐 잡으면서 서로 전음을 교환했다.

그 불필요한 신중함이 석도명에게 선제공격의 기회를 안겨줬다.

석도명이 주저하지 않고 몸을 날렸다. 손에 들린 나뭇가지는 일만격의 오의에 따라 묵직하게 가라앉은 상태였다.

부웅.

나뭇가지가 낮게 울며 횡으로 움직였다.

퍽.

"흑!"

오른편에 서 있던 살수가 허리를 정통으로 맞고 쓰러졌다.

그 순간 나뭇가지가 두 동강으로 부러졌다. 내공이 있었더라면 경력을 흘려보내 강철 못지않게 단단해졌을 테지만, 일 만격만으로는 병기까지 보호할 수가 없었다.

슈욱.

석도명이 반 토막 난 나뭇가지를 가슴 앞으로 끌어당긴 순간, 등 뒤에서 가차 없이 검이 날아들었다.

'흡.'

석도명이 다급하게 몸을 틀었다. 뒤로 물러날 생각은 하지도 않았다. 경신술마저 펼치지 못하는 지금 쇄도해 들어오는 적의 공세를 떨쳐낼 방법이 없었기 때문이다.

그럼에도 석도명은 부도문에게서 배운 삼척보를 펼쳤다. 내공이 실리지 않은 탓에 과거의 현묘함은 사라졌지만, 기대했던 최소한의 효과가 나타났다. 자신을 찔러 들어오는 상대의 중심을 미묘하게 흩어놓는 데 성공한 것이다.

동선을 확보한 석도명이 적에게 다가서며 상대의 검을 자신의 왼쪽 팔꿈치와 옆구리 사이에 끼워 버렸다. 그와 동시에 석도명의 오른손에 들린 토막 난 나뭇가지가 살수의 명치에 꽂혔다.

"꺼억!"

두 번째 살수가 비명을 토하며 앞으로 엎어졌다. 살수와 정면으로 충돌한 석도명의 몸이 뒤로 넘어갔다. 내공이 실린 적의 돌진을 버텨내지 못했기 때문이다.

벽에 부딪친 듯한 충격으로 뒷골이 저릿저릿 울렸다. 그리고 왼쪽 옆구리에서 불같은 통증이 번져왔다. 적의 검이 한 치 가까이 허리를 베고 들어온 상태였다.

'조 소저는?'

석도명이 이를 악물었다. 통증이 극심했지만 이대로 정신을 놓을 수는 없었다.

다행히도 숲 가장자리를 따라 조경이 부지런히 달려가는 소리가 들렸다. 다행히도 이런 순간에 남자에게 짐이 되지 않는 방법을 아는 지혜로운 여자였다.

석도명은 그나마 마음이 놓였다. 저들이 원하는 건 자신의 목숨이다. 무공도 모르는 여인을 끝까지 쫓아가 죽일 가능성은 크지 않았다.

석도명이 서둘러 몸을 일으켰다. 온몸이 삐걱거렸지만 그게 문제가 아니었다. 연달아 울린 두 번의 비명이 나머지 살수들의 이목을 한 곳으로 끌어 모으고 말았다.

"저기다!"

"잡아라!"

살수들이 석도명을 향해 빠르게 쳐들어왔다.

자미수가 은신술을 거둔 것을 확인한 삼묘문과 장룡구방의 고수들이 속속 숲으로 뛰어들었다. 석도명 한 사람의 목숨을 노리고 300명 가까운 숫자가 달려오고 있었다.

석도명이 절름거리며 앞으로 달려 나갔다. 유감스럽게도 석도명의 달음박질은 오래가지 못했다.

피피핑.

살수들보다 표창이 먼저 날아들었다.

대기를 가르는 파공성을 들은 석도명이 달려가며 좌우로 몸을 털었다. 표창 몇 개가 아슬아슬하게 비껴갔다.

그러나 과거와 비교할 수 없는 엉성하고 느린 몸짓에는 결국 한계가 있었다.

퍽.

표창 하나가 오른쪽 어깨를 깊이 파고들었다.

석도명의 몸이 앞으로 고꾸라지는 순간 등짝에 표창 하나가 더 꽂혔다. 쓰러진 석도명은 다시 일어날 기력이 없었다. 눈앞이 노랗게 물들었다.

'사부님…… 이렇게 죽나 봅니다.'

죽음을 피할 수 없다는 체념과 함께 떠오른 것은 정연도, 한운영도 아닌 유일소의 쭈글쭈글한 얼굴이었다. 최선을 다해 살았기에 이대로 죽는다 해도 후회는 없었다.

다만, 이제 거의 끝이 보이는 게 아닐까 싶었던 주악천인경의 완성을 보지 못하는 게 끝내 참담했다.

"죽어라!"

선두에서 달려온 살수 하나가 제일 먼저 땅을 박차고 뛰어올랐다. 석도명을 향해 떨어지는 살수의 팔이 위에서 아래로 무겁게 떨어져 내렸다.

석도명의 죽음까지 남은 거리는 고작 반걸음이었다.

슈욱, 슈슈슉.

그 순간, 화살 하나가 어둠을 가르며 날아들더니, 뒤이어 화살이 빗발치듯 쏟아졌다.

"큭."

석도명을 노렸던 살수의 몸이 허공에서 중심을 잃은 채 떨어졌다. 심장에 정통으로 화살이 꽂힌 채였다.

빠르게 달려오던 살수들이 날아오는 화살을 쳐내느라 더 이상 앞으로 나오지 못했다.

한바탕 퍼부은 화살비가 그치는 것과 동시에 같은 방향에서 십여 개의 인영이 바람처럼 달려 나왔다.

부웅, 부우웅.

그들이 손에 들린 검이 무섭게 울어댔다. 그리고 검 끝에서 황금빛 강기가 치솟았다.

신검비영 장학의 경지에는 미치지 못하지만, 분명 같은 종류의 검법이었다.

그들의 숫자는 모두 열둘. 절반은 대략 60줄에 접어든 것으로 보이는 노인이고, 나머지 절반은 40대쯤으로 보이는 중년의 사내들이었다.

자미수의 특급살수들이 추풍낙엽처럼 쓰러졌다. 은신술을 포기한 상태에서 강기를 내뿜는 고수를 만났으니 그들로서는 악몽이었다.

 더구나 열두 명의 고수들 뒤로 횃불이 치솟고 있었다. 먼저 화살 공격을 퍼부었던 50여 명의 무사들이 무기를 검으로 바꿔들고 달려왔다.

 자미수의 총사 설거진의 얼굴에 절망이 어렸다.

 상황은 그것이 끝이 아니었다.

 두두두두.

 숲 바깥쪽 관도에서 지축을 뒤흔드는 기마대의 소리가 들려왔다. 그리고 머지않아 비명소리가 연달아 터져 나왔다.

 "퇴각하라!"

 설거진이 다급히 외쳤다.

 이길 수 있는 상대가 아니었다.

 황금빛 강기를 내뿜는 신묘한 검법과 궁수대, 거기에 기마대까지. 천하에 이런 전력을 갖추고 있는 곳은 오직 한 곳뿐이었다.

 장학과 염장한을 공격하고 있던 나조려와 천원작 또한 기마대에 밟혀 속절없이 죽어가는 수하들을 뒤로 물릴 수밖에 없었다. 뒷날의 후환은 후환이고, 당장은 목숨부터 건져야 했다.

 "괜찮은가?"

살수들이 달아나는 것을 보면서 노인 하나가 다가와 석도명을 일으켰다.

노인은 능숙한 솜씨로 표창을 뽑고 지혈을 마쳤다. 그리고 상처에 금창약을 바르고 붕대를 싸매주기까지 했다.

"고맙……습니다."

"허허, 감사는 다른 분께 하게."

노인이 너털웃음을 터뜨리며 한 곳을 바라봤다.

수십 개의 횃불이 너울거리며 숲을 가로지르고 있었다. 그리고 무사들의 엄중한 호위를 받으며 조경이 모습을 드러냈다.

조경은 피투성이가 된 석도명을 보고 황급히 달려왔다. 노인이 조경 앞에 깊이 허리를 굽혀 보이고는 뒤로 물러났다.

"많이…… 다쳤어요?"

"하하, 괜찮아요. 나 이런 걸로 죽을 사람 아니거든요."

석도명이 아무렇지도 않다는 듯 손을 내저었다.

조경이 눈물을 글썽거리며 석도명을 바라봤다. 굳이 말이 필요한 순간은 아니었다.

"어쨌거나 감사합니다. 조 소저 덕분에 목숨을 건졌군요."

석도명이 정중하게 감사의 인사를 했다. 노인이 다른 사람에게 감사하라고 한 것이 바로 조경을 두고 한 말임을 알았기 때문이다.

"아뇨, 당신이 저를 살렸죠."

"우헤헤, 무슨 섭섭한 말씀을! 이게 다 내 덕이라고! 나 혼자 절반을 맡았잖아."

저편에서 염장한이 다가오고 있었다. 그 옆으로는 장학이 나란히 걷고 있었다. 염장한이 멀쩡한 데 비해, 장학은 가슴 어림이 붉게 물들어 있었다.

나조려와 천원작이라는 두 명의 고수를 혼자 상대했을 뿐 아니라, 석도명과 조경에게 길을 터주기 위해 무리하게 내공을 내쏟은 탓에 쉽지 않은 싸움을 한 결과였다.

염장한은 다가오기가 바쁘게 석도명의 상처를 훑어보며 너스레를 떨었다.

"야, 너도 건강에 지장이 많았구나."

온몸이 땀에 절어 있기는 했지만, 염장한은 신기하게도 작은 상처 하나 입지 않은 상태였다.

"그래 몇 합이나 쓰셨어요?"

"합은 얼어 죽을…… 피하기도 바쁜 판에……. 생각해 봐라. 한 놈 당 삼합씩만 피해도 얼마를 움직여야 하냐고!"

염장한이 입을 삐죽였다. 그 말을 장학이 거들었다.

"염 대협께서는 본인의 소신대로 적들의 건강을 온전히 보전해 주셨다네."

"풋!"

조경의 입에서 실소가 터졌다. 장학의 말은 염장한이 도망만 다녔지, 적은 한 명도 쓰러트리지 않았다는 뜻이었다.

염장한이 얼른 화제를 돌렸다.

"그나저나 우리 조 소저는 대체 어느 가문의 영애이신가? 쩝, 배경이 너무 과한 것 같은데……."

그 질문에 답한 사람은 장학이었다.

"부용궁주(芙蓉宮主)시오."

"부용궁주…… 으헉!"

염장한이 다급하게 조경 앞에 엎드렸다.

"고, 공주님…… 이름이 귀에 익다 싶더니만…… 하이고……."

쿵!

석도명으로서도 충격적인 이야기였다.

귀한 가문의 여식인 줄은 알았지만, 설마 황녀일 줄이야!

부용궁주 조경.

당금 황제가 친딸보다 아낀다는 여동생이다. 황제에게는 수십 명의 배다른 형제와 누이가 있었지만 유독 조경에게만 남다른 애정을 보였다.

그것은 황제의 생모와 조경의 생모가 친자매지간이라는 특수한 사정 때문이었다.

황제의 생모인 서후(西后)는 황제가 열두 살 때 세상을 떠났다. 서후를 끔찍이 사랑했던 선(先) 황제가 깊은 슬픔에 빠지자 서후의 부친이 막내딸을 다시 황궁으로 들여보냈는데, 그 사람이 바로 조경의 생모인 성비(星妃)였다. 그리고 지금의 황제를 어미처럼 돌본 사람이 바로 성비였다.

그런 이유로 황제는 배다른 동생이자 이종사촌지간인 조경에 대해서는 말로 할 수 없는 각별한 애정과 관심을 쏟고 있었다. 따로 부용궁을 지어주는 한편, 선황제의 최측근을 지키던 신검비영 장학과 열두 명의 고수들에게 조경의 경호를 맡기기까지 했을 정도다.

열다섯의 나이차에도 불구하고 황실에서는 보기 드물게 사이가 좋은 남매였지만 딱 한 가지, 혼사문제를 놓고는 황제와 부용궁주가 뜻을 같이 하지 못했다. 황제가 황권 강화를 염두에 두고 재상 채경의 아들과 맺어주려고 하자 조경이 그에 반발해 궁을 뛰쳐나온 것이다.

석도명이 조경을 향해 깊이 허리를 숙였다. 공주에 대한 예의였다.

조경은 왠지 서운한 마음이 들었시만, 사람들 앞에서 내색을 할 수는 없었다.

"자리를 좀 만들어 주세요. 여긴 피비린내가 너무 지독하군요."

"궁주님을 모셔라!"

장학의 외침에 사람들이 분주히 움직이기 시작했다. 그들이 터준 길을 따라 조경이 혼자 걸어갔다. 석도명과 긴히 할 이야기가 있지만, 먼저 공주의 신분에 맞는 격식부터 차려야 했다.

'하아, 짧았던 동행을 이제 끝낼 때가 된 모양이네요.'

조경은 아쉬운 마음을 애써 눌렀다. 어쨌거나 자신은 황제의 여동생이요, 부용궁의 주인이었다.

조경이 자리를 옮기자 석도명의 상처를 돌봐준 노인이 장학에게 다가섰다. 그 뒤로는 함께 온 열한 사람이 줄지어 섰다.

장학이 가볍게 노인을 꾸짖었다.

"십이밀위(十二密衛)도 나이를 속일 수가 없구먼. 행동이 많이 굼떠졌어."

"죄송합니다. 궁주님께서 절대로 50리 안으로는 들어오지 말라고 하셔서…… 최선을 다해 달려왔는데도……."

"허허, 그랬던가? 나도 모르게 그러셨단 말이지……."

장학이 절레절레 고개를 저었다. 황제도 어쩌지 못하는 조경의 고집을 누가 감당하겠는가?

혈전이 벌어졌던 곳에서 멀찍이 떨어진 숲에 부용궁주 조경을 위한 자리가 만들어졌다.

조경은 의자에 앉아 석도명을 맞았다.

은밀한 대화가 필요했던지 기마대와 궁수대는 멀찍감치 떼어놓고 장학과 십이밀위만이 주변을 지켰다.

그리고 어느 틈에 나타났는지 관인(官人)으로 보이는 중년의 사내가 조경 옆에 서 있었다.

"그동안 고마웠어요. 즐겁기도 했고요."

"저 또한 그랬습니다."

이 순간 조경이나 석도명 모두 진심이었다. 신분을 떠나 있을 때 두 사람은 얼마나 친밀했던가?

마음이 착잡해서일까? 잠깐의 침묵이 찾아들었다. 그 침묵을 깬 사람은 조경이다.

"감사의 뜻으로 당신에게 알려줄 게 있어요. 먼저 이것부터 물어야 하겠군요. 무림으로 돌아갈 생각인가요?"

"아직 끝내지 못한 일이 있습니다."

"그렇군요. 하지만 이건 알아두세요. 음악만 갖고 상대하기에는 당신의 적이 너무 강하다는 사실을."

"진무궁주에 대해 아는 게 있으시군요."

"물론이에요. 황상께서 제게 황성사를 자유롭게 드나들 수 있는 권한을 주셨으니까요."

석도명의 표정이 한층 진지해졌다.

황성사. 황제가 직접 관장하는 특별 감찰조직이다. 부용궁주 조경이 황성사를 자유롭게 드나들 수 있다고 한 것은 실제로는 황성사의 힘을 쓸 수 있다는 의미일 것이다.

조경의 말이 이어졌다.

"아마 당신은 천룡부(天龍府)를 상대로 싸워야 할 거예요."

"천룡부라고 하셨습니까?"

석도명이 의아한 표정을 지었다. 처음 듣는 이름이었다.

"아주 오래전의 일이에요. 진왕 영정(진시황)이 천하통일의 꿈을 착실히 이뤄가고 있을 무렵이니 천 년이 넘는 먼 과거의 일이죠. 욱일승천하는 진나라의 힘에 위기감을 느낀 연나라 태자 단(丹)이 자객을 보내 암살을 시도했다가 실패했어요. 그 일은 알고 있을 테죠?"

석도명이 고개를 끄덕였다.

유명한 이야기다. 자객 형가(荊軻)가 진왕을 암살하기 위해 떠나면서 읊었다는 역수가(易水歌)는 지금도 인구에 널리 회자되고 있다.

"결국 연나라는 그 일이 빌미가 돼 진나라에 정복을 당하게 되죠. 연나라 왕실은 나라가 망하는 순간에 한 가지 일을 꾀했어요. 왕궁 무고에 있는 무공비급을 빼돌려 은밀히 고수를 양성하기로 한 거죠. 언제고 진왕의 목을 따겠다는 일념으로."

조경의 이야기는 길었다.

연나라만 같은 생각을 한 게 아니었다. 진나라에 대항하기 위해 긴밀히 손을 맞잡고 있던 여섯 나라가 차례로 무너지면서 똑같은 일을 도모했다.

우국의 충정으로 모인 왕실무사들은 결국 서로 힘을 모아 천하제일의 초인(超人)을 만들기로 하고 멀리 천산으로 숨어들었다.

하지만 불행히도 초인을 탄생시키기도 전에 진시황은 죽고, 진나라 또한 짧은 운명을 마감했다.

왕실무사들이 따르던 여섯 나라의 왕족들은 그 기회를 노려

왕가 부활을 시도했지만, 천하는 결국 유방(한고조)의 손에 떨어지고 말았다. 옛 왕조의 후손들이 택한 길은 한나라에 충성을 서약하고 황제의 신하로 구차하게 살아가는 것이었다.

그로 인해 천산의 무사들은 돌아갈 곳을 영원히 잃었다. 한고조의 회유를 거절한 그들은 천산에서 나오지 않았다. 그들에게 남은 꿈이라고는 무공의 끝을 보고 말겠다는 순수한 열정뿐이었다.

그렇게 세상을 등진 은거기인들이 만든 것이 바로 천룡부(天龍府)였다.

"천룡부가 세상에 나온 일이 있습니까? 아니, 그들이 바라던 초인은 탄생을 했습니까?"

"딱 한 번, 지금으로부터 500년 전에 무황태제로 불리던 천룡부의 절대강자가 있었다고 해요. 허보원(許寶源)이 그의 이름이죠. 하지만 그가 얼마나 강했는지, 또 정말로 초인의 경지에 들었는지는 알 수 없어요. 궁극의 깨달음을 얻은 허보원이 신선이 되어 홀연히 사라졌다는 이야기만 남아 있죠."

"그러면 진무궁이 천룡부란 말씀인가요?"

"천룡부는 허보원이 떠난 뒤 갑자기 세상에서 사라졌어요. 허보원이 가르치던 4명의 제자가 서로 싸워 흩어진 것으로 알려졌지만, 그 내막은 아무도 몰라요. 다만 이런 이야기가 전해 오고 있죠. 사경(四經) 안에 무일공(無一功)이 있도다."

"무일공……."

"무황태제 허보원의 독문무공인 유일공(唯一功)은 천룡부에 축적된 절학의 정화가 응축된 것이었다고 해요."

석도명의 얼굴이 더욱 심각해졌다.

유일공, 세상에 하나뿐인 무공, 혹은 이거 하나면 다 된다는 뜻이다.

얼마나 광오하고 패도적인 이름인가? 천룡부가 그만큼 자신들의 무공에 자신감을 갖고 있었다는 의미이리라.

헌데 무일공은 대체 무슨 뜻이란 말인가? 하나조차 없는 무공이라니!

석도명의 의문에 조경이 스스로 답을 주었다.

"전하는 말에 따르면 허보원이 우화등선에 들기 직전 크게 탄식을 했다고 해요. '하나가 전부인 줄 알았더니, 하나조차 없구나' 하고. 그리고는 그 자리에서 신묘한 무공을 만들어 무일공이라는 이름을 붙였다는 전설이 남아 있죠. 제가 아는, 아니 한나라 이후 역대 황실에서 끌어 모은 천룡부에 대한 정보는 여기까지예요. 그 뒤로 세상을 진동시킨 낯선 이름이 있죠. 천마협과 진무궁. 천룡부의 후예로 추측해 볼 수 있는 건 오직 그들뿐이에요."

"그렇군요······."

석도명의 머릿속에서 생각이 복잡하게 엉켰다.

평생 천마협과 싸웠던 여운도가 천산에 필생의 유업을 남긴 것 또한 천룡부의 전설과 무관하지 않을 듯했다.

그러나 풀리지 않는 의혹들만 끝없이 떠오를 뿐 명쾌한 결론은 얻어지지 않았다.

"아직도 악소천과 싸울 생각인가요? 이대로는 승산이 없는 것 같은데……."

"제가 구하는 것을 이루게 되면 제게도 기회가 있지 않을까 합니다."

모나지 않은 대답이지만, 그 의미는 명확했다.

석도명은 반드시 악소천과 싸울 생각이었다. 다만 지금은 그 준비가 턱없이 모자랄 뿐이다.

"……."

"……."

두 사람 사이에 불편한 침묵이 이어졌다.

조경의 침묵은 석도명을 만류하는 것이었고, 석도명의 침묵은 바뀌지 않는 결심을 보여주는 것이었다.

"하아…… 누가 적투마인지 모르겠군요. 부디 보중하세요."

"공주께서도 보중하십시오."

석도명과 조경이 작별의 인사를 나눴다.

석도명이 다시 한 번 허리를 숙여 보이고 돌아서려는 순간, 조경이 자리에서 일어났다. 그리고 망설이는 기색으로 입을 뗐다. 정말로 해야 할 이야기가 아직 남아 있었다.

"언제고 개봉에 오시면 저를 찾아오세요. 제 오라버니께서 당신의 음악을 들으면 아주 좋아하실 거예요."

"약속은 못 드리겠습니다."

"아뇨, 꼭 와야 할 걸요. 식음가에 무슨 일이 있었는지를 제대로 알려면 제 도움이 필요할 테니까요."

석도명이 놀라서 멈춰 섰지만 조경은 뒤도 돌아보지 않고 자리를 떠났다. 십이밀위가 조경을 엄중히 에워싼 채 숲을 가로질러 갔다.

"궁주의 말씀을 잘 새겨야 할 게야. 보이는 것만이 진실은 아니라네."

장학이 다가와 석도명의 어깨를 두드려주고는 조경의 뒤를 따라갔다.

석도명은 충격에 휩싸여 아무 말도 하지 못했다.

식음가의 일이라니?

그 일은 사마중과 당환지의 도움을 받아 깨끗이 해결한 문제다. 청성일검 정고석을 생각해 조용히 덮었기에 세상에 알려지지 않았을 뿐이다.

'공주가 청성파의 일을 모르고 한 이야기겠지?'

그게 가장 먼저 떠오른 생각이었다.

하지만 의미심장한 장학의 한 마디가 계속 귓가를 맴돌았다. 보이는 것만이 진실은 아니라니? 세상이 알지 못하는 또 다른 비밀이 있음을 넌지시 암시한 것이 아닌가!

식음가의 비극에 얽힌 과거사를 알 수 있는 곳은 천하에 황성사와 무림맹 군사부뿐이라던 남궁설리의 말이 떠올랐다.

그때 장학의 전음이 석도명에게 전해졌다.

『궁주께서 황궁에 돌아가시기로 결정하신 건 자네를 위해 그 일을 따로 조사하시려는 뜻이라네.』

장학은 아무래도 석도명이 자신의 말을 흘려들을까봐 걱정이 된 모양이었다. 그조차도 조경을 생각하는 마음이겠지만.

『꼭 찾아뵙겠다고 전해 주십시오.』

지금은 그 말밖에 할 수가 없었다. 우선은 강해지는 길을 먼저 찾아야 했다.

식음가의 비극에 어떤 흑막이 감춰져 있을지, 조경이 그것을 알아내는 데 시간이 얼마나 걸릴지는 그 다음 문제였다.

사부의 가문에 식음가의 영광을 내리고, 다시 그걸 빼앗아 간 황실.

그곳으로 가려면, 가서 자신의 사부가 얼마나 위대한 분이었는지를 보여 주려면 지금보다 더 높은 경지에 도달해야 했다.

"왜 황상 폐하의 분부를 전하지 않으셨습니까?"

조경을 뒤따르던 중년의 사내가 불편한 음성으로 물었다.

그가 불원천리하고 여기까지 달려온 것은 '사광의 현신으로 불리는 기인을 황궁으로 모시라'는 황제의 친서를 전달하기 위해서였다.

석도명의 등장으로 민심이 황실에서 이반되는 게 아닌가 하는 걱정, 하늘의 뜻을 전하는 신인(神人)을 지극히 모셔야겠다는 생각이 뒤섞인 초대였다.

"저는 분명 그에게 황상의 뜻을 전했어요. 못 들으셨나요?"

물론 조경이 황제와 식음가를 거론하면서 석도명에게 황궁으로 찾아오라고 한 건 사실이다.

"하지만…… 황상 폐하의 뜻은 그런 게 아니라……."

"친서 어디에도 몇 날 몇 시까지 와라, 그런 구절은 없더군요. 혹시 지금 나를 추궁하자는 건가요?"

"아, 아닙니다."

사내가 황망하게 허리를 굽혔다. 황제의 노여움 못지않게 부용궁주가 화를 내는 것도 무서웠다.

"황상께는 제가 잘 말씀드릴 테니 걱정하지 마세요."

"예, 예…… 망극하옵니다."

조경은 그렇게 황도로 되돌아갔다.

석도명과의 기약 없는 재회를 기다리면서.

제9장
뭐든지 셋이다

조경이 떠난 뒤 염장한이 어슬렁거리며 다가왔다.
"우히히, 서운하냐?"
"아뇨."
"난 서운하다. 크험, 공주씩이나 되면…… 노잣돈이라도 좀 주고 가지……."
"그동안 꽤나 챙겨둔 거 다 압니다. 게다가 저는 그보다 더 큰 걸 받았는데요."
"잉? 공주가 나 몰래 너만 따로 챙겨준 겨? 그런 겨?"
"그런 게 아니라, 덕분에 제 가슴이 다시 따뜻해졌으니 그걸로 충분하다고요."

"뭐? 가슴이 따듯해져? 너 혹시…… 그 주제에 황실에 장가들 궁리라도 한 거냐?"

"설마에 설마죠……. 무슨 말도 안 되는……."

석도명이 염장한의 말을 무시하고 앞서 걷기 시작했다.

왜곡과 과장의 귀재인 염장한과 말을 섞을 기분이 아니었다. 기분 좋게 가슴을 간질이는 이런 느낌을 혼자 천천히 곱씹고 싶었다.

얼마 만일까? 아픔이 상처가 돼서 꼭꼭 싸매뒀던, 그리고 파도 소리에 실어 멀리 흘려보냈던 감정 하나가 새싹처럼 고개를 들고 있었다. 서늘한 슬픔으로 뒤덮인 가슴의 상처를 뚫고서.

그것은 석도명이 죽을 때까지 안고 가야 할 누군가를 향한 운명 같은 그리움, 그리고 정(情)이었다.

석도명은 생각했다. 그 수모를 겪으면서도 살아남은 게 결국은 이것 때문이 아닐까 하고.

석도명과 염장한은 혹시 모를 위험에 대비하느라, 먼 거리를 이동한 뒤 깊은 숲에서 밤을 보냈다. 그리고 다음날 아침, 두 사람은 심각한 고민에 빠졌다.

"아니, 왜 또 변덕이야? 천산으로 간다고 했다가, 느닷없이 정반대 편 산동으로 돌아서더니, 이제는 산동에 못 간다고?"

"에휴, 잘 기억해 보세요. 객잔에서 우리가 어디로 갈지를 만천하에 선언하셨잖아요. 더구나 장룡구방이 이를 갈고 있는데 어떻게 장강을 끼고 이동하겠습니까?"

"크흠, 그 자잘한 걸 다 기억하고……."

염장한이 말꼬리를 흐렸다. 내심 뜨끔하기는 한 모양이다.

"그래서 어디로 가려고?"

"동서남북 중 하나겠죠?"

"왜? 동북, 동남, 서북, 서남도 있는데."

"……."

석도명이 염장한의 말에 일일이 대꾸하기를 피하고 생각에 잠겨 들었다.

정말로 마음은 지금 동서남북을 종횡하고 있었다.

서쪽 천산에는 여운도가 남긴 물건이 있고, 북쪽 개봉에는 식음가의 문제를 풀어줄 단서가 있다. 그러나 지금은 두 곳 모두 찾아갈 상황이 아니다.

차라리 남쪽 관음사로 되돌아가 당분간 수련에 매진하는 것도 방법일 듯했다.

아니면, 처음에 마음이 이끌린 대로 산동까지 가볼 생각도 남아 있었다. 물론 가는 길은 많이 바꿔야 하겠지만.

석도명이 한참 동안 고민을 거듭했다. 그리고 드디어 입을 열었다.

"갈 데가 없으면 그냥 여기서 살까요? 공기도 좋고, 새소리도 운치가 있는데."

"흐흐흐흐, 이 산속에 숨어 살자고? 우흐흐흐, 그거 좋은 생각이다. 정말, 좋—은 생각인데, 일단 네 친구나 하나 불러줄래?"

"친구라뇨?"

"배고파 죽겠다고! 까마귀 한 마리만 불러서 구워먹자, 응! 너 걔들하고 친하잖아."

"됐습니다. 저 그런 사람 아니거든요. 그리고 방금 갈 곳이 생각났어요."

석도명이 벌떡 일어나 뒤도 안 보고 걷기 시작했다. 신발을 벗어서 털고 있던 염장한이 허겁지겁 그 뒤를 쫓아갔다.

"쿠엑! 야, 나 신발도 안 신었다고."

* * *

"망할 놈들…… 정사(正邪)가 평화롭게 공존을 해야 한다더니 완전히 종놈처럼 부려먹으려 드는구나."

백발이 희끗희끗한 초로의 사내가 이를 갈며 탁자를 내리쳤다. 그 앞에 앉아 있던 중년의 사내가 눈치를 보며 대꾸를 했다.

"총수, 고정하십시오. 그래도 자미수가 당한 꼴보다는 낫지 않습니까? 고작 사람을 찾는 일인데."

"일이 쉽고 어려움이 문제가 아니라, 우리를 아랫것 다루듯

하는 그 자세가 문제지. 사람 찾는 걸로 시작한 일이 나중에 뭐가 될지 어찌 아느냔 말이다."

초로의 사내, 천하 3대 살수회의 하나인 흑살의 총수 모개지(貌開地)는 심기가 심히 불편했다.

진무궁에 알아서 고개를 숙인 것은 어디까지나 정사가 공존하는 세상에서 마음 편히 살아보자는 속내였다. 그런데 최근의 상황은 좀 묘하게 돌아가고 있었다.

얼마 전 흑살의 최대 경쟁자인 자미수가 제천대주를 잡는다고 나섰다가 재수 없게 황궁 근위대와 조우를 했다는 소식을 듣고 얼마나 쾌재를 불렀던가? 헌데 은밀히 알아본 바에 따르면, 그 배후에 진무궁의 압력이 있었다는 것이다.

공교롭게도 그 무렵 흑살도 진무궁, 정확하게는 수라사자로부터 지시를 받은 상태였다.

제천대주 석도명의 누이로 알려진 천하제일 기녀 설화를 찾아내라는 요구였다.

지금 모개지 앞에는 한 장의 초상화가 놓여 있었다.

유명한 화공이 먼발치에서 설화를 한 번 보고는 그 모습에 홀려 그렸다는 미인도에서 얼굴만 모사한 것이다. 설화의 미인도가 수없이 복제돼 팔려나간 탓에 이런 초상화를 만들어 뿌리는 건 일도 아니었다.

모개지가 알고 있기로는 강소와 안휘 일대에 설화의 초상화가 엄청나게 뿌려진 상태였다. 그리고 진무궁을 따르는 전 문파가 눈에 불을 켜고 설화 즉, 정연과 단호경을 찾는 중이었다.

사람 하나 찾는 게 뭐 그리 대수겠는가 마는 모개지는 예감이 좋지 않았다. 제천대주와 관련된 일이었기 때문이다.

무공을 잃고, 눈까지 멀어 완전히 폐인이 된 줄 알았던 제천대주를 진무궁에서 왜 이리 신경 쓰는 것일까? 혹시라도 엄청난 대반전이 진행되고 있는 건 아닐까 하는 불안함이 스멀거렸다.

'설마…… 단전이 파괴됐으면 무림인으로는 끝장이 난 거다. 반전은 절대로 없다고.'

모개지는 고개를 저었다. 아무리 생각해도 제천대주를 겁낼 이유가 없었다. 더구나 설화를 잡아다 바치는 것도 아니고, 그저 찾기만 하는 일이다.

모개지는 이 성가신 일을 하루라도 빨리 종결짓는 게 차라리 낫다고 생각했다. 그래야 잠이라도 편히 잘 것 같았다.

"맞다. 기껏해야 사람 찾는 일이다. 이왕 하는 거 확실하게 성의를 보이는 게 좋겠지. 본회를 유지하기 위해 필요한 최소 인력만 남기고 전부 동원해서 이 계집을 찾아라."

"저, 손이 부족하니 은퇴한 선배들의 도움을 받아도 되지 않을까요? 본시 여기저기 기웃거리기를 좋아하는 게 노인네들의 속성이잖습니까?"

"알아서 해라."

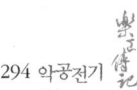

모개지가 귀찮다는 듯이 손을 내저었다.

모개지는 그 한 번의 손짓이 어떤 결과를 가져올지는 상상도 하지 못했다.

*　　　*　　　*

안휘(安徽)의 중심지 합비에는 당나라 때 지어진 명교사(明教寺)라는 대사찰이 있다.

가을이 깊어질 대로 깊어진 어느 맑은 날 명교사 초입에 꾀죄죄한 노인과 얼굴이 보이지 않을 정도로 죽립을 깊이 눌러쓴 사내가 나타났다. 염장한과 석도명이다.

"낄낄, 머리에 땀은 안 차냐?"

"후후, 누구처럼 가을 햇볕에 얼굴을 그을리는 것보다는 낫죠."

"그래, 꽉꽉 눌러 쓰고 다녀라."

석도명이 안대를 풀고 죽립을 쓴 데는 이유가 있었다.

사광이 현신했다는 소문이 퍼져나가는 바람에 지금 사방에서 장님들이 특별대접을 받는 진풍경이 벌어지고 있었다. 사람들이 길을 가다 장님을 만나면 혹시 호금을 갖고 있지 않나 해서 허리춤부터 살필 정도였다.

진무궁의 눈길을 피해야 하는 석도명의 입장에선 곤혹스러운 일이었다.

그래서 조경과 헤어진 뒤, 석도명이 취한 두 가지 행동 가운데 하나가 안대를 벗고 죽립을 쓰는 것이었다.

걷거나 움직이는데 지팡이가 조금도 필요하지 않으니 석도명을 장님이라고 생각하는 사람은 아무도 없었다.

그러고도 마음이 놓이지를 않아서 가급적이면 어두울 때만 이동을 하고, 낮에는 숲에 들어가 휴식을 취했다.

그렇게 해서 거의 한 달 만에 찾아온 곳이 명교사였다.

"에구, 또 절이냐? 이번에는 얼마나 있으려고······."

염장한의 푸념을 한 귀로 흘려들으면서 석도명은 명교사의 산문을 넘어 들어갔다.

머릿속으로는 당환지의 음성이 떠오르고 있었다.

"흐흐, 어디로 가느냐고? 묻지 마라. 알면 다친다."
"다시는 뵙지 못하는 겁니까? 이렇게 떠나시면 누이가 많이 서운해 할 텐데요."
"글쎄다······. 혹시라도 숨을 곳이 필요하거나, 이 못 생긴 얼굴이 보고 싶어서 죽겠거든 10월 보름에 명교사로 와보든지. 찾아왔는데 내가 없으면 그때는 세상을 뜬 줄 알고······."

청성파에서 돌아오는 길에 당환지는 갑자기 작별을 고했다. 개봉에는 다시 돌아갈 일이 없다면서 낙향 길에 오르겠다는 뜻이었다.

떠나기 전에 정연의 얼굴이라도 봐야 하지 않겠냐는 석도명의 만류도 듣지 않았다.

그것이 잘려나간 손목을 정연에게 보이고 싶지 않은 까닭임을 알았기에 석도명은 당환지를 잡지 못했다.

'내일이 보름인데…… 이게 과연 잘하는 짓일까?'

석도명이 당환지를 찾아온 것은 꼭 숨을 곳이 필요하다는 이유 때문이 아니었다. 그냥 당환지가 그리웠을 뿐이다.

여가허를 떠난 뒤로 석도명은 과거를 꼭꼭 묻어뒀다.

지나간 상처만 끌어안고 궁상을 떨고 있을 겨를이 없었다. 억지로 악소천의 사람이 돼 버린 한운영을 구하기 위해, 혹시라도 살아 있을지 모르는 정연이 돌아올 수 있도록 스스로 강해지는 것이 먼저였다.

그런데 비관(悲觀)을 열고 난 뒤로 마음에, 그리고 생각에 작은 변화가 일고 있었다. 아파하는 것도, 그리워하는 것도 있는 그대로 받아들여야 할 마음의 작용이라고.

게다가 조경과의 만남으로 인해 겪은 심경의 변화도 한몫을 했다. 가슴이 따듯해지면 제일 먼저 찾아드는 감정이 그리움인 법이다.

석도명은 당환지가 보고 싶었다. 그게 전부였다.

두 사람이 명교사에 접어들자 지객승이 나와 맞았다.

"어찌 오셨는지요?"

"이곳에서 추억할 사람이 있습니다. 하루만 묵을 수 있겠습니까?"

석도명이 합장을 하며 공손히 허리를 굽혔다.

지객승이 알겠다는 얼굴로 마주 합장을 했다.

사찰에 위패를 모신 고인(故人)의 유족과 친지들이 무시로 찾아와 향불을 올리는 것은 언제나 있는 일이다. 그런 손님을 따듯하게 맞아주는 게 절에서 할 일이기도 했다.

또 이렇게 찾아온 손님들은 대개 불전에 넉넉하게 시주를 올리곤 했다. 비록 두 사람의 행색은 곤궁하기 짝이 없지만 말이다.

"저를 따라오시지요. 지객당으로 먼저 모시겠습니다."

염장한이 냉큼 지객승을 따라나섰다.

"어이쿠 고맙습니다. 헌데…… 마음의 양식이 부족해서 그런가, 자꾸 허기가 집니다 그려."

"허허, 저녁 공양시간이 멀지 않았으니 조금만 기다려주십시오."

"우헤헤, 그 말씀을 들으니 불심이 활활 타오르는군요."

석도명과 염장한이 지객승을 따라 명교사 안으로 사라졌다.

석도명은 그날 밤 쉽게 잠을 이루지 못했다. 당환지를 만난다 생각하니 떠오르는 생각들이 많았기 때문이다.

지객당을 나선 석도명은 명교사 경내를 이리저리 쏘다니다가 어느 구석의 돌계단에 걸터앉았다.

쏴아.

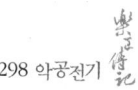

서늘한 바람이 불어와 석도명의 어깨를 쓸고 지나갔다.

뗑그렁, 뗑그렁.

처마 밑에서 풍경이 흔들렸다.

그리고 어디선가 독경을 하는 소리가 나지막이 들려왔다.

석도명은 마음이 착 가라앉는 느낌이었다.

사부를 만나 하늘의 소리를 좇기 시작한 지 벌써 15년째. 소리에 의지를 싣고, 마음을 싣고…… 점점 더 경지가 깊어져 때로 자연과 하나가 되는 것 같은 순간이 간혹 찾아들기도 한다.

그러나 이렇게 무방비 상태에서 만나는 소리는 또 다른 맛이다.

"하늘의 바람이 울고, 땅의 쇠가 울고, 사람이 우는구나……. 이것이 천지인(天地人)의 어울림이 아니고 무엇일까?"

석도명이 낮게 중얼거렸다.

그 자연스런 어울림을 듣고 있노라니 오히려 가슴이 답답했다. 소리의 끝이 잡힐 듯 잡힐 듯하면서도 결정적으로 뭔가가 늘 부족했기 때문이다.

"끌끌, 뒷간에라도 갔나 했더니 여기서 궁상이냐? 시도 때도 없이 청승을 떠는 병은 다 나은 줄 알았는데."

염장한이 어느새 다가와 석도명 옆에 털썩 주저앉았다.

"그냥 잠이 안 와서요."

"그래서 혼자서 삼합의 지고함을 깨닫고 있었던 게냐?"

"삼합이라뇨?"

"방금 그랬잖아, 천지인의 어울림이라고. 삼재(三才; 천지인)가 어울리는 게 삼합이 아니면 뭐냐?"

"하하, 그런가요? 저는 세 번 피하고, 세 번 치는 게 삼합인 줄만 알았죠."

"무식한 놈, 삼(三)이야말로 인생의 기본이요, 우주의 토대라는 걸 알아야지. 솥 다리도 세 개가 달려야 귀하게 쓰이는 법(국가와 왕권을 상징하는 세 다리 솥인 정〈鼎〉을 의미함)이고, 키도 세 척은 되어야 동자 대접을 받고, 내기를 해도 세 번은 결과를 봐야 납득이 되느니."

"그런 논리라면 이(二)가 더 중요하지 않나요? 세상 모든 게 음양의 이치에 따라 둘로 짝 지어져 있으니까요. 남녀, 암수, 일월(日月), 상하(上下), 고저(高低)……, 세 개로 짝을 맞추는 경우는 오히려 드물잖습니까?"

"쯧쯧, 귀를 파고 잘 들어라. 삼합이 왜 삼합인지를 가르쳐 줄 테니. 음과 양만 따로 생각하고 음과 양이 만난 상태는 생각지 않는 게냐? 그건 마치 너도 있고 나도 있지만, 너와 나는 없다는 것과 같은 미련한 생각이다. 모름지기 정(正)이 있으면 반(反)이 있고 그 둘을 합친 합(合)이 있게 마련이다. 남녀가 만나면 그 사이에 자식이 생기는 것과 같은 이치랄까? 아니, 그건 좀 다른 이야기던가? 어쨌든 셋을 합하면 좋다 이거지."

"둘이 있으면 그 합이 있다……."

"그래, 심지어는 싸움에 있어서도 마찬가지다. 내가 있고 적이 있으면, 그 다음에는 적과 내가 만난 결과가 있는 법이지. 싸움이란 내가 때리고, 피하는 것만을 가리키는 게 아니라는 말이다. 둘이 함께 때리고 또 피하고 그로 인해 서로 달라지는 결과까지 봐야 진정한 승부라고 하는 게다. 네놈이 있고, 음악이 있으면 뭐하냐? 그 사이의 합도 생각해야지."

염장한이 보기 드물게 진지한 음성으로 열변을 토했다.

"그렇군요. 먼저 나뉘어 있음을 인정하고 그 합을 생각해야 그 다음에 하나가 되는 거군요."

염장한의 설명은 지나치게 평범하고 단순했지만, 석도명은 그 안에서 말 못할 현기증을 느꼈다.

합(合)이란 무엇인가? 애초에 다른 것이 있음을 먼저 인정하고, 그 다음에 그것이 서로 어울릴 방법을 찾는 것이다.

무조건 내가 음악이고, 음악이 나라는 식으로 밀어붙인다고 범아일여(梵我一如)니 만물일체(萬物一體)의 경지가 실현되는 것이 아니다. 심지어는 염장한의 말마따나 내 목숨을 위협하는 적마저도 그런 합의 대상으로 인정해야 진정으로 이길 수 있는 것이다.

비관(悲觀) 또한 마찬가지였다.

슬픔을 없애주거나, 가져가거나, 대신 짊어지는 게 아니라, 왜 본다고 할까? 남의 슬픔을 남의 것으로 즉, 상대의 입장에서 봐주는 것이 먼저다. 그 다음에야 비로소 그 슬픔이 내 것이 되고, 너와 내가 하나가 될 수 있는 것이다.

혹시 음악에 있어서도 음악과 나 사이의 벽 혹은 서로 다름을 먼저 인정하는 데 소홀하지는 않았을까? 정이 옳다 믿고 반으로 규정지은 것은 섣불리 밀어냈던 게 아닐까?

석도명의 머릿속에서 많은 것들이 뒤엉키기 시작했다.

그동안 배운 것, 경험한 것, 그리고 믿고 살았던 것들을 전부 되짚어 봐야 할 것만 같았다.

석도명은 의식이 아득해지는 것을 느끼면서 언젠가 한 번쯤 맛본 것 같은 황홀경에 빠져들었다.

염장한이 흐뭇한 미소를 지어 보이고 숙소로 돌아간 뒤에도 석도명은 석상이라도 된 듯 그 자리에서 꼼짝도 하지 않았다.

석도명의 머릿속에 그동안 겪어온 싸움들이 아스라이 스쳐 갔다.

정연을 지키기 위해 혼신의 힘으로 막창소와 싸왔던 일. 부운정에서 처음으로 화천대유를 펼쳐 거호대를 물리쳤던 참혹한 기억. 관음의 경지에 눈을 뜨게 했던 장강의 사투. 혈봉을 부리던 만혼적을 상대로 했던 적(笛)과 적의 대결. 무상멸겁진 안에서 맛보았던 기이한 소음과 공포. 자신을 파멸로 몰아넣은 악소천과의 결전.

그 많은 겨룸에서 과연 무엇을 얻고, 무엇을 잃었을까? 그것을 통해 이제 어디로 가야 할까?

밤새 석도명의 머릿속에서는 그동안 쌓아온 온갖 지식과 심득이 형해(形骸)도 없이 부서지고, 새롭게 짜 맞춰지기를 반복했다.

이윽고 날이 밝았다.

석도명은 멀리서 들려오는 새소리를 들으며 정신을 되찾았다.

앉은 자세로 밤을 지새운 탓에 온몸이 쑤시고 아팠지만 마음만은 아침 햇살처럼 맑고 가벼웠다.

하지만 자신이 지난밤에 무엇을 얻었는지는 그저 흐릿했다. 그것은 때가 되면 알게 될 일이었다.

* * *

"왔다. 손목 없는 남자."

아침부터 언덕 위에 앉아 산문을 주시하고 있던 염장한이 낮게 속삭였다. 이미 그림자가 길게 늘어진 늦은 오후였다.

석도명은 산문 근처를 오가는 10여 명의 사람들 가운데 누가 당환지인지 금방 알아챌 수 있었다. 유독 발걸음이 무거운 사람이 하나 있었기 때문이다.

그 걸음 소리에서 들리는 것은 지독한, 그리고 오래된 슬픔이었다. 어지간히 고달프고 험한 삶을 살지 않고서는 저런 슬픔이 배어들 수가 없을 것 같았다.

"잠깐만요."

서둘러 일어나려는 염장한의 팔을 석도명이 붙잡았다. 그리고는 슬쩍 나무 뒤로 몸을 숨겼다.

절 안으로 들어오면서 점점 더 무거워지는 당환지의 슬픔을 방해하고 싶지 않아서였다.

석도명이 모습을 드러낸 것은 당환지가 향불을 올리고 한참 동안 대웅전 앞마당을 서성이고 난 다음이었다.

절을 떠나기 위해 돌아서던 당환지가 석도명을 바라보고는 입을 떼지 못했다.

"너……."

"뵙고 싶어서 왔습니다."

당환지가 인사도 받지 않고 석도명을 쏘아보며 짧게 한 마디를 던졌다.

"따라 와라."

당환지는 명교사를 벗어난 뒤에도 한참을 걸어 인적이 드문 숲속으로 갔다. 주변의 이목을 생각해서다.

짝.

멈춰 서기가 무섭게 당환지는 석도명의 **뺨**을 후려쳤다. 당환지의 손이 날아드는 소리를 들으면서도 석도명은 피하지 않았다.

"그렇게 부탁을 했는데…… 정연이를…… 정연이를 어떻게 할 거냐?"

석도명이 붉게 부풀어 오르는 **뺨**을 어루만질 생각도 못하고 고개를 떨어뜨렸다. 입이 있어도 할 말이 없었다.

당환지가 손목까지 잘라가면서 식음가의 일을 캐준 것은 오로지 정연의 행복을 위해서였다. 헌데 자신은 정연을 지키지 못했다.

당환지가 부들부들 떨면서 소리쳤다.

"정연이를 어떻게 할 거냐고 물었다!"

*　　*　　*

도망치듯 단양을 떠난 정연과 단호경은 서쪽을 향해 힘겹게 움직이고 있었다. 그리하여 석도명이 합비 명교사에 도착했을 무렵에는 경정산(敬亭山) 근방에 이르렀다. 강소를 벗어나 안휘 땅으로 깊이 들어온 것이다.

두 사람의 이동속도는 지루할 정도로 느렸다. 사람들 눈에 뜨이지 않기 위해 산속으로만 다녔고, 어쩔 수 없이 길을 이용해야 할 때는 밤에 이동을 한 탓이다.

정연에게는 매일 매일이 가시밭길이었다. 무공도 모르는 가녀린 몸이 거듭되는 강행군에 거의 허물어지기 직전이었다.

"후우……."

거목 밑에 짙게 드리워진 그늘 속에서 단호경이 긴 숨을 내쉬며 눈을 떴다. 허리를 곧게 편 채 한 치의 흐트러짐도 없이 좌정을 한 자세였다. 심법을 운용해 내공을 고르던 차였다.

도망을 다니는 급박한 상황에서도 단호경은 천지일원공의

수련을 게을리 하지 않았다. 아니, 세상에 믿을 것이라곤 그것 밖에 없기에 목숨을 걸고 매달렸다.

때론 밤에, 때론 낮에 휴식을 취해야 하는 불규칙한 생활 속에서 단호경은 휴식조차 수련으로 대신했다.

부도문이 전해준 진신내공을 자신의 것으로 만들고, 그 다음에는 천지일원공을 대성함으로써 구화진천무를 완성해야 했다.

1년 안에 자신의 내공을 전부 흡수하지 못하면 혈맥이 터져 죽을 것이라던 부도문의 엄포와 달리, 단호경은 아직 살아 있었다. 부도문의 내공을 6할 정도 흡수했을 뿐인데 말이다.

발전 속도는 더뎠지만 단호경은 자신의 몸이 점점 달라지고 있음을 확연히 느낄 수 있었다. 적어도 내기의 흐름이 끊기거나 불규칙해지는 일은 사라진 지 오래였다.

오늘도 천지일원공의 심법을 연마한 덕분에 단호경은 몸이 날아갈 듯 가벼웠다.

"헙!"

단호경이 눈을 뜨는 것과 동시에 탄성을 내뱉었다.

어제 이곳에 도착해 정연의 잠자리를 만들어준 뒤 수련에 들어간 때는 깊은 밤이었다. 헌데 지금은 사방이 어둑어둑해지고 있었다. 밤이 지나고, 낮이 지나 다시 저녁이 찾아오고 있다는 의미다.

대체 시간이 얼마나 지났단 말인가?

황급히 고개를 돌려보니 건너편 나무 밑에 낙엽을 긁어모아 만들어준 정연의 자리가 비어 있다.

단호경이 화들짝 놀라서 일어선 순간, 뒤편에서 정연의 음성이 들렸다.

"나 여기 있어. 오늘 하루 종일 볕이 너무 좋아서……."

돌아보니 정연이 산자락에 불거져 나온 바위 위에서 조심스럽게 걸어 내려오고 있었다.

정연의 손에는 단호경의 옷이 곱게 접힌 채 들려 있었다. 단호경이 깨어나지 않자, 혼자서 여벌의 옷을 빨아 바위에 널었던 모양이다.

"누, 누이 미안합니다. 제가 진즉에 깼어야 했는데……."

"후후, 무공에 취하면 그렇게 시간을 잊는다면서……. 열심히 하는 모습이 보기 좋아."

단호경을 대하는 정연의 태도는 한결 편해져 있었다. 단호경을 진짜 가족으로, 동생으로 받아들였다는 증거다.

정연의 얼굴이 핼쑥한 것을 보고는 단호경이 불현 듯 중요한 사실을 기억해냈다.

"그런데 식사는…… 못하셨죠?"

"나만 그런 것도 아닌데 뭐."

단호경이 고개를 푹 숙였다.

비상식량으로 갖고 다니던 건량이 떨어진 게 벌써 사흘 전이다. 중간에 길을 잃는 바람에 얼마나 깊은 산중으로 들어왔는지, 인가라고는 흔적도 발견하지 못했다. 그저께 저녁에 토끼 한 마리를 잡아 그걸로 어제 아침까지 때우고는 그 뒤로 전혀 먹은 게 없다.

자신이야 운기조식을 한 덕에 어느 정도 기운을 차렸지만, 정연은 그렇지 않다.

오늘은 부지런히 움직여서 식량거리를 마련하리라고 다짐을 했는데 천지일원공에 너무 깊이 빠져드는 바람에 하루를 공으로 날리고 말았다.

"어쩌죠? 벌써 해가 지려고 하는데…… 있을 수도 없고, 출발하기도 그렇고……."

"빛이 조금이라도 있을 때 움직여야지. 같은 곳에서 두 밤이나 보낼 수는 없잖아."

"예."

단호경이 죄스런 얼굴로 정연과 자신의 옷 보따리를 챙겨들었다. 못나게도 남자가 돼 가지고 해줄 수 있는 게 이런 일뿐이다.

정연이 말없이 단호경의 뒤를 따라나섰다.

갈 길은 아직 멀기만 했다. 강소에서 발각이 됐으니 최소한 호북, 멀게는 사천까지 달아날 생각이었다.

운이 좋지 않았던 것일까?
쏴아.

정연과 단호경은 잠자리도 채 찾지 못한 상태에서 갑자기 쏟아지는 폭우를 만났다.

동굴이라도 있으면 좋으련만, 단호경이 아무리 주변을 헤집고 찾아봐도 비를 피할 만한 곳은 나타나지 않았다. 겨우 나무 밑으로 피해 섰지만 한창 낙엽이 지고 있는 가을 나무는 비를 제대로 가려주지 못했다.

'제길, 나란 놈은 누구에게도 도움이 되질 않는구나.'

단호경은 비에 흠뻑 젖어 오들오들 떨고 있는 정연을 보면서 죽고 싶을 정도로 미안했다.

자신이 제때 연공을 마쳤더라면 이 밤 이 깊은 산속에서 대책 없이 이러고 있지는 않았을 텐데, 먹을거리를 구하기 위해서라도 어떻게든 인가가 가까운 곳을 찾아갔을 텐데.

자신이 재수가 없는 놈이라서 정연까지 공연히 고생을 하는 것만 같았다. 추위에 떠는 정연의 몸을 꼬옥 안아주기라도 하고 싶었지만, 혹시 삿된 마음이라도 들까봐 감히 그럴 수가 없었다.

두 사람은 그렇게 나무에 기대어 앉아 밤을 지새웠다. 지옥보다 끔찍한 밤이었다.

마침내 먼 하늘이 희끄무레 밝아오기 시작했다. 비는 그친 지 오래였지만, 습기를 머금은 공기는 여전히 싸늘했다.

"조금 있으면 날이 밝겠네요. 제가 오늘은 꼭 마을을 찾아서 따듯한 음식을 마련해 올게요."

"으응, 고⋯⋯마워⋯⋯."

정연이 힘겹게 자리에서 일어섰다. 아니, 일어서려고 했지만 몸을 가누지 못하고 모로 쓰러졌다.

단호경이 놀라서 정연의 몸을 받아 안았다.

"헉, 누이⋯⋯."

단호경은 그제야 정연의 몸이 불덩어리인 것을 알았다.

"나⋯⋯ 괜⋯⋯찮아⋯⋯."

정연은 그 한 마디를 끝으로 정신을 잃고 말았다.

"안 돼요. 누이, 안 돼⋯⋯."

단호경이 정연을 안아든 채 미친 듯이 소리를 지르며 달려갔다.

어디로 가야 한다는 생각도 없었다. 사람이 지나다닌 흔적이라도 발견하면 무조건 쫓아가야 한다는 마음뿐이었다.

단호경은 경공술을 발휘해 어렵지 않게 봉우리 하나를 넘었다. 그리고 계곡을 따라 내려가다가 산을 가로지르는 외길을 만났다. 그 길을 죽어라 달린 끝에 단호경은 마침내 경정산 반대편으로 나올 수 있었다.

경정산 남쪽 자락에 위치한 세안촌(洗眼村)의 유일한 의원인 유정무(劉正茂)는 동이 채 트기도 전에 잠에서 깨야 했다. 누군가가 요란하게 문을 두드렸기 때문이다.

"도와주시오! 사람이 죽어가오!"

성가신 마음으로 문을 연 유정무는 불평 한 마디 못한 채 상대를 안으로 들여야 했다. 검을 비껴 찬 무림인이기도 했지만, 우람한 체구와 우락부락한 인상을 감당할 수 없었기 때문이다.

그 낯선 거한, 단호경이 울상이 돼서 정연을 방바닥에 내려놓았다.

"며칠째 먹지를 못하고, 비를 맞더니 몸이 불덩이 같소. 살려야 하오! 반드시 살려야 하오!"

단호경이 득달같이 달려드는 바람에 유정무가 서둘러 맥을 짚었다. 유정무의 입가에 이내 미소가 떠올랐다.

"허허, 뭐 이 정도를 갖고 살려내라고 난리요? 열이나 내리게 한 뒤, 잘 먹고 푹 쉬면서 원기를 며칠 보충하면 그만이겠는 걸……"

"저, 정말이오? 고맙소."

정연이 위중한 상태가 아니라는 말에 단호경이 가슴을 쓸어내렸다.

"일단 탕약을 달여 줄 터이니 그것부터 먹이고 봅시다."

유정무가 밖으로 나가더니 잠시 뒤 탕약 그릇을 들고 들어왔다.

단호경이 조심스레 정연을 깨워 숟가락으로 탕약을 떠먹였다.

"허허, 부인을 위하는 마음이 끔찍하시구려. 허긴, 그 얼굴……"

유정무가 뒷말을 급히 삼켰다. 그 얼굴로 어디서 이런 미녀를 얻었냐고 물을 뻔했던 것이다.

"크흠, 혹시 모르니 신열을 내리는 데 특효가 있는 환약을 지어주리다."

유정무가 단호경의 눈치를 보며 슬그머니 방을 나가 약방으로 들어갔다.

잠시 뒤 단호경도 조용히 밖으로 나갔다. 그리고 마당에서 약방을 바라봤다.

'미안하오. 당신의 목숨을 취해야겠소.'

단호경은 정연의 안전을 위해서라면 지옥이라도 갈 마음이었다. 이런 촌구석의 의원 명줄을 따는 건 일도 아니라고 생각했다.

유정무가 환약을 조제해 종이에 싸느라 부스럭대는 소리를 들으며 단호경이 오른손을 천천히 허리춤으로 가져갔다. 그리고 검 손잡이를 움켜쥐었다.

하지만 단호경은 선뜻 검을 뽑지 못했다. 불쑥 석도명의 얼굴이 떠오른 탓이다.

'형님이라면 어떻게 하셨을까?'

고민은 잠깐이었다.

단호경이 고개를 저으며 검에서 손을 뗐다. 석도명이라면 어떤 어려움이 있더라도 내 편의와 안전을 위해 남의 목숨을 빼앗는 짓은 절대로 하지 않을 것이다.

그건 정연도 마찬가지였다. 이런 식으로 자신을 보호하는 걸 정연은 결코 원하지 않을 터였다.
 단호경은 정연의 몸에서 열이 떨어지기 시작하는 것을 보면서 서둘러 떠날 준비를 했다.
 날이 밝았으니 머지않아 환자들이 찾아올 테고, 그들의 눈에 띄어서 좋을 건 하나도 없었다.
 다행히 마을이 워낙 작은 탓인지 단호경이 정연을 안아 들고 문을 나설 때까지 의원을 찾아온 환자는 아무도 없었다.
 단호경이 다시 경공술을 발휘해 세안촌을 바람같이 빠져나갔다.
 그 모습을 유정무가 문가에 서서 바라보고 있었다.
 "저렇게 황급히 달아나는 걸 보니 틀림없구먼."
 유정무가 혀를 차며 가슴 안에서 뭔가를 꺼내 들었다.
 그것은 정연의 초상화였다.
 가끔씩 들러서 착실하게 보호비를 뜯어가는 하오문의 무사들이 얼마 전에 맡기고 간 물건이었다.
 그림 속의 여자를 찾지 못하면 여러 사람이 줄초상을 당할 것이라는 협박과 함께.
 "쯧, 내가 사람 살리는 의원이지만…… 우선은 나부터 살아야지."
 남을 밀고해야 한다는 사실이 미안하기는 했지만 아무리 생각해도 결론은 하나였다.

'혹시라도 마을을 오가는 중에 두 사람이 누군가의 눈에 띈다면, 그래서 그들이 잡힌다면, 그리고 내가 지어준 환약이 발견된다면…… 결국 나도 죽는다!'

 마음을 정한 유정무가 밖으로 달려 나갔다. 단호경이 사라진 쪽과는 정반대 방향이었다.

제10장
갈림길에서

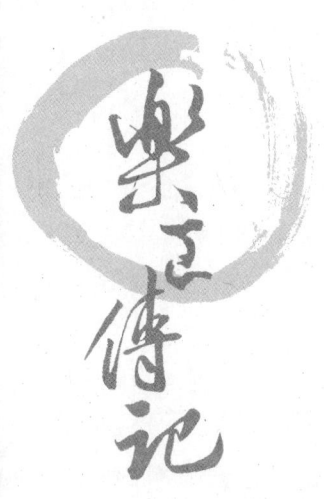

"자, 이제 어디로 갈 참이냐?"

염장한이 지팡이를 들어 눈앞의 표목(標木; 푯말)을 툭툭 치며 물었다.

대통(大通), 청양(靑陽).

갈림길이었다.

오른쪽으로 가면 서북쪽으로 올라가 장강에 도달하고, 왼쪽으로 가면 서남쪽으로 내려가 멀리 구화산(九華山)에 이르게 된다.

"어느 쪽일 거 같습니까?"

"글쎄다. 여태까지 산을 타고 이동한 거 보면 구화산이 아닐까?"

"역시 그럴까요?"

"하지만 쫓기고 있는 상황이니 이쯤이면 역으로 허를 찔러서 강으로 가는 게 더 현명하지 않을까? 아니면 거기서 또 역으로 가서 산으로…… 아냐, 강이야, 아니 산일까, 강일까……."

"……."

염장한이 정신 사납게 갈팡질팡 해대는데도 석도명은 달리 타박하지 않았다. 자신의 머릿속 또한 그 못지않게 꼬이고 있었기 때문이다.

아무리 생각해도 답은 쉽게 나오지 않았다. 한 번 삐끗하면 다시는 돌이킬 수 없는 선택이었다.

'누이, 어느 쪽이에요? 어디로 가야 해요?'

석도명이 애타는 마음으로 표목을 붙잡았다. 마치 간절하게 빌면 표목이 답을 알려주기라도 할 듯이.

석도명은 정연과 단호경이 세안촌에 나타났다는 소식을 듣고 서둘러 남쪽으로 내려온 길이었다.

그 사실을 알려준 사람은 당환지였다. 은퇴한 살수들까지 전부 동원해 정연을 찾으라는 흑살 총수 모개지의 결정이 당환지와 옛 동료들에게 전달된 덕분이다.

당환지는 정연이 발견된 마지막 지점만 가르쳐 주고는 선주(宣州)로 가는 중이었다.

가장 가능성이 없는 길이었지만 만약의 경우에 대비해 퇴물이나 다름없는 늙은 살수들에게 동남쪽을 맡긴 것이었다.

지금 안휘 일대의 온갖 방파들이 정연을 쫓느라 혈안이 된 상태였다. 그리고 무엇보다 머지않아 소식을 들은 막창소가 나타날 터였다.

수백 아니, 수천 명의 수색꾼을 동원한 막창소와 이제는 당환지와의 연락조차 끊긴 자신. 누가 먼저 정연을 찾을 것인가? 결국은 초를 다투는 시간 싸움이었다.

석도명은 입이 타들어갔다.

갈림길에서 왼쪽이냐, 오른쪽이냐를 선택하는 데 따라 정연과 자신의 운명이 결정될 것이다. 그래서 쉽게 정할 수가 없었다.

"누이……."

석도명의 입에서 탄식에 가까운 음성이 흘러나왔다.

석도명이 간절한 마음으로 얼마나 표목을 감싸 안고 있었을까? 어디선가 갑자기 대기를 가르는 미약한 움직임이 느껴졌다.

석도명이 운명 같은 예감에 고개를 번쩍 쳐들었다.

하느작거리는 작은 날갯짓.

정연이 좋아하는 나비였다.

"우잉? 꽃이 진 지가 언젠데 웬 나비야? 너도 많이 게으른 놈이구나. 히히."

나비 한 마리가 어디선가 날아와 석도명의 머리 위를 맴돌고 있었다. 그러더니 무엇에 놀라기라도 한 듯이 한 방향으로 달아나 버렸다.

강남이라고는 해도 이 무렵이면 나비가 점점 사라질 시기였다.

나비 한 마리의 등장이 석도명의 마음을 결정지었다.

"오른쪽으로 갑니다."

"그러자고, 저 게으른 놈을 따라 가보자고."

뭐라고 설명할 수 없는 결정이었다.

석도명은 갑자기 나타난 나비 한 마리가 자신을 부르는 정연의 마음이 아닐까 싶었다.

어차피 머리로는 결정할 수 없는 일, 우연에라도 맡길 수밖에 없었다.

하늘이 두 사람의 만남을 원치 않는다면 그 우연도 통하지 않겠지만.

석도명과 염장한이 오른쪽, 그러니까 장강으로 이어지는 길로 사라지고 반나절이 지난 다음 누군가가 같은 자리에 모습을 드러냈다.

막창소였다.

막창소는 갈림길 앞에서 조금도 망설이는 기색이 아니었다. 정연이 어느 방향으로 갔는지를 정확히 알고 있기 때문이다.

"후후, 구화산으로 몰아넣었단 말이지."

막창소가 발을 굴러 석도명이 간 방향과는 반대편으로 급히 달려갔다.

*　　*　　*

"제길, 보는 족족 목을 땄어야 했나……."

산등성이 위에서 산 아래를 살펴보던 단호경이 낮게 중얼거렸다.

단호경은 오늘 아침녘에야 자신과 정연이 쫓기고 있다는 사실을 알아챘다. 지형을 살피기 위해 높은 곳에 올라갔다가 산자락 아래로 수상한 사람들이 움직이고 있는 것을 발견했기 때문이다.

급히 자리를 옮겼지만 상황은 계속 나빠졌다. 시간이 지날수록 사람들의 숫자는 빠르게 늘어났다. 급기야 이제는 앞쪽에서도 사람들이 모습을 속속 드러내고 있었다. 포위망에 갇힌 꼴이었다.

10여 일 전 정연의 약을 지어준 의원을 죽이지 않은 게 새삼 후회스러웠다. 아니, 그걸로 끝날 일은 아니었다.

그날 마을을 빠져나오다가 땔감을 긁어모으고 있던 노부부와도 마주쳤고, 사흘 전에는 단호경 혼자서 산을 내려가 아이가 넷이나 딸린 화전민 가족에게서 음식을 얻어 오기도 했다.

그들을 전부 죽이지 못한 이상 언제고 꼬리를 밟힐 수 있다고 생각했지만 지금의 상황은 예상 밖이었다.

단호경은 막창소가 강소와 안휘, 절강의 사파와 하오문까지 동원해 자신들을 쫓고 있을 줄은 상상도 하지 못했다.

'어쩐다…….'

막창소가 이마를 찌푸리고 장고에 들어갔다. 평생 머리 쓰기를 게을리 하고 살았지만, 이 위기를 넘기려면 나쁜 머리라도 쥐어짜야만 했다.

답은 좀처럼 나오지 않았다. 추격 속도를 보니 상대는 전부 무림인이다.

정연의 걸음으로는 따돌릴 수 없는 상대다. 민망함을 각오하고 정연을 업고 뛸까 하는 생각도 잠시 했지만, 그 역시 좋은 방법은 아니었다.

자신의 체력이 고갈되는 것과 비례해 두 사람의 생존 가능성도 떨어질 테니 말이다.

"숨을 곳을 마련해 드리겠습니다. 그리고 제가 저들을 유인해 볼게요."

"그래……."

정연이 두말없이 고개를 끄덕였다.

단호경이 숨을 만한 곳을 찾기 위해 황급히 몸을 돌렸다.

순간, 단호경은 뭔가가 이상하다는 생각이 들었다. 정연이 마치 당연하다는 듯이 승낙을 한 게 묘하게 마음이 걸렸다.

자신보다 정연이 먼저 같은 생각을 한 모양이다. 그런데 왜 자신이 말을 꺼낼 때까지 기다렸을까?

'설마?'

단호경이 자기 머리를 쥐어박았다.

정연의 생각을 뒤늦게 읽은 것이다. 저들이 쫓는 사람은 자신이 아니라, 정연이다.

자기 혼자서 달아난다고 모든 사람이 뒤를 쫓아올 가능성은 낮았다. 오히려 정연이 어딘가에 숨어 있다고 판단하는 게 정상이다.

정연은 자신을 떼어놓을 생각인 것이다. 자기 때문에 두 사람이 모두 잡히는 걸 원치 않은 것이다.

"아닙니다. 죽어도 같이 갑시다."

생각을 바꾼 단호경이 대답도 듣지 않고 정연의 손을 잡아끌었다.

그리고 빠르게 산을 내려가기 시작했다. 아직은 사람이 많지 않은 정면의 포위망을 뚫는 게 그나마 확률이 높아보였다.

"헉헉!"

단호경이 가쁘게 숨을 몰아쉬면서 나무 뒤에 몸을 숨겼다.

보다 못해 정연을 업고 뛰기 시작한 게, 벌써 한 시진째다. 내공은 물론, 체력까지 고갈되기 직전이다.

여기서 더 움직였다가는 적을 만나도 검 한 번 휘두를 여력이 없을 지경이었다.

숨을 고르고 있던 단호경의 얼굴에 긴장감이 떠올랐다. 저 앞쪽에서 숲을 헤치며 사람들이 움직이는 기척이 포착됐기 때문이다.

알고 오는 것인지, 그냥 정해둔 방향대로 움직이는 것인지 스무 명을 헤아리는 사내들은 단호경과 정연이 숨어 있는 곳을 향해 거침없이 다가왔다.

단호경이 정연에게 가만히 앉아서 기다리라는 손짓을 보내고 조용히 몸을 일으켰다. 어떤 경우에든 상대가 정연을 보게 해서 좋을 게 없었다. 거리가 더 좁아지기 전에 먼저 공격을 가할 생각이었다.

기척을 죽이고 앞으로 나간 단호경은 상대가 일 장 이내의 거리로 좁혀지자 번개처럼 튀어나갔다.

쌔액.

단호경의 검이 날카롭게 허공을 갈랐다. 상대의 정체도, 용건도 묻지 않았다. 만에 하나 자신들과 무관한 사람일 수도 있겠지만, 궁지에 몰린 상황에서 그런 희박한 가능성 때문에 정연을 위태롭게 할 수는 없었다.

"으헉!"

"악!"

사내들이 짚단처럼 베어졌다.

과거 중검(重劍) 일변도였던 단호경의 검은 엄청난 속도를 자랑했다. 아무리 하오문의 졸개들이라 해도 스무 명이나 되는 인원을 단 두 호흡에 벨 수 있는 고수는 흔치 않았다.

다만, 검을 뽑아 대항하려고 한 다른 사내들과 달리 처음부터 호각을 빼어 물었던, 제일 뒤쪽의 사내를 베는 게 반걸음 늦었다.

삐이익!

사내의 마지막 숨이 실린 날카로운 호각 소리가 숲을 갈랐다.

"제길……."

단호경의 얼굴이 참담하게 일그러졌다.

지금까지 아슬아슬하게 피해왔는데 포위망 안에서 결정적으로 위치가 발각되고 만 것이다.

"누이, 갑시다!"

정연이 고개를 저었다.

"서두르지 말고 숨부터 돌려."

정연은 자신을 업고 뛰느라 단호경이 지친 것을 알았다. 무공은 잘 모르지만 단호경이 완전한 상태였다면, 마지막 사내가 호각을 불 틈을 허용하지 않았으리라.

몇 발자국을 더 움직이는 것보다는 단호경이 충분히 힘을 비축하는 게 옳았다. 그래야 최후의 순간, 자신이 잘못되더라도 단호경이 살아남지 않겠는가.

"쉬더라도 일단 여기는 피해야죠."

단호경이 정연을 덥석 안아들고 다시 뛰기 시작했다. 정연을 설득하거나, 양해를 구하고 안아드는 예의는 과감히 생략하기로 했다.

단호경은 발자국을 남기지 않기 위해 계곡을 흐르는 작은 냇물로 뛰어들었다. 그리고 중간에 물줄기를 가로막은 바위를 박차고 뛰어올랐다.

다행히 바위 위로 버티고 선 절벽 밑으로 움푹 파인 틈새가 눈에 띄었다.

단호경은 정연을 제일 안쪽으로 들여보내고, 그 앞에 좌정을 하고 앉았다. 그리고 천지일원공의 구결에 따라 내기를 끌어 모으기 시작했다. 이제야말로 촌각에 촌각을 다투는 시간 싸움이었다.

얼마간의 시간이 흐른 뒤 단호경이 운기조식을 마치고 눈을 떴다. 단호경의 눈빛은 침울했다.

'악운은 절대로 피해가지 않는구나.'

바위 아래쪽으로 사람들이 냇물을 철벅이며 다가오고 있었다. 그뿐이 아니었다. 단호경은 뒤편 절벽을 제외한 사방이 살기로 가득 차고 있음을 느꼈다.

예상대로 숨을 가다듬을 시간을 조금 벌었을 뿐, 적을 따돌리지는 못한 것이다.

단호경이 천천히 자리에서 일어났다. 그리고 고개를 돌려 정연을 봤다.

막다른 골목에 몰렸음을 알았기에 정연의 표정은 그저 담담했다. 단호경을 위해 밝은 미소를 지어줄 정도의 침착함도 잃지 않았다.

단호경은 정연을 향해 고개를 한 번 숙여 보이고는 돌아섰다. 자신을 향한 정연의 밝은 미소가 되레 칼날이 되어 가슴을 갈기갈기 찢어 놓았다.

저렇게 고운 사람에게 하늘은 왜 시련만 안기는 것일까? 아무 욕심 없이 사랑하는 사람과 함께 있겠다는 게 그렇게도 큰 죄란 말인가?

이윽고 바위 밑에서 10여 명의 무사들이 뛰어올라왔다. 절벽 아래의 공간이 그리 넓지 않은 탓에 더 이상은 발을 디딜 틈이 없었다.

"네가 단호경이냐? 너 혼자서는 어쩔 수가 없을 게다. 이 산이 전부 너를 쫓는 사람으로 가득 찼으니 말이다. 지금이라도 그 계집을 내어놓으면 너는 보내주마."

"푸흐흐, 겁 대가리 없는 것들. 내가 바로 열화검이다."

단호경이 일말의 주저함도 없이 검을 뽑아들었다. 그리고는 구화진천무 2초식 화천대유를 펼쳤다.

화르르.

단호경의 검에서 붉은 불꽃이 넘실거리며 타올랐다.

퍼엉.

다음 순간 시뻘건 불덩어리가 쏘아졌다.

"으악!"

"크읙!"

"악, 뜨거!"

좁은 공간에 몰려 서 있던 10여 명의 상대가 단 일검에 잿더미가 돼 바위 밑으로 굴러 떨어졌다.

단호경은 거기서 멈추지 않고 발을 굴러 앞으로 달려 나갔다. 그리고 바위 끝에서 아래쪽으로 재차 검을 휘둘렀다.

퍼퍼퍼펑.

바위 밑에 몰려 있던 200여 명의 사내들이 비명을 지르며 흩어졌다.

숫자만 많았지 단호경을 감당할 수 있는 고수는 존재하지 않았다.

과거 열화검이라는 별호를 얻었을 때와는 비교도 할 수 없을 정도로 단호경은 강해져 있었다. 고작 6할밖에 흡수를 하지 못했지만, 부도문의 내공이 실린 구화진천무는 절정의 화력을 보여줬다.

매캐한 연기와 살 타들어가는 냄새가 사방에 진동을 했다.

피 냄새를 맡은 사냥개처럼 미친 듯이 몰려들었던 추적자들이 주춤주춤 뒤로 물러나 서로 눈치를 살폈다.

덤벼들자니 불꽃이 일렁이는 단호경의 검이 무서웠고, 그렇다고 이대로 포위망을 풀어 다 잡은 사냥감을 놓아 보낼 수는 더더욱 없었다.

휘이익!

그때 어디선가 휘파람 소리가 들려왔다.

그 소리에 단호경을 멀찍이 둘러싸고 있던 사내들이 미련 없이 뒤로 물러났다. 그리고는 뒤도 돌아보지 않고 사라졌다.

그뿐이 아니었다. 단호경의 검에서 터진 폭발음을 듣고 멀리서 고함을 지르며 달려오던 사람들의 기척이 일순간에 지워졌다. 1,000여 명을 헤아리는 사람들로 시끄럽던 숲이 깊은 정적에 빠져들었다.

단호경은 그 정적이 의미하는 바를 알았다.

'왔구나.'

서늘한 두려움이 목덜미를 타고 흘러내리는 느낌이었다.

이윽고…… 그가 나타났다.

"크흐흐, 살아줘서 고맙다. 정말로……."

막창소가 웃음을 흘리며 모습을 드러냈다.

"개자식."

"흐흐, 사실은 개만도 못한 자식이지."

"그래, 이 개만도 못한 자식아!"

단호경은 자신도 모르게 소리를 지르고 있었다. 막창소를 이길 수 없다는 두려움 때문이었다.

화르르.

단호경이 두려움을 애써 누르며 검에 불을 피워 올렸다.

그러나 막창소는 서두르는 기색이 아니었다.

"내 여자는 잘 있나? 오래 못 봤더니 가슴이 다 두근거리네.

아, 나한테 그런 인간적인 가슴이 남아 있다면 말이지."

"흥, 네 여자는 사창가에서나 찾아봐라. 거기에 네 수준에 맞는 애들이 좀 있을 테니."

"후후, 그렇지 않아도 적당히 갖고 놀다가 사창가에 보낼 생각도 있어."

"죽일 놈."

단호경이 분을 참지 못하고 검을 치켜들었다.

퍼엉.

단호경의 분노만큼이나 뜨거운 불덩어리가 막창소를 덮쳤다.

막창소가 느긋하게 검을 뽑았다. 마음이 느긋했다는 뜻이다. 검은 눈에 보이지 않을 정도로 빨랐다.

타타타탕.

그저 손을 한 번 뻗은 것 같았는데 막창소의 검은 순식간에 불덩어리를 난자했다. 내공의 우위를 살린 막창소의 수법에 불덩어리는 산산이 흩어졌다.

단호경이 재차 불덩어리를 쏘아보냈지만 막창소는 여유롭게 불을 걷어내며 바위 위로 뛰어올랐다.

바위 끄트머리에서 막창소를 내려다보던 단호경이 다급하게 뒤로 물러났다.

막창소가 자신의 뒤로 떨어질 게 두려워서다. 거기서 몇 발자국 거리에 정연이 있지 않은가.

막창소가 떨어져 내리는 기세를 실어 검을 내리쳤고 단호경이 일만격의 오의를 실어 무겁게 맞받아쳤다.

꽝!

두 개의 검이 정면으로 부딪치면서 천둥치는 소리가 터졌다.

"끄응."

단호경의 입에서 신음이 새어나왔다.

힘겨루기를 즐길 생각인지 막창소는 자신의 검으로 단호경의 검을 계속 찍어 눌렀다.

단호경이 죽을힘을 다해 맞섰지만 팔이 점점 뒤로 밀리면서 두 사람 사이의 간격이 계속 좁혀졌다.

"흐흐, 실력이 많이 늘었네. 어디서 기연이라도 얻었나?"

"웃기지 마. 내 인생 자체가…… 기연이다."

막창소의 비아냥거림을 단호경이 지지 않고 받아쳤지만, 음성이 떨리는 것은 어쩔 수 없었다.

"푸흐흐, 이것도 받아보시지."

막창소가 왼손을 들어 비스듬히 뻗었다. 현란한 초식을 발휘한 게 아니라, 그저 일직선으로 단호경의 심장을 겨눴다. 받아볼 수 있으면 받아보라는 도발이었다.

단호경이 왼손을 뻗어 막창소의 손을 가로막았다. 막창소를 향한 분노가 폭발한 탓이었을까?

단호경의 내기에 흡수되지 못한 채 겉돌고 있던 부도문의 진신내공이 왼손바닥으로 몰려들었다.

안에서 터져나간 것 같기도 하고, 어쩌면 밖에서 뭔가가 잡아당긴 것 같기도 했다.

펑!

두 개의 손바닥이 마주치는 순간 또다시 폭음이 터졌다.

단호경이 절벽 밑까지 주룩 밀려났다. 내상을 입었는지 단호경의 입에서는 선혈이 흘러내렸다.

막창소 또한 뒤로 주춤주춤 밀려난 뒤에야 겨우 몸을 바로 세웠다.

막창소의 얼굴이 흉하게 일그러졌다.

충격도 충격이지만, 몸 안에서 기혈이 묘하게 들끓고 있었다.

'이건 대체 뭐지?'

삼문협에서 단호경과 싸웠을 때도 마지막 순간에 이런 기묘한 충격을 받는 바람에 두 사람이 벼랑에서 뛰어내리는 걸 지켜봐야 했다.

문득 허이량의 음성이 떠올랐다.

"평생 수라대법에 의지해서 사실 생각이시오?"

허이량은 수라인이 반쪽짜리 무공이라고 했다. 자신의 청을 들어주면 나머지 반쪽을 어디서 찾을지를 알려주겠다고도 했다.

막창소는 그게 어디 있는지를 깨달았다.

"크흐흐, 네놈이 바로 나의 반쪽이었구나."

"징그러운 놈. 여자로는 부족했더냐? 남자 몸까지 탐하다니."

"흐흐, 어쨌거나 고맙다. 네가 나에게 두 가지를 선물하는구나."

막창소가 검을 곧게 세우고 단호경에게 달려들었다.

이제 상대를 희롱할 생각은 없었다. 단 일초라도 빨리 단호경을 무릎 꿇려 그의 내공을 흡수하고, 정연을 차지해야겠다는 갈망뿐이었다.

수라대법에서 벗어날 길을 찾았다고 생각하니 마음이 조금 너그러워졌다. 정연을 다시 아껴주면서 평생을 같이 살아보리라는 의욕마저 솟구쳤다.

까가가강.

막창소가 사납게 단호경을 몰아갔다.

단호경은 막창소의 검을 막아내기에 급급했다. 조금 전 내공을 겨루는 바람에 큰 피해를 입은 쪽은 단호경이었다. 단시간의 운기조식으로 겨우 다스려놓은 내기의 흐름이 토막토막 끊어져 구화진천무를 제대로 펼칠 수가 없었다.

단호경은 정신력으로, 악으로 버티고 또 버렸다.

쨍그랑.

마침내 단호경의 손에서 검이 떨어졌다. 막창소가 검을 차서 멀리 날려 버렸다. 그리고 자신의 검을 비틀어 단호경의 어깨를 검면으로 내리쳤다.

으득.

단호경은 어깨뼈가 부러지는 것을 느끼며 그 자리에서 정신을 잃었다.

먼저 무릎이 꺾이고, 머리가 앞으로 힘없이 숙여졌다. 그리고 단호경의 거구가 천천히 앞으로 고꾸라졌다.

하지만 단호경의 몸이 땅바닥에 나동그라지기 직전에 막창소가 머리를 움켜쥐었다.

막창소가 백회혈(百會穴)에 손바닥을 대고 가만히 내력을 밀어 넣었다. 자칫하면 사람을 절명시키거나, 영원히 백치로 만들 수도 있는 위험한 일이었지만 막창소는 조금도 개의치 않는 표정이었다.

예상대로 단호경의 몸 안에서도 내기가 들끓기 시작했다. 그리고는 막창소의 내기와 서로 밀고 잡아당기는 듯하더니 이내 막창소의 내기가 사라졌다. 없어진 게 아니라 단호경의 몸 안으로 깨끗이 흡수가 됐다고 보는 게 옳았다.

"흐흐흐, 역시 이거였어."

그때 정연이 바위틈에서 걸어 나와 매섭게 외쳤다.

"그 손 치워! 네 목적은 나잖아. 다른 사람은 해치지 마."

"크흐흐, 오랜만이다. 다른 사람은 해치지 말라고? 내가 누굴 해쳤는데? 마음만 먹었으면 네년 어머니와 시집 간 동생년들까지 찢어 죽이고도 남았지만 그러지 않았다. 널 구하겠다고 미쳐서 날뛰는 것들이 아니면, 손 하나 댄 일이 없다고. 어디 그뿐이냐? 너 하나 때문에 내 인생이 다 망가졌는데도 난 참았단 말이다!"

"그러니까, 날 가지라고! 나 하나를 차지하는 걸로 다 끝내란 말이야!"

"흐흐, 그런데 어쩌지? 너무 늦었어. 너 때문에 괴물이 됐는데 이제 다시 사람이 될 방법을 찾았거든. 그러니까 난 다시 사람이 돼서 널 가질 거라고. 네가 날뛰면 이놈은 당장 죽어. 그것보다는 무공만 잃고 목숨이라고 건지는 게 낫잖아. 석도명이라는 놈이 그랬던 것처럼······."

"이익······ 나쁜 놈······."

단호경의 목숨을 끊어놓겠다는 말에 정연이 막창소를 차갑게 쏘아봤다.

그러나 단호경의 목숨이 위태로운 상황에서는 손끝 하나도 움직일 수가 없었다.

"호경 동생······ 미안해······."

정연의 눈에서 주룩 눈물이 흘러내렸다.

정연이 체념하는 것을 보면서 막창소가 비릿하게 웃었다.

그리고 숨을 가다듬기 시작했다. 이제는 단호경의 몸에서 내공을 흡수할 차례였다.

바로 그때였다.

막창소는 주변의 공기가 갑자기 달라지는 기이한 느낌에 고개를 들었다. 그리고 자기 눈을 의심해야 했다.

때도 아닌데 하늘에서 하얀 눈송이가 떨어지고 있었다. 아니, 머리 위로 나풀나풀 가까워지는 그것은 눈송이가 아니었다.

나비.

수천, 수만 마리에 달하는 하얀 나비가 하늘을 뒤덮으며 날아와 정연과 막창소 주변을 에워쌌다.

나비의 하늘거리는 몸짓이 꿈결 같은 분위기를 자아냈지만 막창소는 불길한 예감으로 등골이 오싹해졌다.

그 순간 숲을 가로지르며 또 한 떼의 나비가 몰려들었다. 그 속에서 노인 하나가 뛰쳐나와 바위 위로 올라섰다.

"에고, 변덕스런 놈들. 오락가락하더니 결국 제대로 왔군. 우히히, 신통하다 신통해."

염장한이었다.

염장한을 발견한 정연이 놀란 표정으로 입을 열지 못했다.

석도명이 머물던 해운관의 관장이라는 노인이 이곳에 왜 갑자기 나타났을까? 의미심장하게 나비 떼를 몰고 온 것이 이 노인이란 말인가? 아니, 석도명이 혹시 관계된 건 아닐까?

정연이 놀라는 까닭을 알지 못하는 막창소가 매섭게 염장한을 노려봤다.

"늙은이, 길을 잘못 든 모양인데 이 미물들을 데리고 당장 꺼져라."

"우헤헤, 미물이라니? 애들도 먹을 게 없어지면 알아서 돌아간다고! 그게 자연의 섭리라는 거다, 임마!"

막창소가 화를 참지 못하고 검을 뽑아들었다.

고작 나비 떼를 앞세워 천하의 수라사자를 놀리다니! 잔인한 살심이 뭉개 뭉개 피어올랐다.

피웅.

막창소의 검이 대기를 찢으며 염장한의 허리를 베었다.

"웃차."

염장한이 다급히 허리를 굽혀 막창소의 검을 아슬아슬하게 피해냈다.

막창소가 잇달아 걸음을 앞으로 내딛으며 검을 내밀었다. 단 한 호흡에 막창소의 검이 열두 번의 변화를 일으키며 염장한의 상반신을 쓸어갔다.

"이크."

염장한이 뒤로 넘어지면서 몸을 연달아 틀었다. 염장한은 팽이가 쓰러지듯 빙글빙글 돌면서 막창소의 뒤로 돌아갔다. 그리고는 냉큼 걸음을 뒤로 물렸다.

"교활한 놈."

막창소가 이를 갈았다. 염장한이 무엇을 노렸는지를 뒤늦게 알았기 때문이다.

순식간에 두 사람의 자리가 바뀐 것이다. 이제 정연과 단호경이 모두 염장한 뒤에 있었다.

막창소가 다시 압박해 들어가려는 찰나, 염장한이 손을 들어 한 곳을 가리켰다.

"우히히, 너 임자 만났다."

막창소의 고개가 반사적으로 돌아갔다.

바위 아래 계곡 끝에서 누군가가 천천히 걸어오는 중이었다.

깊이 눌러쓴 죽립 밑으로 사내의 손이 보였다. 사내는 걸으면서 피리를 불고 있었다.

이상하게 사내가 정성을 다해 부는 것 같은데 피리에서는 아무런 소리가 들리지 않았다.

그런데도 사방에 가득한 나비 떼가 소리 없이 떠올라 소용돌이를 이루면서 사내에게로 날아갔다.

그 기이한 광경에 막창소가 얼어붙은 듯 꼼짝도 하지 못했다. 나비를 다룬 것은 노인이 아니라, 저 의문의 사내였던 것이다. 저자가 대체 누구기에 노인은 자신이 임자를 만났다고 큰소리를 치는 걸까?

이윽고 바위 아래편에 다다른 사내가 피리를 내려놓았다.

그 순간 나비 떼가 사방으로 흩어졌다. 복사꽃이 스러지는 듯한 장관이 다시 한 번 연출됐다.

그리고 사내가 천천히 죽립을 벗었다. 사내의 정체는 물론 석도명이었다.

석도명의 모습을 보고서야 막창소는 뒤늦게 이해되는 부분이 있었다.

사광 현신!

짐승을 불러 모으고, 하늘의 뜻을 대신해 땅을 뒤흔드는 기적으로 민심을 떠들썩하게 만들었다는 소문은 과연 허튼 것이 아니었다.

막창소가 충격을 가누지 못하고 소리쳤다.

"석. 도. 명! 또! 또! 네놈이냐!"

자신이 정연을 어찌 해보려고 할 때마다 나타나 초를 쳤던 놈이다. 사부의 손에 폐인이 된 뒤로 끝장이 났나 했더니 기이한 재주를 익혀 다시 되돌아왔다.

그것도 하필이면 자신이 정연을 차지하고, 괴물의 신세를 면할 수 있는 이 결정적인 순간에.

"또 당신이오? 죽어서도 악행을 끝내지 못할 사람이군요."

"흥, 내가 악행을 끝낸다면 그건 바로 네놈을 죽인 다음에 할 일이다."

"과거에도 그랬듯이 내 비록 힘이 부족하다고 하나, 목숨을 걸고 당신과 싸울 것이오."

"오냐! 네놈의 그 수상한 짓거리를 나도 한 번 경험해 보자. 짐승이든, 하늘이든 다 짓밟고 너를 죽여주마."

막창소가 검을 높이 세워들고 허공으로 뛰어올랐다. 그리고 먹이를 노리는 한 마리 독수리처럼 석도명을 향해 떨어졌다.

석도명 앞에서 다시 인간이기를 포기한 막창소의 가슴에서 걷잡을 수 없는 증오가 끓어올랐다. 막창소의 검이 핏빛으로 붉게 물들었다.

"도명아······."

막창소의 모습이 심상치 않은 것을 보면서 정연이 낮게 석도명을 불렀다.

가슴이 근심과 기쁨으로 요동을 쳤다. 자신의 자리에서는 바위 아래쪽에 있는 석도명의 모습이 조금도 보이지 않았지만 말이다.

"우히히, 걱정하지 말라고. 저놈이 뭔 짓을 할지는 아무도 모르거든. 하여간 이상한 놈이라서."

염장한의 자신 있는 음성에 정연은 마음이 조금 놓이는 기분이었다. 정연이 황급히 정신을 차리고는 땅바닥에 엎어져 있는 단호경을 돌보기 시작했다.

하지만 정작 염장한은 긴장의 끈을 놓치 못하고 있었다. 막창소의 무공이 생각 이상이었기 때문이다.

더구나 석도명이 무슨 짓을 할지는 자신도 정말로 알 수가 없었다.

'망할 놈, 이번에는 어쩔 거냐? 고작 까마귀 몇 마리 부르는 재주나, 땅을 흔드는 걸로는 싸울 수 없을 텐데.'

그 순간 바위 아래편에서는 막창소가 공중에서 몸을 틀어 떨어지는 것을 보면서 석도명이 느릿하게 피리를 들어올렸다. 그리고 피리에 바람을 불어 넣었다.

우웅!

도저히 피리 소리라고는 생각되지 않는 엄청난 소리가 터져 나왔다.

갸르르릉—!

석도명의 머리를 노리고 아래로 내리친 막창소의 검이 아무것도 없는 허공에서 요란한 소음과 함께 불꽃을 튀겼다. 마치 거대한 암벽을 그어대기라도 하는 듯한 광경이었다.

타닥.

막창소의 발이 땅에 닿았다. 석도명의 몸에 난 터럭 하나 건드리지 못한 상태였다.

'헉, 이게 뭐지?'

막창소는 눈앞에 벌어진 상황을 도저히 믿을 수가 없었다.

석도명과 자신 사이에는 아무것도 존재하지 않았다.

헌데 검이 눈에 보이지 않는 방어막에 막힌 것처럼 뭔가에 부딪쳐 허공에 멈춰 섰다.

그리고 마치 허공에서 숫돌이 돌기라도 하는 듯, 검 끝에서는 연신 불꽃이 튀었다. 더구나 손에 전해지는 끊임없는 진동은 또 뭐란 말인가?

만일 자신이 환각에 빠진 게 아니라면, 분명 석도명과 자신 사이를 뭔가가 가로막고 있는 것이다. 헌데 그게 대체 뭔지 상상도 할 수 없었다.

우웅.

오직 하나 확실한 것이라고는 석도명이 피리를 입에 물고 있다는 것. 그리고 그 피리에서 참기 힘든 괴로운 소음이 퍼지고 있다는 것뿐이다.

 막창소의 이마에 땀이 맺히기 시작했다.

 '설마, 이 소리가?'

 드물기는 했지만 음공을 쓰는 자들 가운데 악기를 연주해 상대를 쓰러뜨리는 자들이 있다고 했다. 하지만 소리로 호신강기를 펼친다는 이야기는 들어본 적이 없다.

 그런데 지금 석도명이 보이고 있는 수법이 꼭 그런 게 아닌가? 정말로 지금 이 현상이 피리 때문이라면 말이다.

 막창소의 추측은 크게 어긋나지 않았다.

 피리에서 흘러나오는 소리는 과거 석도명이 멸겁무상진에서 경험한 것이다. 당시 석도명을 끔찍한 죽음의 공포로 몰아넣었던, 그리고 사마형조차 뚫지 못했던 그 소음이었다.

 며칠 전 염장한이 펼친 삼합론을 듣고 과거의 싸움을 돌이켜보던 과정에서 가장 마음에 걸렸던 게 바로 혈봉을 부리던 만혼적과 멸겁무상진이었다.

 수많은 싸움을 겪었지만, 소리를 다루는 자로서 석도명의 진정한 한계를 시험했던 건 그 두 가지뿐이었다.

 석도명은 그때부터 그 두 가지 소리를 자연의 노래에 실어보기로 했다.

 석도명이 알고 있는 천하의 소리 가운데 파괴적인 힘을 지닌 것, 그러니까 무공과 접점을 갖고 있는 게 달리 없었기 때문이다.

그동안 마음속에서는 수도 없이 재현해 보고, 스스로에게 시험해 봤지만 그걸 밖으로 펼치기는 오늘이 처음이었다.

지금 석도명의 상황은 멸겁무상진의 중궁 안에 들어가 있을 때와 비슷했다.

소리로 만들어진 회오리가 석도명을 감싸고 거칠게 돌아가고 있었다. 멸겁무상진과의 차이라면 거대한 안개 기둥 대신에 눈에 보이지 않는 소리의 기둥이 만들어졌다는 것, 그리고 그 기둥 밖의 세상은 모든 것을 소멸시키는 지옥이 아니라, 그저 있는 그대로의 자연이라는 것 정도다.

'시간과 공간이 비틀리고 있는 것 같아.'

석도명과 세상을 격리시켜 주고 있는 소리의 기둥은 단순히 호신강기 같은 것이 아니었다. 두께가 채 한 자도 되지 않는 소리의 기둥 안의 세상은 시간이 흐르는 것도, 거리도 느껴지지 않는 기이한 공간이었다.

"징그러운 놈!"

막창소가 힘으로 석도명을 어떻게 해보려는 생각을 버리고 뒤로 물러났다.

대신 다른 방법이 떠올랐다.

정체가 뭔지 모르겠지만 석도명은 단단한 방벽 안에 들어가 있다. 그 말은 그 방벽을 스스로 허물지 않는 한 상대를 공격

할 방법도 없다는 뜻일 것이다.

성을 공략하려면 두꺼운 성벽을 깨는 것보다는 성문을 여는 게 효과적이다. 그것도 할 수만 있다면 스스로 성문을 열고 나오게 하는 게 최선이다.

"오냐, 너 혼자 그 안에서 잘 놀아봐라."

막창소가 급작스럽게 몸을 돌려 바위 위로 다시 뛰어 올라갔다. 그리고 염장한에게 달려들었다.

막창소의 생각은 간단했다. 염장한을 쓰러뜨리면 정연과 단호경이 무방비 상태로 노출된다.

정연의 목숨을 손에 쥐는 순간 석도명이 어떤 재주를 부려도 소용이 없을 것이다.

바위 아래 혼자 남겨진 석도명의 얼굴에는 당혹한 기색이 역력하게 떠올랐다. 막창소에게 제대로 허를 찔린 셈이었다.

한편 막창소가 갑자기 돌아서서 자신을 찔러오자 염장한은 대경실색을 했다.

막창소의 검에 어린 저 붉은 빛이 강기라는 사실은 강호의 밥을 몇 달만 얻어먹어도 알 수 있는 일이었다.

설령 바위를 때려 부수는 재주가 있다고 해도 맨손으로 강기를 막아낼 수는 없는 법이다. 검강에 못지않은 권강을 발출하는 경지가 아니라면.

"우하학! 이러지 마시라고. 이 늙은 게 무슨 힘이 있다고. 켁켁."

막창소가 그 말에 귀를 기울일 이유는 물론 없었다.

슈우욱.

강기를 머금은 검은 대기를 가르는 소리부터가 달랐다.

염장한이 흰 거품을 뿜으며 털썩 주저앉았다.

뜻한 것인지 아닌지는 알 수가 없으나 결과적으로 두 무릎을 가지런히 모아 꿇은 모습이 됐다.

그것도 모자랐는지 염장한이 머리를 조아리며 넙죽 엎드렸다. 아니 엎드리는 것 같았다.

다음 순간 염장한은 앞으로 내딛은 손을 축으로 빙글 몸을 돌렸다. 등껍질에 들어간 거북이가 얼음판 위를 미끄러지듯이 염장한의 신형이 빠르게 회전을 했다. 그리고 순간적으로 두 발이 쭉 뻗어 나와 막 걸음을 내딛고 있던 막창소의 발목을 후려쳤다.

물론 쾌속한 기습이기는 했지만, 그 정도에 발목을 내줄 막창소가 아니었다.

"흥!"

막창소가 코웃음을 치며 염장한의 공격을 피해 살짝 뛰어올랐다. 그리고 그 상태에서 검을 아래로 찔렀다.

염장한이 누운 상태에서 흐느적거리며 막창소의 검을 흘려보냈다. 막창소가 착지를 하는 것과 동시에 재차 검을 휘둘렀다.

"으헉!"

염장한은 미처 몸을 일으켜 세울 틈도 없었다. 다급한 비명과 함께 염장한의 몸이 또다시 흐느적거렸다. 마치 진흙 밭에 던져 놓은 미꾸라지가 꿈틀대듯이 그 와중에도 용케 검을 피해 내더니 염장한이 냉큼 막창소의 가랑이 사이로 굴러들어갔다.

염장한이 느닷없이 자신의 사타구니를 공격하자 이번에는 막창소가 기겁을 하며 뒤로 물러섰다. 하지만 염장한은 땅바닥을 연신 굴러가면서 집요하게 따라붙었다.

염장한이 간격을 좁혀 버리는 바람에 막창소는 제대로 초식을 발휘할 수가 없었다. 세상에 어느 검법이 자신의 사타구니 근처를 공격하는 초식을 담고 있겠는가? 그것도 강기를 머금은 무시무시한 검을.

염장한이 비명을 질러대며 막창소의 아랫도리 부근을 맴도는 모습은 너무 처절해서 오히려 우스꽝스러웠다.

그런 실랑이가 몇 합이나 오갔을까? 염장한이 막창소의 한쪽 발목을 손으로 붙잡는데 성공했다.

문제는 그로 인해서 흐느적거리던 염장한의 움직임이 멈춰 버렸고 막창소가 마침내 마음껏 검을 휘두를 목표가 생겼다는 점이다.

염장한이 서둘러 복숭아 뼈 바로 밑에 위치한 복참혈(僕參穴)을 눌렀다. 하지만 막창소의 왼쪽 다리를 마비시키는 게 고작이었다.

반면 분노한 막창소의 검이 염장한의 등짝을 향해 가차 없이 떨어졌다.

쿵!

염장한의 등에 검이 꽂히기 직전 막창소의 몸이 세차게 튕겨져 나갔다. 조금 전까지 의식을 잃고 있던 단호경이 이를 악물고 일어나 전속력으로 막창소를 받아버린 것이다.

막창소가 몇 차례 바닥을 구른 뒤 다리를 절며 일어섰다. 반면, 막창소에게 왼쪽 어깨뼈가 부러지는 중상을 입고 있던 단호경의 처지는 더욱 좋지 않았다. 입에서 피를 뿜으며 버둥거리더니 끝내 동공이 풀리면서 의식을 놓고 말았다.

그리고 염장한 또한 성치 못했다. 빗나간 막창소의 검이 그 와중에도 등판을 3분의 1가량이나 깊이 베고 지나간 상태였다.

"나쁜 놈! 몇이나 죽여야 분이 풀리겠어?"

염장한과 단호경에게 달려가 연신 피를 닦아내던 정연이 막창소를 향해 소리쳤다.

하지만 이미 막창소에게는 정연의 이야기를 들어 줄 이성조차 남아 있지 않았다.

무력을 휘두르고 행패를 부리는 건 자신인데도 막창소는 여러 사람이 자기 하나를 괴롭힌다는 묘한 피해의식에 사로잡혔다.

왜 사람들이 하나같이 자기만 미워하고, 똘똘 뭉쳐서 자기를 방해하려고 하는 걸까? 정연은 저 멧돼지 같은 놈조차 제 편으로 받아들이면서 왜 자신만 미워한단 말인가? 어린 시절

딱 한 번의 실수를 제외하곤 열과 성을 다해서 정연을 감싸고 보호하려고 했던 자신의 마음은 왜 이렇게 짓밟히고 무시를 당해야 하나?

막창소가 분노에 눈이 멀다 못해 걷잡을 수 없는 심마에 사로잡히고 말았다.

"우하하하! 다 죽어! 나를 무시하는 것들은 전부 죽으라고!"

막창소가 하늘을 올려다보며 악을 써댔다.

그사이에 바위 위로 기어 올라온 석도명이 정연과 염장한에게 가까이 가는 것도 이미 막창소의 눈에는 들어오지 않았다.

가슴 속에서 피가 끓어올라 머릿속이 터질 것만 같았다.

마침내 막창소의 몸 깊은 곳에서 검은 그림자가 번져 나와 몸과 의식을 잡아먹기 시작했다. 그 그림자의 정체는 수라대법을 펼치면서 피를 통해 흡수된 사자(死者)의 원념과 사기(邪氣)였다.

막창소의 몸 안에서 기혈이 터져나갈 듯이 빠른 속도로 들끓었다. 그와 동시에 전신에서 붉은 기운이 넘실거렸다. 검에 맺혀야 할 강기가 몸으로 발출된 것이다.

심지어는 두 눈에서도 붉은 광망이 줄기줄기 쏟아져 나왔다.

막창소는 스스로 저주해 마지않았던, 그리고 다시는 돌이킬 수 없는 괴물로 변하고 말았다. 자신을 인간으로 돌릴 수 있는 방법이 바로 코앞에 있었는데 말이다.

막창소의 심상찮은 변화를 읽은 염장한이 신음을 내뱉었다.
"어이쿠…… 만수무강은 틀렸구나. 다 틀렸어. 에구구……."
그토록 그리워했던 석도명의 얼굴조차 제대로 볼 틈이 없었던 정연의 얼굴에도 짙은 체념이 서렸다. 염장한의 탄식이 없었더라도 지금 막창소의 상태가 인간의 한계를 벗어난 것이라는 사실쯤은 쉽게 알 수 있었다.
"고마워…… 그리고 미안해."
"그런 말은 나중에, 아주 나중에 하세요."
석도명이 정연을 돌아보지도 않은 채 앞으로 나섰다.
냉정하게 여겨질 수도 있는 태도였지만, 석도명은 지금 전심전력을 다해 막창소와 맞서고 있는 중이었다. 막창소의 몸에서 뿜어져 나오는 사기를 똑바로 대하는 것도 쉬운 일은 아니었다.
"크크크, 너도 죽고…… 너도 죽고…… 너도 죽고…… 너도 죽어……."
막창소가 혈안을 번득이며 천천히 다가왔다.
이지를 상실한 탓에 손에서 떨어진 검을 주워들 생각조차 하지 않았다. 그저 맨손을 앞으로 뻗은 채 뚜벅 뚜벅 걸을 뿐이었다.
석도명이 다시 피리를 입으로 가져갔다.
그리고 긴 호흡으로 바람을 불어넣었다. 멸겁무상진의 소리를 다시 불러내는 게 아닐까 싶었지만, 이번에는 아무런 소리가 나지 않았다.

툭.

바로 다음 순간 석도명의 손에서 피리가 떨어졌다.

무슨 까닭인지 석도명은 부들부들 떨고 있었다. 잔뜩 일그러진 얼굴이 순식간에 땀으로 물들었다.

그 모습을 보고는 염장한이 입술을 깨물었다. 평소 오두방정 떨기로는 천하에 적수가 없는 염장한이었지만, 이 순간만큼은 머릿속으로 떠오르는 생각을 차마 내뱉을 수 없었다.

어차피 감당할 수 없는 상황. 정연에게 미리 공포를 심어주고 싶지는 않았다.

'으아, 하필 이런 순간에 주화입마라니……'

염장한이 보기에 석도명의 증상은 분명 주화입마였다.

그 까닭도 쉽게 짐작이 갔다. 서둘러 소리의 기운을 끌어 모으려다 막창소가 내뿜는 강력한 사기에 심지(心地)가 흔들린 것이리라. 막창소에게서 느껴지는 저 무시무시한 기운은 염장한도 난생처음 경험하는 것이었다.

"제길…… 세상에 믿을 건 자신밖에 없다더니……."

염장한이 비틀거리며 힘겹게 몸을 일으켰다.

하지만 몸이 제대로 말을 듣지 않아 비틀거리기만 했다. 정연이 다급히 팔을 잡아주지 않았더라면 앞으로 크게 고꾸라질 뻔했다.

막창소는 꼼짝도 하지 못하고 서 있는 석도명에게 바짝 다가서고 있었다. 피에 주린 막창소의 손이 본능적으로 석도명의 심장을 찔렀다.

바로 그때 석도명의 몸이 가볍게 흔들렸다. 그리고는 막창소의 손을 자신의 겨드랑이에 끼어 버렸다.

이번에도 부도문에게 배운 삼척보를 펼쳐 가까스로 심장이 뚫리는 위기를 피해낸 것이다.

석도명의 삼척보는 내공이 없는 탓에 장거리를 이동하거나 고수들과의 접전 상황에서 통할 수 있는 수준은 아니었다. 그렇지만 지금 같은 절체절명의 순간에는 구명지책(求命之策)으로 한 번쯤은 효과를 발휘하는 정도는 됐다.

문제는 전신이 강기에 휩싸인 막창소의 손을 겨드랑이에 낀다고 해서 상황이 달라지지는 않는다는 점이었다.

"크억, 저놈이 죽으려고 환장을 했나?"

염장한이 다급하게 한 마디를 내뱉고는 입을 다물지 못했다.

주화입마에 빠진 놈이 어떻게 몸을 움직인단 말인가? 그러고 보니 이상했다. 단전이 깨져 내공을 쓰지 못하는 녀석이 어떻게 주화입마에 빠질 수 있겠는가?

염장한은 대체 석도명에게 어떤 일이 벌어지고 있는 건지 짐작조차 할 수 없었다. 그저 지켜보는 수밖에는.

"죽어. 죽어."

한쪽 팔을 잡힌 막창소가 발악을 하며 남은 손을 치켜들었다.

석도명이 그에 아랑곳하지 않고 막창소를 와락 안아 버렸다. 그리고 휘파람을 불 듯 입을 모아 막창소의 얼굴에 바람을 내뿜었다.

우웅!

조금 전 막창소를 괴롭혔던 기이한 소음이 이번에는 석도명의 입에서 뿜어졌다.

그 소리가 고스란히 막창소의 입으로 옮겨졌다.

엉겁결에 그 소리를 들이킨 막창소가 끔찍한 비명을 질러댔다.

"크아아악!"

막창소가 발악을 해대는 바람에 석도명이 뒤로 튕겨져 나왔다. 힘없이 튕겨 나간 석도명의 몸은 바닥을 굴러 거의 절벽 밑까지 간 다음에야 겨우 멈췄다.

다음 순간, 막창소가 피분수를 뿜으며 통나무처럼 쓰러졌다. 아니, 그 몸이 바닥에 채 닿기도 전에 산산이 찢겨 나갔다.

막창소는 땅바닥에 잔뜩 피를 뿌리고는 가루가 되어 사라졌다. 잔인한 표현을 쓰자면 누군가가 거대한 맷돌로 막창소의 시체를 순식간에 갈아버린 것 같았다.

석도명이 땅을 짚고 힘겹게 일어났다.

'잔인하지만 어쩔 수 없었다. 아니, 어쩌면 내가 먼저 죽을지도 몰랐어.'

석도명은 막창소가 사기를 내뿜으며 다가오는 것을 보면서 말할 수 없는 위기를 느꼈다. 강기로 채워진 막창소의 몸이 소리의 기둥조차 뚫고 들어올지도 모른다는 생각이 들었기 때문이다.

막창소의 기운은 검에 깃든 강기와는 비교할 수도 없을 정도로 강력한 것이었다.

그래서 순간적으로 떠올린 생각이 소리의 기둥을 만들어 몸을 보호하는 대신 그 소리를 자기 몸 안으로 빨아들였다가 막창소에게 불어넣는 것이었다.

소리와 하나가 될 수 있는 자신과 달리, 시간과 공간을 초월하는 소리를 감당할 수 있는 육신은 세상에 존재하지 않으리라는 생각이 들었기 때문이다. 확신은 없었지만 그것이라도 시도해 보지 않을 수 없는 급박한 상황이었다.

그리고 결과는 생각했던 것보다 성공적이었다.

"우헤헤. 이번에도 제수기 맞아 떨어진 거냐? 아아, 내가 산합권만 대성했으면 세 주먹에 끝낼 수 있었는데."

너스레를 떨어대는 염장한에게선 조금 전 다 죽어가던 모습을 찾아볼 수 없었다. 그만큼 석도명의 승리가 믿기지 않고, 기쁜 것이리라.

하지만 석도명은 그 소리를 듣고 있지 않았다.

자신을 향해 종종걸음으로 다가오는 나지막한 발소리 외에는 아무것도 들리지 않았다.

석도명이 창백한 얼굴에 가득 미소를 떠올렸다. 이 순간 할 말도, 할 수 있는 말도 없었다. 석도명만 그런 게 아니었다.

정연이 달려가 석도명을 와락 껴안았다. 석도명이 말없이 두 팔을 정연의 등에 감았다.

두 사람의 심장이 세차게 뛰었다. 석도명은 그 기분 좋은 두근거림을 오래도록 느끼며 서 있고 싶었다.

"왔구나. 네가 와줬어."

"누이는 언제나 제가 지키잖아요."

"그래, 그랬지."

정연이 석도명의 눈가를 쓰다듬으며 뜨거운 눈물을 흘렸다. 이렇게 나타나줘서 고맙고, 살아 있어줘서 고마웠다.

하지만 석도명이 두 눈을 잃은 게 너무 가슴이 아팠다. 자신이 억지로 등을 떠밀어 진무궁으로 보낸 탓인 것만 같아서 가슴이 찢어질 듯 아팠다.

그 마음을 석도명이 고스란히 헤아렸다.

"괜찮아요. 원래 사부님께서 달라고 했던 눈인 걸요. 결국 제 눈을 가져가신 건 사부님의 뜻이 아닌가 싶어요."

"널 그렇게 보내는 게 아니었는데……."

"저도 그렇게 누이를 떠나는 게 아니었어요. 하지만 또 같은 상황이 되더라도 누이는 나를 보낼 거잖아요."

"그래, 그래도 내 마음에서는 절대로 너를 보내지 않을 거야. 마음으로는……."

정연이 다시 석도명을 껴안았다.

석도명의 입에서 어떤 대답이 나오더라도 실망하지 않을 생각이었다. 이렇게 눈앞에서 석도명을 보고 있는 것만 해도 충분할 것 같았다.

"제 마음도…… 누이를 떠난 일이 없어요."

"하아……."

정연은 석도명의 가슴에 얼굴을 묻고 뜨거운 눈물을 하염없이 쏟아냈다.

석도명이 그런 정연의 등을 따듯하게 쓰다듬었다.

다만 이 순간에도 그 아름다운 광경을 눈뜨고 봐주지 못하는 사람이 하나 있었다.

"야, 애정행각은 여기 이놈부터 살려놓고 하라고!"

염장한의 외침에 석도명과 정연이 팔을 풀고 한 걸음씩 물러났다.

할 말은 며칠 밤을 새도 부족할 정도로 많았지만, 지금은 그럴 때가 아니었다.

두 사람의 운명을 좌우할 거대한 태풍은 아직 가시지 않은 상태였다.

* * *

진무궁 군사부, 허이량의 집무실이다.

과거 사마중이 쓰던 때와 달라진 게 별로 없는 방 안을 허이

갈림길에서 355

량이 홀로 서성이고 있다.

뭐가 마뜩치 않은지 이마를 찌푸리고 있던 허이량이 다소 신경질적인 태도로 벽 한쪽에 서 있는 서가로 다가갔다. 그리고는 서가 상단에 쌓여 있는 책을 한쪽으로 밀어 놓고는 벽을 손으로 힘껏 눌렀다.

그르릉.

돌이 마찰하는 소리가 낮게 울리면서 석판을 잇대어 깔아놓은 방바닥이 갈라졌다. 그 안에서 밑으로 내려가는 계단이 나타났다.

무림맹을 건설한 사마세가가 몰래 만들어둔 비밀 공간으로 들어가는 입구였다.

진무궁이 무림맹 건물을 차지한 뒤, 이 통로의 비밀을 알고 있는 사람은 오직 허이량뿐이다.

허이량이 계단을 내려갔다. 그리고 방바닥이 다시 닫혔다.

밑으로 내려온 허이량은 횃불을 밝혀 들고 어두운 통로를 거침없이 걸어갔다. 그리고는 통로 끝에 있는 문을 밀고 들어갔다.

방 안에는 사내 하나가 쇠사슬에 묶여 있었다.

허이량이 다가서자 사내가 천천히 고개를 들었다.

"아직도 협조할 생각이 없나?"

"끄끄끄, 술에 독이나 푸는 놈들하고는 안 놀아."

"허허, 그 일은 두고두고 미안하게 생각하외다. 그대의 단전이 텅 비어 있는 줄 알았더라면 그런 짓은 하지 않았을 텐데 말이오."

"끄끄, 혀에 기름칠은 그만 둬. 그런다고 독주(毒酒; 독을 탄 술)가 미주(美酒; 맛있는 술)가 되진 않는다고."

태연한 음성과 달리 부도문의 몰골은 처참했다.

내공의 대부분을 단호경에게 준 상태에서 독에 당한 터라, 그 후유증으로 피부 곳곳이 썩어 들어가고 있었다.

허이량이 마음만 먹는다면 금방 치료를 하고도 남겠지만, 뜻하는 바를 이루기 전에는 손을 쓸 생각이 전혀 없었다.

"잃어버린 걸 서로 되찾자는 건데, 이렇게 비협조적으로 나올 까닭이 없지 않소이까?"

"끄끄, 나는 잃어버린 것도 찾을 것도 없으니, 헛수고 그만하고 끝내지. 그 전에 술이나 한 잔 주면 좋고."

부도문은 허이량의 회유와 협박에 꿈쩍도 하지 않았다. 허이량을 조금도 믿지 않았기 때문이다.

"허허, 말이 통하지 않는구려. 조금 있으면 미친개 한 마리가 올 게요. 그자의 먹이가 될 판인데 술타령이나 할 게요? 내 인내심에도 한계가 있소이다."

"내 인내심은 한계를 넘은 지 오래야. 끄끄끄……."

부도문이 더 이상을 말을 섞지 않겠다는 듯이 고개를 돌려버렸다.

"쯧쯧, 이렇게 정신이 썩어빠진 자를……."

허이량이 뭔가를 더 말하려다가 그만 뒀다. 굳이 부도문을 상대로 미주알고주알 떠들어댈 필요가 없다는 생각이 들어서다.

허이량이 돌아서서 나가며 냉랭하게 말했다.

"나중에 후회하지 마시오. 당신을 먹어치울 그 미친개는 흡혈도 마다하지 않으니까."

허이량이 문을 닫고 나간 뒤 부도문이 나지막이 중얼거렸다.

"흡혈이라고……."

뭔가가 가슴에 묵직하게 떨어지는 느낌이었다.

허이량이 자신을 잡아 가둔 까닭이 분명해졌다. 그리고 진무궁 안에 흐르는 기묘한 기류를 알 수 있을 것 같았다.

"끄끄끄, 과거를 되돌리려는 자와 그것을 입맛대로 고치려는 자가 있군……."

어둠 속에서 부도문의 음성이 공허하게 울려 퍼졌다.

집무실로 되돌아온 허이량은 다시 깊은 고민에 빠져들었다.

여기저기서 벌여놓은 일이 뜻대로 되지 않고 있었다.

무엇보다 부용궁주의 개입으로 놓쳐 버린 석도명의 존재가 자꾸만 불안했다.

소문으로 들리는 그 괴이한 재주가 만에 하나 사실이면 어쩌나 하는 불안감에 더해 또 하나의 근심이 더해졌다. 석도명이 황실을 배경으로 삼을 수도 있다는 점이다.

생각할수록 억울했다. 거의 다 잡은 놈을 놓치다니!

막창소가 제대로 약속을 지켰더라면 신검비영 장학의 방해를 떨쳐낼 수 있었을 텐데. 막창소는 제멋대로 사라져 지금까지 연락이 닿지 않고 있다.

"수라사자…… 그대가 책임지고 그 악사 놈의 목을 따야 할 게야. 그래야 저주를 풀 수 있을 테니 말이야."

허이량은 석도명을 잡기 위해서라면 부도문을 산 채로 막창소에게 넘겨줄 생각이었다. 스스로 입을 열지 않을 게 분명한 부도문과 씨름을 하는 데 지쳤기 때문이다.

이렇게 저렇게 생각을 짜 맞추다 보니 남은 문제는 역시 산동에 틀어박혀 있는 사마세가의 존재였다.

"교활한 놈들…… 그렇게 파헤쳤는데도 끝을 안 보이다니……."

허이량이 사마세가의 문제로 얼마나 생각에 잠겨 있었을까?

그르르릉.

집무실 바닥이 다시 열렸다. 허이량이 연 게 아니라, 누군가가 비밀 통로를 통해 안으로 들어온 것이다.

나타난 사람은 복면을 쓴 사내였다.

복면인이 허이량 앞에 한쪽 무릎을 꿇어 보이고는 말없이 서찰 한 통을 내밀었다.

허이량이 서찰을 받아들자 복면인은 아직 열려 있는 지하 계단으로 소리 없이 사라졌다. 사내가 사라진 직후 바닥은 다시 닫혔다.

허이량이 서찰을 펼쳐 들고 빠르게 읽어 내려갔다. 그 얼굴에 만족스러운 미소가 번져 나갔다.

"후후, 사마세가가 드디어 움직이기 시작했군. 이번에는 궁주께서 가만히 계시지 않겠어."

뭐가 그리 유쾌한지, 허이량은 벽에 걸린 대륙의 지도를 바라보며 거듭 웃음을 터뜨렸다.

막창소가 석도명에게 죽음을 당했다는 소식이 진무궁에 전해지기 며칠 전의 일이었다.

⟨8권에서 계속⟩

**하프 블러드(Half Blood)의
블러디 스톰 레온,
블러디 나이트로 돌아왔다!**

김정률 판타지 소설

FUSION FANTASY STORY & ADVENTURE

트루베니아 연대기

판타지의 신화를 창조해가는
최고의 작가 김정률!
『소드 엠페러』 그 신화의 시작.

**『다크메이지』, 『하프블러드』,
『데이몬』에 이은 또 하나의 대작!**

dream books
드림북스

신무협 베스트 '3인 3색'
드림 출간 기념 이벤트!

제 3탄

『삼자대전』, 『투신』, 『마신』의 작가 김강현
압도적인 무위를 선보였던 신(神) 시리즈
그 세번째 고감도 결정판!

뇌신

신선단을 들고 강호를 누비는 떠돌이 약장수 화무영
그의 주먹에 깃든 뇌전(雷電)이 무림을 격동시킨다

제1탄, 권용찬 작가의 『상왕 진우몽』(8월 12일 출간)
제2탄, 임무성 작가의 『황제의 검 3부』(9월 17일 출간)
제3탄, 김강현 작가의 『뇌신』(10월 2일 출간)

250만원 상당의 사은품 증정!!

LG, R10.AXE811
- 인텔 코어2듀오 E8200
- RAM:2GB/500GB
- LCD 22인치 Wide

LG, R200-TP83K
- 인텔 코어2듀오 T8300
- RAM:2048MB/200GB
- LCD 12.1인치

캐논, EOS40DFULL
- 1010만화소(1.05"CMOS)
- LCD/DSLR/1:1.6(35mm기준)
- 셔터(1/8000)/연사초당 6.5장

컴퓨터 or 노트북 or 디지털 카메라 중 택 1